Nuova Narrativa Newton

1167

Dello stesso autore

La congiura delle tre pergamene
Il segreto della seconda pergamena
L'enigma delle tre pergamene

Prima edizione: maggio 2021

ISBN 978-88-227-5270-3

www.newtoncompton.com

Realizzazione a cura di Librofficina
Stampato nel maggio 2021 presso Puntoweb s.r.l., Ariccia (Roma)

Matteo Di Giulio

La stanza dei tre cadaveri

Newton Compton editori

La citazione a pagina 149 è tratta dal romanzo di Raffaele La Capria, *Ferito a morte*, Mondadori, Milano 1961.

C'era di mezzo la più lunga notte della sua vita. Ma domani avrebbe saputo. Non poteva più vivere senza sapere e, soprattutto, non poteva morire senza sapere, in un'epoca in cui i ragazzi come lui erano chiamati più a morire che a vivere.

BEPPE FENOGLIO
Una questione privata

Prologo

Milano, 1942

Senza premurarsi di bussare, i tre uomini armati fecero irruzione nell'appartamento dopo aver sfondato la porta a calci.

Il boato dei colpi risuonò nell'androne e si prolungò lungo le scale: a sfociare nella notte buia che era calata sulle strade deserte fu soltanto una flebile eco, che si mescolò alla nebbia fredda e si perse nel nulla della periferia abbandonata a sé stessa. La guerra, d'altronde, aveva strappato via ogni speranza da quei luoghi isolati che facevano sì parte di Milano ma che, al tempo stesso, agli occhi della città apparivano ancora come dei corpi estranei. Satelliti che orbitavano attorno al suo cuore.

I tre sapevano esattamente cosa cercare.

Due di loro impugnavano una semiautomatica, la Beretta M34 con cui si erano allenati per anni al poligono, il terzo imbracciava un fucile a otturatore girevole-scorrevole Carcano Mod. 91, il cui peso lo rallentava, relegandolo in coda al gruppetto.

Il primo a gridare, sentendo il frastuono degli scarponi pesanti, fu il bambino, che stava dormendo e che pensò di essere ancora tra le grinfie di un brutto sogno. Il peggiore degli incubi si materializzò nell'arco di pochi istanti: un'ombra che si stagliava nell'intelaiatura della porta, come un diavolo. I lineamenti erano nascosti da una sciarpa che qualcuno aveva lavorato a maglia per proteggere dal freddo, non per uccidere a tradimento.

La donna, la madre, aprì gli occhi e si trovò di fronte la lama della baionetta pronta a colpire. L'ultimo pensiero andò al figlio di soli sei anni e all'impossibilità di proteggerlo. Chiuse gli occhi e non cercò dentro di sé nemmeno la forza di piangere.

Il capofamiglia, padre e marito, passò dal sonno all'orrore. Dopo una massacrante giornata di lavoro durata dodici ore era così stanco che non fece in tempo ad aprire gli occhi e chiedere pietà.

Si arrese e basta.

L'effetto sorpresa aveva funzionato. I tre avevano studiato la piantina dell'appartamento prima dell'irruzione e ogni dettaglio corrispondeva alla descrizione fornita da chi li aveva inviati lì.

«Missione compiuta», disse l'uomo che apriva la fila, dopo che ebbero immobilizzato e imbavagliato i tre. «Ritiriamoci».

Gli altri due obbedirono e si mossero come un ingranaggio ben oliato, così come il loro addestramento militare gli aveva insegnato.

Davanti al portone d'ingresso, tre piani più sotto, c'era una quarta persona ad attenderli.

Un cenno fu sufficiente per riassumere l'esito dell'operazione.

Lo sconosciuto annuì e gettò nel fango la sigaretta, una nazionale senza filtro fumata a metà.

«Rientrate pure», disse. «Ora me ne occupo io».

1

Milano, 1963

Sebbene l'uomo di fronte a lui fosse imponente, Mario De Luca si sforzò di rimanere sull'attenti, le mani dietro la schiena e il petto in fuori, come gli avevano insegnato qualche anno prima nel centro addestramento reclute di Taranto, quando aveva iniziato il servizio di leva obbligatoria che, come tanti suoi compaesani, lo aveva portato a vestire l'uniforme della Marina per due interminabili anni.

«Bene, bene», disse l'ingegner Locati, mentre riponeva sulla grande scrivania di fronte a sé il diploma che De Luca gli aveva consegnato poco prima. «I voti sono buoni e tu hai la faccia da bravo ragazzo. Ma dimmi un po', da quant'è che vivi a Milano?»

«Sono arrivato sei settimane fa».

«E dove alloggi?»

«Da mio fratello e sua moglie. Lui lavora al Catasto, lei è al settimo mese. Il loro primo figlio. Ma sono in parola per una stanza tutta mia a pensione». De Luca tossicchiò. «Sempre se trovo un impiego entro la fine del mese».

«Pensavo fossi qui a Milano da più tempo. L'accento napoletano si sente poco».

«No, signore. Sono venuto dopo il congedo».

«E ti piace la città?»

«Sì, molto», mentì Mario, che fin dal primo giorno in cui si era trasferito aveva subìto la nostalgia dell'aria di mare e si sentiva sperduto in quel labirinto di traffico e cemento.

«Mi fa piacere. Molti emigranti meridionali non fanno altro che lamentarsi. Spero che tu non sia come loro», disse Locati, mentre spegneva la sigaretta in un posacenere di marmo che, proprio come il suo proprietario, era troppo grande per quell'ufficio. «Nella lettera del tuo professore di matematica c'è scritto che te la cavi bene con i numeri».

«Sissignore».

«Ho bisogno di gente sveglia, che ho già troppi *ciula* a busta paga». Locati sorrise, quindi si sedette sulla poltrona in pelle dietro la scrivania e si accese una seconda sigaretta. Allungò il pacchetto al suo interlocutore, che scosse la testa. «Sei proprio un bravo ragazzo, a quanto pare».

Il vocione dell'ingegnere era quello di un uomo abituato a comandare. Aveva ereditato dal padre l'impresa che suo nonno aveva fondato agli inizi del Novecento, quando le due guerre mondiali non avevano ancora sconvolto l'Italia e l'Europa.

«Lavoro qui ce n'è, la città è ancora a pezzi. Ma solo per chi ha voglia di darsi da fare».

«Potete contare su di me, ingegnere».

«Ti propongo un contratto in prova, quanti anni hai?»

«Ventitré».

«E quanto ti chiedono per l'affitto?»

«Quindicimila lire al mese».

«Possiamo iniziare con cinquantacinquemila lire e, se va tutto bene, tra due anni diventano settantamila».

Mario De Luca annuì. Era una buona offerta e non voleva lasciarsela scappare.

«Allora passa dalla mia segretaria, che prepara il contratto e poi lo firmiamo. Benvenuto a bordo».

La stretta di mano non fu così vigorosa come De Luca si sarebbe aspettato dal gigante.

«Solo una cosa», gli disse l'ingegnere prima di congedarlo, puntandogli contro la brace della sigaretta. La spirale di fumo costrinse Mario a socchiudere gli occhi. «Non farmi pentire di averti dato fiducia, d'accordo?», scandì Locati, mentre lo ammoniva.

De Luca annuì e, trattenendo a stento la gioia per aver ottenuto il lavoro, uscì dall'ufficio, lasciandosi alle spalle l'ingegnere, la sua voce stentorea e il posacenere colmo di mozziconi.

Ce l'aveva fatta, si disse. Sua madre sarebbe stata orgogliosa di lui, quando le avrebbe comunicato la buona notizia, ma per prima cosa doveva affrettarsi a portare una copia del contratto alla vedova che si era offerta di prenderlo a pensione, altrimenti avrebbe rischiato di perdere la stanza.

"Devo prendere il tram. Ma qual è quello che va in centro?".

Mario De Luca si guardò intorno e scoprì, come spesso gli capitava da quando era arrivato in quella città, di non essere affatto in grado di orientarsi. Mentre si avviava verso un'edicola, dove avrebbe potuto ottenere qualche informazione, il giovane si chiese quante volte avrebbe dovuto perdersi a Milano prima di riuscire a trovare la propria strada.

2

«Ma che cosa fa! Fermo lì. Ho passato la cera sul parquet proprio oggi».

La voce della vedova Rossetti era un costante mutare di tonalità troppo acute.

«Sì, avete ragione. Scusatemi, signora».

«Le ho lasciato lì le sue pantofole, non è buona creanza restare con le scarpe in casa».

Mario, infreddolito, fece per scrollarsi di dosso il paltò bagnato fradicio ma, intuendo la protesta nello sguardo della padrona di casa, se lo sfilò con attenzione e lo appese a un gancio fuori dalla porta d'ingresso.

«Non sono abituato a tanta pioggia, dovete scusarmi».

«Ci sono città che offrono il sole e città che offrono un buon lavoro. Lei cosa preferisce?».

"Il caldo", pensò Mario, ma preferì non rispondere.

«E poi», lo incalzò la vedova, poco soddisfatta dell'atteggiamento remissivo del neoinquilino, «cosa farà quando nevica?»

«Caspita, la neve… ma succede spesso a Milano?»

«Eh sì, ogni dicembre come minimo», sentenziò la donna. «Vedrà che bella la nostra città quando s'imbianca».

De Luca annuì e in silenzio tentò di ritirarsi nella sua stanza. Voleva finire di riporre le proprie cose nella piccola libreria che, insieme al letto, a un grande appendiabiti costituito da due lunghe barre di acciaio e a un tavolo con una sedia di rara scomodità, costituiva l'intero arredo del suo nuovo alloggio. La vedova, però, esigeva che ogni sera il nuovo arrivato passasse del tempo con lei, che le tenesse compagnia, come se fossero quello che non sarebbero mai stati: una normale famiglia.

«Com'è andato il lavoro?»

«Bene», rispose lui; e non aggiunse altro, costringendo la Rossetti a inventarsi nuovi spunti di conversazione per rompere il silenzio che tendeva a insinuarsi tra di loro.

«Che sbadata, mi sono già dimenticata. Dov'è che si trova il posto in cui è impiegato?»

«In un quartiere lontano, che si chiama Baggio».

«L'ho sentito nominare. Non ci sono mai stata. È troppo fuori mano. Ci sono tanti meridionali lì, mi pare d'aver capito».

Mario sospirò. «Al cantiere ci sono persone di tutt'Italia. Calabresi, siciliani, sardi, anche veneti e piemontesi».

«E milanesi?»

«Pochi».

«Vede? Proprio come le stavo dicendo. Son tutti meridionali. Lei è una brava persona, s'intende, altrimenti non l'avrei presa qui con me. Questo è un quartiere con una sua storia», disse la vedova Rossetti, che subito riprese: «Sì, anche lei ha ancora i suoi brutti vizi da correggere, come quello delle scarpe... ma in confronto a cert'altri che ho visto. Gridano sempre, puzzano. Sul tram fanno una cagnara da non credersi. Mi creda, uno scandalo».

«Avete ragione», abbozzò Mario, che guardava l'orologio con impazienza. «Però anche voi, signora, dovete capire che per noi qui è tutto nuovo e ci dobbiamo abituare.

A Napoli, per esempio, non si comincia a lavorare così presto».

«Il mio marito, pace all'anima sua, si è sempre alzato alle cinque e mezza, e alle sei e un quarto era già in servizio. Rasato, con il vestito stirato e senza nemmeno un segno di stanchezza in viso».

«Mi avete detto che era imprenditore».

«Ha iniziato a lavorare a sedici anni e non ha mai fatto un giorno di malattia. Lei deve curarsi meglio, guardi ora così com'è, tutto bagnato. Deve ricordarsi sempre di prendere l'ombrello quando piove. E poi una sciarpa, ché tra poco è inverno».

Di una cosa Mario De Luca non aveva eccessiva nostalgia, ed era la mamma.

«Ora devo andare, permettetemi, signora. Vorrei cambiarmi e rinfrescare l'abito».

«Mi lasci camicia, giacca e pantaloni in corridoio e ci penso io domattina a stirarli».

«Ma no, signora, non c'è bisogno che vi disturbiate».

«L'ho fatto per trent'anni per mio marito, posso farlo ora per lei. Basta che paghi puntuale l'affitto e troverà sempre un piatto di minestra qui a casa ad aspettarla. A proposito, ha già mangiato?».

Quella era la domanda che Mario temeva più di tutte. Non poteva però negare che, dopo dieci ore di cantiere, non aveva così tanta voglia di affrontare di nuovo la pioggia battente per andare in trattoria. Risparmiare qualcosa, si disse, gli avrebbe permesso presto di potersi comprare una bicicletta oppure, chissà, addirittura una Fiat 600D di seconda mano.

«Cosa avete preparato di buono?»

«Una bella zuppa con riso bollito e verze, così come piaceva a mio marito. Venga, mi segua in cucina che apparecchio. Le faccio compagnia».

Mario chinò la testa e annuì.

«Permettete prima che mi cambi».

Andò nella sua stanza e si chiuse la porta alle spalle. Si spogliò lentamente, quindi piegò il pantalone, prima di riporlo sullo schienale della sedia. Lo stesso fece con la camicia e con la giacca. Possedeva soltanto due abiti e doveva trattarli con cura: il conto della tintoria sarebbe stato troppo salato.

Mentre indossava un maglione di lana e un paio di pantaloni sportivi, Mario De Luca si avvicinò alla finestra, che si affacciava sulla strada.

"Smette di piovere", constatò. Finalmente.

Nella semioscurità s'intuivano le ombre della sera, che si allungavano sotto la luce dei lampioni. Il geometra napoletano respirava lentamente. Fissando il vuoto, senza sapere bene perché, fu colto da un sentimento di angoscia, che s'insinuò dentro di lui e non gli diede tregua per tutta la sera.

3

«Mamma, non piangete, per favore».

La comunicazione era difficile, visto che la linea era disturbata, come troppo spesso capitava quando De Luca scendeva al bar sotto casa per un'interurbana.

«Non si sente niente», gli ripeteva sempre sua madre, ma lui poteva soltanto premere le labbra contro il ricevitore e alzare il tono di voce, sperando che il rumore della clientela tutt'attorno scemasse almeno un po' e gli permettesse di capire come andavano le cose a Napoli.

«Fa freddo lì, vero?»

«No», mentì Mario, che indossava i guanti e la sciarpa anche dentro il locale. «Solo una brezza».

Ogni volta che entrava un avventore una folata di vento gelido gli penetrava nelle ossa e lo faceva rabbrividire; ma prima o poi, si disse, si sarebbe abituato anche a quel clima.

«Come state?»

«Tutti noi stamm' buono, non ti devi preoccupare. E non serve che ci mandi giù tanti soldi, già tuo fratello ci sta pensando. Risparmia e trovati una brava femmina, così poi te la puoi sposare».

«Per favore, non cominciate nuovamente con questi discorsi».

«Ma figlio mio, lo sai che una mamma deve preoccuparsi».

Mario annuì, un gesto istintivo rivolto più che altro a sé stesso. «E gli altri che fanno?»

«E che vuoi che facciano? Chi va a scuola, chi in spiaggia a Pozzuoli. Enza fa le commissioni per la CGIL. Nino studia per un concorso pubblico e Bruno l'hanno preso a fare l'apprendistato al panificio».

Essere l'ultimo di otto figli aveva sempre messo Mario in una condizione di sudditanza nei confronti dei fratelli, il più grande dei quali aveva quindici anni più di lui e si era occupato della famiglia dopo la morte prematura del padre.

«E il lavoro? Il lavoro va bene?»

«Va bene, mamma. Si fatica, ma la paga è buona. Mi hanno confermato il contratto».

«Allora è tempo che ti trovi una brava guagliona, hai capito?»

«Ora devo andare, stanno finendo i gettoni. Vi mando un bacio».

Mario De Luca riattaccò prima che la madre potesse porgli la domanda che più di tutte lo metteva in imbarazzo. «Quando torni a trovarci?», era il *refrain* con cui Filomena Esposito, detta donna Memela, era solita concludere le loro brevi telefonate; e lui, che non voleva raccontarle bugie, cercava sempre di svicolare.

Gli mancavano le strade strette di Bagnoli, dove aveva giocato fin da bambino; e potersi affacciare alla finestra e vedere il profilo di Nisida. "Ora però devo pensare prima al mio futuro e sistemarmi per bene", si disse, mentre ordinava un bicchiere di Amaro 18. Le verze della vedova Rossetti erano probabilmente molto nutrienti, ma per digerirle ci voleva uno stomaco di ferro.

Mario attese seduto al bancone, in silenzio, che smettesse di piovere, sorseggiando il suo liquore. C'erano altre persone sole nel bar a quell'ora, ma lui era l'unico che non stesse leggendo il giornale o guardando il piccolo televisore in bianco e nero che il proprietario dell'esercizio aveva fatto installare da pochi mesi in un angolo, su una mensola dall'aspetto poco stabile.

«Un altro?», gli chiese il barista.

Mario controllò il portamonete, prima di annuire. «Fa freddo fuori», disse, quasi a volersi giustificare.

Il consiglio dell'altro suonò più come un rimprovero: «Forse devi comprarti un cappotto più caldo».

Un altro buon motivo per risparmiare, si disse De Luca mentre riceveva il bicchiere colmo e lo sollevava a mo' di brindisi.

Mario uscì dal bar poco più tardi, quando l'amaro lo scaldò tanto da fargli pensare che prima di tornare a casa avrebbe potuto fare quattro passi, nonostante il sole fosse prossimo a tramontare. Passò davanti alla trattoria pugliese in cui mangiava spesso; si inoltrò lungo i dedali del quartiere di Porta Venezia, le cui case alte e austere trasmettevano l'inquietudine dei milanesi, sempre affannati, come se per loro il tempo fosse agli sgoccioli. Avanzò sicuro, fino a incrociare lo stradone dove le macchine sfrecciavano accanto ai cantieri della futura metropolitana: nonostante fosse prossima l'inaugurazione, la città era ancora costellata da quelle voragini che negli ultimi anni l'avevano sventrata come un'interminabile cicatrice aperta.

Il parco era uno dei pochi luoghi che gli trasmetteva un senso di pace.

L'odore acre degli animali selvatici lo aveva colpito sin dal primo giorno in cui era venuto a trovare suo fratello, che lavorava in via Manin, in un ufficio affacciato sulle gabbie del leone e delle giraffe. Erano scesi insieme durante la pausa pranzo e avevano fatto un lungo giro dello zoo. L'elefante afferrava al volo le noccioline che gli venivano lanciate dai bambini e le ingoiava, prima di mostrare un cartello con la scritta "Attenti ai borsaioli" e mandare il suo pubblico in estasi.

«E poi dicono che è a Napoli che rubano», era stato il commento amaro di suo fratello Renato, che come lui non si era ancora ambientato del tutto a Milano, nonostante vi si fosse trasferito ormai da qualche anno.

Quella sera Mario decise di non entrare nei giardini, ma di circumnavigarli: proseguì al buio lungo le vie che ormai erano illuminate soltanto dalla fioca luce dei lampioni in ghisa e si spinse fino all'imbocco di via Turati, prima di fare marcia indietro.

«Fa freddo», sibilò a labbra strette, ingobbito nel paltò che non arrivava a proteggerlo del tutto.

Quando si trovò di fronte al portone di casa le mani gli tremavano. Mario faticò a trovare le chiavi e a inserirle nella toppa. Il grande uscio di ferro battuto doveva risalire, come il palazzo, agli inizi del secolo. Un paio di fregi in stile art déco abbelliva la facciata, altrimenti eccessivamente squadrata.

Un rumore distrasse De Luca proprio mentre si chiudeva la porta alle spalle.

«Chi va là?», intimò.

Nessuna risposta.

Nel buio intravide qualcosa scintillare, soltanto per un istante.

Mario affrettò il passo, tenendosi rasente al muro, pronto a scattare qualora dall'oscurità si fosse palesata una minaccia. Erano tempi, quelli, in cui era meglio non fidarsi di nessuno.

«C'è qualcuno?», ripeté, per farsi coraggio.

Di nuovo si ritrovò da solo nel silenzio, nell'ampio atrio. Avrebbe dovuto voltare a sinistra, dove si trovava il secondo portoncino, quello interno, che dava sulle scale. Nel palazzo non era ancora stato installato un ascensore, ma la vedova Rossetti continuava a ripetere che era solo questione di tempo.

Il rumore si ripeté per la terza volta, stavolta forte e riconoscibile.

"Un ladro?", pensò Mario De Luca, mentre indietreggiava e si allontanava dal punto d'origine del rumore. A un tratto, dal nulla uscì un gatto nero che, fissandolo, iniziò a soffiargli contro.

Forse per via del liquore o del buio, oppure, chissà, anche per colpa del freddo che lo aveva indebolito, Mario De Luca cacciò un grido terrorizzato e senza voltarsi scattò rapido verso il portone. Lo chiuse di colpo e vi si appoggiò con la schiena.

Stava ansimando, visibilmente scosso. Il cuore gli martellava nel petto e gli spezzava il respiro in gola.

«È solo un gatto».

Quando Mario trovò la forza di controllare nuovamente l'atrio alle sue spalle, il piccolo felino nero era scomparso.

4

Lo sferragliare impediva a Mario di concentrarsi sul paesaggio che scorreva dal finestrino. La pensilina d'attesa del 18 si trovava a Lima e da lì il viaggio proseguiva per piazza della Repubblica, un enorme incrocio dove fino a trent'anni prima sorgeva la vecchia stazione dei treni. La fermata successiva del tram era situata proprio di fronte all'imponente Stazione centrale, l'edificio in marmo bianco fortemente voluto dopo la prima guerra mondiale dal sindaco Luigi Mangiagalli.

Quando lo vide, De Luca distolse lo sguardo.

I ricordi del viaggio infinito da Napoli a Milano, su un treno che di magico aveva a malapena il nome, *Fata Morgana*, non erano soltanto vividi, ma anche dolorosi: la fatica del distacco, l'addio ai suoi familiari e a quelle terre in cui era nato, ma in cui non era destinato a invecchiare, per colpa di una crisi economica che strappava molti dei suoi conterranei dalle proprie origini per proiettarli in un futuro precario in cui le uniche certezze erano il duro lavoro e il sudore della fronte.

«Ma siete voi, De Luca?».

La voce di un collega, un manovale di cui non ricordava il cognome, lo strappò a quei pensieri.

«E che fate lì da solo? Venite qui con noi».

In fondo al tram un gruppetto di operai rumoreggiava.

Nonostante il freddo, avevano aperto il piccolo finestrino per permettere al fumo delle sigarette di fuoriuscire. Le signore eleganti salite a piazza del Duomo li guardavano come fossero animali da circo.

De Luca accennò una debole protesta, ma alla fine si lasciò convincere a raggiungere gli altri.

«Questo qui è Ficara, viene da Reggio Calabria», disse il manovale, indicando un ragazzino con i capelli rossi, le lentiggini e un'espressione spaurita sul volto. «Oggi è il suo primo giorno. Lui è De Luca, il geometra. Ti dirà cosa fare, lui è uno studiato».

«Ciao, capo, ma siete di Napoli?».

Uno scappellotto partì rapido. «Ma che ciao e ciao, devi dargli del voi».

«Non c'è bisogno», disse Mario, ma fu interrotto dal ragazzino, che probabilmente non era nemmeno maggiorenne.

«Scusate, capo, è che da noi in Calabria si usa dire ciao».

«Ma ora sei a Milano», intervenne il manovale, «e qui devi portare rispetto a chi ha il diploma».

Ficara prese la sigaretta che gli veniva offerta e la fumò in silenzio, mentre osservava la città.

«E dite, De Luca», chiese il manovale, un siciliano dal sorriso contagioso, «che cosa ci tocca oggi?»

«Dobbiamo proseguire con la demolizione», spiegò Mario, «siamo indietro rispetto al programma e l'ingegner Locati non è contento».

«E quando mai quello è contento», rise qualcuno.

Mentre osservava i compagni di viaggio, con i loro pantaloni sporchi di polvere e macchiati di vernice, De Luca pensò alle aspettative che nutriva quando aveva firmato il contratto. Avrebbe voluto disegnare piantine e controllare le misure degli immobili, come faceva suo fratello Renato al Catasto, e non dirigere i lavori in un cantiere in periferia, al freddo, con la paura costante di sporcare le scarpe di cuoio che lucidava ogni mattina.

«Ficara, se ti impegni, un giorno diventi come il geometra», disse qualcuno, indicando la cravatta di Mario. «E poi quando tieni i *piccioli* e ti vesti elegante vedrai quante belle femmine ti si incollano addosso».

Lo scroscio di risate che seguì fece dimenticare per un momento a Mario De Luca che quelle parole lo avevano messo in qualche modo in ridicolo. I suoi colleghi non gli chiedevano mai di unirsi a loro, dopo il turno, per condividere un bicchiere di vino rosso, né poteva sperare di ricevere un invito da Locati, esponente della società borghese di Milano per cui lui non era altro che un meridionale come tanti, giunto al suo cospetto per elemosinare un impiego.

"Devo studiare per il concorso statale al ministero dei Trasporti", si disse De Luca che, pur sapendo di essere svantaggiato, dato che non aveva moglie né figli, era disposto a tutto pur di giocarsi le proprie carte.

La frenata brusca del tram e le imprecazioni dei viaggiatori, alcuni dei quali erano caduti per lo scossone, attirò l'attenzione di tutti. Si udì un tonfo, poi uno sbalzo, quindi la carrozza vibrò come una corda di violino; ma alla fine rimase salda sui binari.

«Cosa succede?»

«Non è possibile!».

«Chiamate i soccorsi!».

Le voci si alzarono e si fecero sempre più stridule.

«Qualcuno si è buttato sotto il tram!».

Il conducente e il bigliettaio scattarono ad aprire le

porte e la gente fuoriuscì di corsa, per sincerarsi dell'accaduto.

«Il carretto di un contadino», disse De Luca.

Ficara, al suo fianco, ansimava forte.

L'altro manovale, il siciliano, si portò una mano alla fronte ed esclamò: «Madonna santa, che sciagura».

Il barroccio proveniva da una strada sterrata e si era immesso su via delle Forze Armate senza accorgersi del tram. Le ruote erano ribaltate, il contenuto del cassone irrimediabilmente rovesciato al suolo. Paglia e letame, ovunque. Il conducente del tram fissava la scena con gli occhi spalancati. Il cavallo era stato investito e cadendo doveva essersi rotto una zampa, forse anche lo sterno. Giaceva su un fianco e non smetteva di nitrire: un suono tremendo che lasciò tutti i presenti sgomenti.

Nessuno disse nulla, né osò muoversi, finché il contadino che guidava il carro, ripresosi a fatica dalla caduta, si gettò in ginocchio e, singhiozzando a un passo dalla bestia agonizzante, scoppiò in lacrime e cominciò a sua volta a gridare.

5

L'ingegner Locati li stava aspettando, visibilmente irritato. Mario e gli altri spiegarono il motivo del ritardo: il tram era rimasto bloccato sul luogo dell'incidente e tutti avevano dovuto attendere i *ghisa*, prima di poter proseguire a piedi, per quasi un chilometro. L'ingegnere però non parve colpito.

«Oggi vi fermerete un'ora in più per recuperare».

Locati non si aspettava obiezioni da parte dei manovali e difatti non ne ricevette. Soltanto Mario provò a fare da intermediario, ma fu congedato con un gesto della mano.

«Tutti al lavoro, basta perdere tempo!».

«È un'ingiustizia», sibilò il manovale siciliano, ma poi si calò il berretto sulla testa e con un'alzata di spalle se ne andò al suo posto.

«Capo, e io?».

Ficara guardava Mario con gli occhi di un bambino, attendendo ordini.

«Sei già stato in un cantiere?»

«Sì, con mio padre, a Reggio. Ho iniziato a fare questo mestiere a tredici anni».

«Sai arrampicarti?»

«Certo, capo».

«Non chiamarmi capo, io sono Mario».

«Va bene, signor Mario», disse il rosso, poi tornò alla carica: «Cosa volete che faccio?»

«Tu e altri due spostate quel trabattello e usatelo per salire ai piani superiori. Montate le impalcature e cominciate a demolire la parete a ovest. Uno con il martello pneumatico e gli altri con le mazze».

«Non facciamo prima con una benna?»

«No, la struttura è delicata, dobbiamo fare attenzione. Niente mosse azzardate, d'accordo?»

«Sì, capo».

«Mario».

«Sì, capo Mario».

Scuotendo la testa, ma senza nascondere l'ombra di un sorriso, De Luca diede una pacca sulla spalla al ragazzino e si avviò verso la baracca dove si trovavano le mappe, i documenti e i permessi. Lì c'era anche un fornello da campeggio con una moka sempre pronta per un buon caffè. Della miscela si occupava un altro napoletano del cantiere, che se la faceva spedire già macinata dai genitori, da Mergellina. Per De Luca quello di casa Rossetti era imbevibile, così come la maggior parte dei caffè che gli venivano serviti al bar. Nessuno superava la prova del cucchiaino che, se la densità e la macinatura fossero state corrette, sarebbe dovuto rimanere qualche secondo in verticale al centro della tazzina, invece di cadere subito contro il bordo. Il fatto, poi, che i milanesi lo rovinassero con lo zucchero o addirittura con il latte per Mario costituiva un sacrilegio.

Il geometra aveva acceso il fornelletto e stava preparando la moka, quando udì un gran vociare.

"Cosa succede adesso?", si domandò, ancora turbato a causa dell'incidente del tram.

Si affacciò alla finestra della baracca e notò subito il viavai concitato. I manovali stavano scendendo a tutta velocità dai piani superiori. Il primo pensiero andò alla peggiore delle ipotesi.

"Un incidente?".

De Luca si affrettò a spegnere il fuoco e a uscire dalla casupola. Il caffè poteva aspettare.

Si avvicinò lentamente allo scheletro del palazzo che la società dell'ingegner Locati aveva acquistato e che avevano l'ordine di demolire prima della fine dell'anno. Quando notò Ficara che correva con le lacrime agli occhi, temette che il manovale siciliano, di cui ancora non riusciva a ricordare il nome, potesse essersi ferito.

«Che è successo?», domandò Mario.

Dovette afferrare il giovane, che era evidentemente sconvolto.

«Un brutto guaio, venite con me, capo».

Il geometra cominciò a correre dietro a Ficara, che era più in forma di lui e lo distanziò subito. Quando arrivarono alle impalcature, De Luca si fece aiutare dagli altri a salire.

Udiva un mormorio sommesso tutt'intorno a sé e si sentiva puntati addosso gli occhi di ogni operaio. Una babele di dialetti gli penetrava il cervello e non gli permetteva di concentrarsi.

«Madonna santa, e ora?»

«Vacca boia, questa è grossa».

«Mai visto un casino del genere».

Mario De Luca disse a Ficara di chiamare l'ingegner Locati e si diresse a grandi falcate verso il punto in cui si era formato un capannello di uomini. Era sempre più convinto di trovare, al centro, il corpo del manovale siciliano, invece fu proprio questi a staccarsi dal gruppo e ad andargli incontro.

«Siete qui, capo. Finalmente».

«Che è successo? Si è fatto male qualcuno?»

«No, no», rispose il siciliano. De Luca non fece in tempo a riprendere fiato che l'altro aggiunse: «Molto peggio».

«Fatemi vedere».

Il manovale invitò i compagni a farsi da parte: «Spostatevi, forza, su. Ora ci pensa il geometra».

Mario De Luca seguì la scia di sguardi verso uno dei pochi muri residui. Gran parte delle pareti era stata buttata giù ed erano rimaste intatte soltanto le colonne portanti, per impedire che il tetto cedesse di schianto. Un tramezzo, lì dove un tempo doveva trovarsi una camera da letto, era stato perforato. Dal buco uscì un operaio che si appoggiò contro una delle colonne e, pallido in volto, vomitò quanto aveva nello stomaco.

«Cosa c'è?», domandò De Luca, ma nessuno rispose.

Attendevano che entrasse nel foro e controllasse di persona. Titubante, il geometra si fece dare una torcia e la puntò in direzione della fenditura.

«È qui?», chiese, ma era una domanda retorica.

Nessuno parlò. Lo scrutavano e basta.

Mario De Luca mise un piede nel foro e, aiutandosi con un braccio, passò dall'altra parte. Ciò che vide lo lasciò senza parole.

Fece cadere la torcia e frenò a stento un urlo di terrore.

6

Lo stavano fissando.

Le orbite vuote assorbivano la lama di luce che entrava a stento attraverso il foro nella parete e si rifletteva nel bianco dell'osso.

«Sono ossa», ansimò De Luca, mentre recuperava la torcia e illuminava lo stanzino.

Tre teschi.

Mario De Luca aveva sì studiato da geometra, ma conosceva l'anatomia umana abbastanza da comprendere subito che quei resti non appartenevano ad animali, bensì a delle persone.

Cadaveri.

«È orribile», confermò una voce alle sue spalle.

Il manovale siciliano fissava la scena. Estrasse una sigaretta dal pacchetto e ancor prima di accendersela ne offrì una a De Luca, che senza pensarci su troppo la accettò e se la mise in bocca. Quando la fiamma dell'accendino scattò, il geometra fissò il volto dell'altro e gli disse: «Ti chiami Calogero, vero?».

Il siciliano lo guardò stranito, ma subito dopo annuì. «Calogero Niscemi».

De Luca aspirò il fumo e i polmoni bruciarono. Non era più abituato al sapore di catrame delle MS, nonostante avesse smesso di fumare da poco.

«Dobbiamo chiamare la polizia», mormorò.

Quindi mosse un passo in avanti e si inginocchiò a controllare da vicino le ossa. Quello lungo, si disse, doveva essere un femore. Sotto un cumulo di terra e detriti c'erano dei frammenti più piccoli, forse i piedi.

«No, sono dita», si corresse Mario, mentre puntava meglio la luce della torcia.

«Com'è possibile, geometra?», chiese Niscemi.

«Io... ecco, questo io proprio non lo so».

Mentre si guardava attorno, De Luca cercò disperatamente di immaginare una ricostruzione dei fatti che potesse spiegare in maniera plausibile quel ritrovamento.

«Il palazzo era disabitato da tempo», ragionò a voce alta, «magari degli inquilini abusivi».

«Non può essere», lo contraddisse Niscemi.

«Sono rimasti chiusi dentro...».

No, si disse. Non aveva senso.

«Questa stanza non aveva porte», ribadì Calogero Niscemi.

«E allora... come?».

I due uomini si fissarono a lungo, quindi uscirono a prendere aria. Fumarono altre due sigarette, accerchiati dagli operai. Quasi tutto il cantiere era accorso per curiosare.

«Cosa fate lì fermi?», sbottò all'improvviso Mario, innervosito da quella calca che gli toglieva l'aria e gli impediva di respirare. «Tornate ai vostri posti, subito, se non volete ricevere una lettera di licenziamento». Lo sguardo del geometra si era fatto di ghiaccio. «Mi avete sentito? Forza, tutti a lavorare!».

Brontolando, la piccola folla si disperse e gli operai ripresero le loro mansioni.

«E io?», domandò una voce, quasi un timido refolo di vento. Apparteneva a Ficara. «Io e Calogero dovevamo finire qui».

«Qui non si tocca nulla, per ora. Dov'è l'ingegnere?»

«Non l'ho trovato, ma un compagno nostro è andato a cercarlo».

De Luca passò la torcia a Niscemi. «Qui non deve entrare nessuno, hai capito? Nessuno».

Il siciliano fece cenno di aver recepito il messaggio.

«Tu», disse il geometra a Ficara. «Vai nella baracca e prendi la piantina grande che c'è sulla scrivania. Portamela qui». De Luca, rendendosi conto di essere stato un po' troppo brusco, aggiunse un: «Per favore».

«Certo, capo, corro», disse il ragazzino; e così fece.

7

Il geometra Mario De Luca si guardò attorno. Si trovavano al terzo piano di una vecchia palazzina, in un quartiere poco popoloso che sarebbe stato riqualificato dopo che tutte quelle catapecchie, rimaste in piedi per miracolo durante gli ultimi bombardamenti dell'estate del '43, fossero state demolite.

«Case popolari», aveva annunciato Locati mentre gli illustrava quel grande progetto edilizio che la sua società, insieme ad altre due, aveva preso in appalto dal Comune. «Un nuovo insediamento urbanistico, finanziato dall'INPDAP».

Vedendo che De Luca lo fissava senza capire, l'ingegnere si era affrettato a spiegare.

«Istituto nazionale di previdenza e assistenza per i dipendenti dell'amministrazione pubblica. Costruiamo queste case che poi vengono date ai dipendenti statali con un affitto calmierato».

«Ma qui non c'è niente, nemmeno un negozio».

«Costruiremo anche quelli, dopo. Questa parte della città diventerà un fiore all'occhiello».

Al momento attorno a loro c'erano ancora molte cascine, ma qua e là cominciavano a spuntare i primi grandi palazzi, accerchiati dalle tipiche palazzine basse della vecchia Milano e dalle case minime costruite sulle macerie della guerra. Quei nuovi edifici maestosi, di sette, otto piani, si stagliavano verso l'alto a modificare il panorama cittadino e andavano a colmare quell'ampio spazio vuoto tra piazzale Gambara e il borgo antico di Baggio, annesso a Milano durante il Fascismo, ma ancora lontano dall'essere realmente parte del nucleo urbano.

Del terzo piano della palazzina a cui stavano lavorando era rimasto poco, tuttavia si poteva ancora risalire alla struttura originaria dell'appartamento.

«Qui c'era il salotto», disse Mario, misurando con i passi gli spazi, «e lì la cucina».

Si mosse verso ovest e puntò il dito nella direzione opposta rispetto alla camera segreta. Le tracce dei muri abbattuti erano ancora facilmente leggibili.

«Lì la camera da letto. Là l'ingresso e il pianerottolo comune».

Si trattava di una palazzina di dimensioni modeste. Tre piani, due appartamenti su ognuno, che si affacciavano sul medesimo ballatoio. Una scala ripida in legno che era in condizioni così precarie da non poter più essere utilizzata.

«Che stanza poteva essere, quella?»

«Non lo so, geometra», disse Calogero. «Forse un ripostiglio per le scope».

«Forse», disse a sua volta De Luca, anche se non sembrava convinto. «O una cabina armadio».

Si avvicinò di nuovo alla fenditura e studiò i mattoni che formavano la parete sfondata. Erano diversi da quelli utilizzati per i muri portanti della casa.

«Questo è un lavoro successivo».

Mario tornò nello stanzino e, stando ben attento a muoversi il meno possibile, per non correre il rischio di calpestare qualche frammento d'osso, ispezionò le varie pareti.

«Dobbiamo chiamare la polizia», ripeté.

La risposta, inattesa, lo spaventò.

«Ma non diciamo sciocchezze!».

A parlare era stato l'ingegner Locati, il cui vocione e la cui stazza riempivano il loculo.

«Non possiamo permetterci ulteriori ritardi nei lavori. Chiama un paio di uomini e che buttino via quella roba nell'immondizia».

«Ma...».

«Nessun ma, è un ordine. Sono stato chiaro?»

«Sì, signore», disse De Luca, «però c'è qualcosa di strano qui».

«E cosa ci sarebbe di strano?», sbottò l'ingegner Locati. Si accese una sigaretta. «Delle vecchie ossa, appartenute a chissà chi. Il palazzo è disabitato da almeno un paio d'anni e se nessuno ne ha denunciato la scomparsa, significa che sono qui da più tempo. Saranno morti in un bombardamento e sono rimasti chiusi lì, in quel ripostiglio».

«Con il dovuto rispetto, signore, le cose non possono essere andate così».

«E perché no?», chiese Locati, che non riusciva a nascondere un pizzico di curiosità.

«Perché questa stanza non aveva né porte, né finestre. È troppo stretta per essere un ripostiglio. Solo una piccola fenditura, là in alto, con una grata».

«Sarà un locale tecnico allora, per i cavi, per i tubi. Magari sono ossa vecchie e qualcuno se n'è sbarazzato dopo che il palazzo è rimasto vuoto».

«Questo non lo posso escludere», disse De Luca. «Però c'è qualcosa che non dobbiamo sottovalutare».

«E cosa sarebbe?».

Mario puntò la torcia contro il più grande dei tre teschi.

«Vede, signore, io non ho fatto la guerra, però il militare sì... e quel buco lì dietro, ne sono sicuro...», il geometra prese fiato prima di concludere la sua ipotesi, «be', quello sembra un foro di proiettile».

Spostò la luce di poco e indicò dei sassolini.

«E quelli secondo me sono i bossoli».

«Stai dicendo che...», balbettò Locati. La sigaretta gli cadde di mano.

De Luca si fece coraggio e disse: «Io credo che siano stati uccisi, signore, e forse proprio qui dentro».

8

Le mappe catastali parlavano chiaro e, nonostante l'evidenza dei fatti, Mario De Luca e l'ingegner Locati si stavano scervellando nel tentativo di comprendere cosa potesse essere accaduto.

Ficara aveva portato loro le piantine e i due avevano capito subito che qualcosa tra carta e realtà non quadrava.

«Spostiamoci nella baracca», aveva disposto l'ingegnere, «lì c'è un telefono, per chiamare la polizia».

De Luca lo aveva seguito in silenzio.

Prima di scendere dalle impalcature, aveva detto a Niscemi e Ficara di raggiungere gli operai al primo piano e di aiutarli nella rimozione delle macerie che avevano prodotto fino a quel momento con i lavori di demolizione.

«Entra».

Il volto scuro di Locati si confaceva all'impeccabile abito grigio antracite. L'ingegnere indicò al suo dipendente una sedia in plastica su cui erano impilati faldoni e cumuli di planimetrie. Progetti, appunti, fatture, sovrastati da una chiave inglese che nessuno usava e che fungeva da fermacarte.

«Siediti», disse Locati, ma De Luca preferì rimanere in piedi, al suo fianco.

«Cosa c'è?»

«Guarda qui».

Il dito dell'imprenditore si posò su un punto preciso della pianta.

«Cosa vedi?».

De Luca fu tentato di rispondere subito che aveva già controllato varie volte la planimetria prima di coordinare il lavoro degli operai e che non aveva mai notato nulla di strano ma, visto il tono di Locati, decise di assecondarlo e di osservare di nuovo il disegno.

Quando si rese conto dell'errore, deglutì rumorosamente, pur continuando a tacere.

«Non ce ne siamo accorti».

«Come avremmo potuto?»

«Sei tu il geometra, è il tuo compito verificare questo tipo di irregolarità».

«Quel vano», disse De Luca, «è talmente angusto che sarebbe sfuggito a chiunque».

«Però sulla piantina», disse Locati, «grazie al *kaiser*, non c'è!».

Era la prima volta che Mario vedeva il suo superiore perdere le staffe. Si strinse nelle spalle e non disse altro che: «È colpa mia, signore».

«Ormai è fatta», mormorò Locati, «speriamo di non giocarci l'appalto».

Proprio in quel momento udirono bussare alla porticina. Senza attendere il loro permesso, due poliziotti entrarono nel prefabbricato.

«Dove sono i cadaveri?».

9

«E cosa dovremmo farci noi con queste ossa? Perché ci avete chiamato?»

«Il mio dipendente», disse Locati al poliziotto più anziano, quello, tra i due, che non indossava la divisa, «dice che si tratta di un delitto».

L'ingegnere indicò De Luca, che inconsapevolmente arrossì.

«I bossoli, ai lati dei resti, e i fori nei teschi. Quelle non sono pietre, vero?», farfugliò il giovane napoletano.

«E lei come lo sa che si tratta di bossoli?», lo apostrofò il poliziotto in borghese, mentre il più giovane si inginocchiava a esaminare i residui dei proiettili.

«Ho fatto da poco il militare».

«Fanteria?»

«Marina».

«Non pensavo che vi facessero sparare. Comunque, lasciateci fare il nostro lavoro».

Stavolta fu l'ingegnere a intervenire: «E noi dobbiamo fare il nostro. Sono proiettili oppure no?»

«Sì», confermò l'agente in divisa, che doveva essere fresco d'accademia. «Calibro 9mm, direi».

«Prima il geometra poliziotto e ora l'agente che si improvvisa tecnico di laboratorio». Il poliziotto più alto in grado era visibilmente seccato. «Guaita, fai convocare il magistrato di turno e poi deciderà lui chi deve analizzare queste ossa».

L'agente si affrettò a obbedire, ma prima che potesse scendere, l'altro gli disse: «Ricordati anche di prendere del nastro per delimitare la scena».

«Cosa significa?», domandò Locati. «Noi qui dobbiamo proseguire con i lavori».

«Parlerà con il magistrato, ingegnere, tra dottori di sicuro v'intenderete. Io seguo solo le procedure. E per ora le chiedo di allontanare tutti gli operai dal cantiere».

«Ma no! Ma cosa dite?», sbraitò Locati. «Non è possibile. Io rischio le penali, non posso permetterlo».

Il poliziotto gonfiò il petto e cambiò tono di voce. «Se non è d'accordo possiamo andare in Questura e chiarire lì cosa è possibile e cosa no».

«Potremmo smaltire i rifiuti», abbozzò De Luca, che aveva assistito in silenzio a quel confronto tra pesi massimi. «Così da non rimanere del tutto fermi».

«Da qua ve ne dovete andare tutti e nessuno muove una pietra. Se lei è il responsabile», disse l'agente in borghese rivolto a Locati, «può rimanere, ma soltanto lei. E l'operaio che ha bucato la parete. Il magistrato vorrà fargli qualche domanda».

«Manda a chiamare Ficara e Niscemi», disse Locati, «falli salire quassù».

De Luca obbedì.

«Lei mi sta rovinando», disse poi l'ingegnere al poliziotto, «io sono un imprenditore integerrimo e ho a busta paga decine di manovali. Se perdo l'appalto, dovrò licenziarli. Li vuole lei sulla coscienza?»

«Lo potrà riferire al magistrato», disse il poliziotto; quindi, vedendo arrivare il collega, ne approfittò per allontanarsi dall'imprenditore e andare incontro all'agente in divisa. «Metti il nastro, usa quelle sporgenze per fissarlo, poi resta di guardia. Qui non entra più nessuno che non sia il giudice, chiaro?»

«Agli ordini, signore».

L'agente al comando, calmatosi, prese Locati per il braccio.

«Prima ho visto che ha una moka là sotto, nel suo ufficio».

L'ingegnere annuì.

«Andiamo a berci un buon caffè e a fumare una sigaretta, così mi racconta un po' quello che sa su questo palazzo».

10

Il magistrato era un uomo basso e paffuto, con una pancia prominente probabilmente causata dal vino, come sembravano confermare i capillari rossi che tappezzavano il grosso naso.

«Non è un bello spettacolo», si limitò a constatare.

Dopo essersi arrampicato a fatica sulle impalcature per raggiungere i due agenti e l'ingegner Locati, il giudice ansimava come un mantice. Anche Mario era presente: il fatto che fosse stato proprio lui a sospettare che quel ritrovamento potesse essere collegato a un crimine aveva spinto l'agente in borghese a chiedergli di rimanere. Al suo fianco, intimoriti dai nuovi arrivati, i manovali Ficara e Niscemi.

«Ricapitoliamo», disse il magistrato, che si chiamava Mazzoleni e che, nonostante l'aspetto fisico trascurato, non doveva aver superato i cinquant'anni. «Qualcuno mi corregga, se il mio riassunto fosse errato». La sua voce era al tempo stesso gioviale e curiosa. «Dovevate demolire questa parete e dietro non vi aspettavate di trovare una camera murata. Dentro ci sono delle ossa. Uno di voi ha visto i bossoli e ha dedotto che potrebbe trattarsi di un delitto, motivo per cui è dovuta intervenire la polizia».

Visto che nessuno parlava, fu Mario a dire: «È andata proprio così come dite voi, dottore».

«Bene. Ora dobbiamo capire a chi appartengono queste ossa e come sono finite qui».

«Da dove cominciamo?», domandò uno dei due poliziotti.

«Qualcuno le ha toccate?».

Il magistrato squadrò Mario, che negò con un cenno della testa, poi Niscemi, che fece altrettanto, infine Ficara, che era come paralizzato e non si mosse.

«Portate il giovane in commissariato e prendetegli impronte e generalità».

L'agente in divisa si mosse e il giovane calabrese urlò: «Ma non li ho uccisi io!».

«Questo mi pare evidente», disse il giudice Mazzoleni, bonario, conquistandosi in quel momento la fiducia di Mario e degli altri presenti, «ma dobbiamo far analizzare le ossa e, dopo, poter escludere le sue impronte. Segua l'agente e faccia quanto le dice, poi potrà andarsene a casa e dimenticare questa brutta storia».

«E io?», chiese Niscemi.

«Vada con loro, lasci le generalità e poi accompagni il suo collega a bere un goccio di grappa, che mi pare che ne abbiate bisogno entrambi».

«Dottore», intervenne Locati, «qui mi volete chiudere il cantiere, ma io ho bisogno di lavorare. È un appalto per l'INPDAP questo, è un lavoro grosso. Non posso permettermi ritardi».

«Le ruberemo poco tempo, il necessario per far spostare le prove da parte di un tecnico della Polizia scientifica. Ho già disposto il suo intervento, è questione di qualche giorno».

L'ingegner Locati scuoteva la testa, si accese una sigaretta e spazzò il pavimento impolverato con la suola delle scarpe, mentre percorreva da un lato all'altro il perimetro del piano.

Il magistrato lo raggiunse in un angolo e gli porse un biglietto.

«Così ha il mio telefono, vedrà che risolviamo tutto in un battibaleno».

«Lo spero, dottore, lo spero proprio, altrimenti sono nei guai».

Invitato l'ingegnere a congedarsi, Mazzoleni si voltò di nuovo verso il foro nella parete.

«Lei invece», disse il giudice rivolto a De Luca, «venga qui e mi spieghi come mai non sapevate che dietro questa parete c'era una stanza».

«Non era presente sulla visura catastale», rispose il geometra. «Avrei dovuto accorgermene, ma non me ne sono reso conto. Questo vano è talmente piccolo…».

«Quindi non è un ripostiglio o uno stanzino…».

«No, signore, altrimenti sarebbe segnato sulla mappa. Invece non ve n'è traccia».

«A quando risale l'ultima piantina che hanno al Catasto?»

«È quella dell'atto dell'ultima vendita. Risale all'anno scorso».

«Interessante», disse il giudice. «Ha avuto un bello spirito d'osservazione a individuare i bossoli».

«Sono stato in Marina, lì ho maneggiato dei proiettili».

«Però non è di Milano, giusto?»

«Sono emigrato da Napoli».

«Da quanto è in città?»

«Saranno sì e no due mesi».

«E ha sempre lavorato?».

Man mano che il magistrato lo incalzava, Mario si sentiva sempre più sotto pressione e rispondeva a scatti.

«Le prime settimane sono rimasto a casa, mentre cercavo un impiego. Sono stato ospite di mio fratello, che lavora all'ufficio tecnico erariale».

«Lei si considera bravo nel suo lavoro?», domandò Mazzoleni.

De Luca sorrise, convinto di essersela cavata bene. «Io... spero di sì. Il mio contratto è stato confermato dopo il periodo di prova».

«Però», disse il giudice, di nuovo insistente, «non ha visto quell'irregolarità».

«No, dottore».

«Quindi lei, mi faccia capire bene, riesce a individuare un bossolo che chiunque altro scambierebbe per una pietra, ma non si accorge che nella piantina di cui è responsabile per coordinare i lavori manca un pezzo. E casualmente in questo errore vengono trovate delle ossa. Non le pare strano, geometra?».

De Luca era diventato pallido. «Io non pensavo. Non mi sono accorto. Si è trattato solo di una svista».

«Lei mi sembra una brava persona e le voglio credere». Il giudice unì le mani davanti alla bocca e strofinò lentamente i palmi. «Però, vede, il mio ruolo mi obbliga ad andare a fondo, senza lasciare nulla al caso».

«Anche se sono stato io», protestò debolmente De Luca, «a convincere l'ingegnere a chiamare la polizia?»

«Se così è», concluse Mazzoleni, «non avrà nulla da temere. Ma ora è il caso che anche lei ci segua in commissariato per rispondere a qualche domanda».

11

«Scusate, ma dov'è che devo firmare?».

L'agente che aveva raccolto la deposizione indicò a Mario la linea tratteggiata.

«Siete anche voi della Campania, no?»

«Di Napoli. E voi?»

«Di Pollena Trocchia, non è lontano. La conoscete?»

«Sì, certo, un cugino di mia madre è di lì. Pure voi emigrato al Nord, dunque».

«E d'altronde che bisogna fare, lavoro giù non ce n'è».

«E come vi trovate qui a Milano?»

«Mah, non mi posso lamentare. Certo, il tempo non è così come da noi, lo sapete che a casa nostra, giù, non abbiamo nemmeno il riscaldamento, mentre qui devo accendere la stufa tutte le notti...».

«A me manca il mare, se devo essere sincero».

«E che quartiere di Napoli?»

«Sono di Bagnoli».

«Ma allora perché siete venuto così lontano? Lì ci sta l'Italsider, che dà lavoro a tutti».

«Mio padre ha voluto che facessi il geometra, se studiavo ingegneria allora sì che potevo rimanermene al calduccio. Ho pure fatto un concorso giù, ma i risultati chissà quando li pubblicano».

«Però male non vi va nemmeno qui, vero? Il lavoro ce l'avete».

«Sì, grazie a Dio sì. Ora, se passa questa sciagura e non mi porta guai».

«Questa storia delle ossa? E perché dovrebbe procurarvi fastidi?»

«Speriamo che non tengano il cantiere chiuso troppo a lungo».

«Ma per voi è meglio, no? Ve ne state a casa e vi pagano lo stipendio».

«È vero, però poi a casa che faccio? Non ho amici qui, non conosco nessuno».

«Ve ne andate in giro a corteggiare qualche bella signorina», rise il poliziotto.

«Non è così facile. E poi devo dirvi la verità, a me non dispiace lavorare».

«E vuol dire allora che siete già diventato milanese».

Entrambi risero della battuta, poi Mario approfittò dell'inattesa confidenza per chiedere: «Ma quindi posso andare? Davvero?»

«Sì, avete dichiarato, avete controfirmato, è tutto a posto».

«Non mi devono chiamare più… che so, per testimoniare?»

«Macché. Questa è solo una formalità. Da quello che ho sentito, il magistrato già sta pensando a un altro caso».

«È o' vero? Senza nemmeno indagare?»

«Queste ossa, fatevelo dire, non portano da nessuna parte. In ogni senso, se capite il sottinteso».

La faccia di De Luca esprimeva chiaramente la sua incapacità di leggere tra le righe.

«Se è un omicidio e sono passati tanti anni», spiegò l'agente, «e chi lo trova più il colpevole? Magari è morto pure quello. Ma soprattutto, però io non vi ho detto niente, mi raccomando, un caso così non porta a un encomio. Fare troppa fatica per risolverlo non conviene a nessuno».

«E quindi cosa succede?»

«Che il magistrato farà il minimo indispensabile, firmerà un rapporto in cui dirà che non si poteva indagare in nessuna direzione e chiuderà il caso come irrisolto. Poi si cercherà qualcosa di meglio che gli faccia fare carriera».

De Luca strinse la mano al poliziotto e uscì dal commissariato. Si guardò attorno, per orientarsi. Cercava la fermata del tram, uno qualsiasi. Gli sarebbe bastato arrivare in centro, per poi riuscire a trovare la strada di casa.

"Forse mi toccherà prendere un taxi", si disse.

Mezzogiorno era passato già da parecchio e la fame cominciava a farsi sentire.

"Oppure posso cercare un bar per mangiare un panino".

Chi, come De Luca, era nato sotto i bombardamenti, aveva sempre appetito. Quando aveva tre anni suo padre, reduce del Piave, dove era stato gravemente ferito alla testa da una scheggia, aveva pensato di portare la famiglia via da Napoli, per cercare riparo al Nord. Arrivati a Cassino si erano ritrovati prigionieri di un panorama devastato da esplosioni e fiamme. I bombardieri alleati avevano messo tutto a ferro e fuoco. Il cibo era finito da un pezzo e Mario, così come i suoi fratelli, era sopravvissuto solo grazie alle frittate con acqua, bucce di patate e farina che gli preparava donna Memela, usando con parsimonia gli unici ingredienti che si riuscivano a trovare in quell'inferno.

Il giovane vide una tavola fredda poco lontano e, varcata la soglia, chiese un toast al prosciutto e formaggio e un bicchiere di vino rosso.

«Geometra, venite a sedere qui con noi».

Niscemi e Ficara avevano seguito il consiglio del magistrato alla lettera. Davanti a loro, oltre a una copia della «Domenica del Corriere» di diverse settimane prima, faceva bella mostra di sé una discreta quantità di bicchierini vuoti.

Il contenuto, che si fosse trattato di amaro, grappa o di qualche altro superalcolico, a giudicare dai sorrisi dei due, aveva fatto il suo effetto.

«Anche due caffè per i miei compagni», disse De Luca al barista indicando i manovali.

Mario portò il vassoio al tavolo e si sedette.

«Com'è andata la vostra deposizione?»

«Un sacco di paroloni», disse Calogero Niscemi. «Alla fine ho firmato e mi hanno detto di stare a disposizione, ma che in realtà va bene così».

Il poliziotto che aveva trascritto la sua dichiarazione, pensò De Luca, ci aveva visto giusto.

Nessuno avrebbe indagato per far luce su quel caso.

12

Il fine settimana alleviò il peso degli ultimi giorni. Come previsto, il cantiere era stato chiuso e fino a ulteriore comunicazione l'ingegner Locati aveva disposto per Mario De Luca un periodo di ferie forzate, in attesa di trovare un nuovo progetto su cui metterlo a lavorare, nel caso in cui i sigilli avessero bloccato l'accesso al palazzo per un periodo troppo lungo. Diversamente era andata ai manovali, che tornavano sempre utili e che potevano essere riciclati con facilità in altri cantieri.

«Perché non te ne vai un po' a Napoli?», gli domandò suo fratello Renato.

«L'ingegnere vuole che rimanga a disposizione, non si sa mai».

«E che ferie sono allora, se non puoi andare da nessuna parte?».

Locati, in realtà, non gli aveva detto nulla del genere, ma Mario utilizzava quella scusa per difendersi dalle continue pressioni della famiglia, sua mamma in testa, che non vedeva l'ora di riabbracciarlo.

«Sono via solo da un paio di mesi, non è poi così tanto tempo», le aveva spiegato il giorno prima al telefono. «Quando ero arruolato in Marina è passato più di un anno prima di avere una licenza, ricordate?».

Donna Memela non aveva smesso di insistere, ricorrendo anche alle lacrime; Mario però era stato irremovibile, nonostante il magone.

«L'ingegnere si è sempre comportato correttamente», spiegò De Luca al fratello, «avrebbe anche potuto licenziarmi».

«Per non aver visto quel dettaglio su una mappa catastale?»

«Forse non sarebbe accaduto tutto questo».

«Se te ne fossi accorto, le ossa sarebbero scomparse?»

«No, però...».

«Nessun però. Hai fatto un errore, ma non cambia la sostanza. Avrebbero fermato i lavori prima, invece di bloccarli ora».

«È vero, ma l'ingegnere...».

«L'ingegnere, l'ingegnere. E basta con questo ingegnere, pare che ti sei innamorato. Lavori per lui e lui ti paga. È un rapporto professionale, non un'amicizia».

«Tu hai lavorato solo qui a Milano, Renato, non hai idea di com'è la situazione giù».

«È uno schifo, me lo posso ben immaginare».

«Dodici ore sul cantiere, anche sabato e domenica, senza prendere una lira per gli straordinari. E la paga era da fame, perché tanto c'era sempre la minaccia di mandarti via. Senza contratto, d'altronde, il padrone poteva fare quel che voleva».

Renato si accese una sigaretta e offrì il pacchetto al fratello, che scosse la testa.

«Mi dimentico sempre che hai smesso. Ma parliamo d'altro. Come va con la tua stanza?»

«La padrona di casa è un po' petulante, ma è una brava signora».

«E ti fa da mangiare la polenta tutti i giorni?»

«Peggio», rise Mario. «Verze. Nient'altro che verze».

«Madonna santa».

Ritrovato il clima disteso di una conversazione serena, i due fratelli ordinarono spaghetti con le vongole e frittura mista. Da quando Mario si era trasferito a pensione avevano istituito quel rituale: si trovavano una volta alla settimana in una trattoria napoletana che era stata consigliata loro da un collega di Renato e mangiavano pesce. Il posto era rustico, ma la cucina autentica, il cuoco era di Pozzuoli e le sue alici alla scapece assolutamente squisite.

«Buone queste vongole, Nico'».

Nicola, il titolare, due baffoni che gli nascondevano gran parte del volto, sorrise. «Dovete venire pure a Natale, con le vostre signore. Gli struffoli li fa mia moglie, sono da leccarsi le dita, e da Napoli mi faccio mandare *roccocò* e *raffiuoli*. Altro che il panettone».

Tre quarti della sala, per lo più occupata da avventori campani, applaudì, quasi fosse un moto di rivalsa; i pochi milanesi presenti non negarono un mezzo ghigno, che Nicola compensò con un giro di limoncello offerto dalla casa.

«E tu che fai a Natale?», domandò Renato.

«Mancano ancora due mesi», disse Mario. «Non lo so. Tu torni a Napoli?»

«Ci spero. Melina non potrebbe viaggiare, ma sarebbe bello se partorisse giù, no?»

«Come sta?»

«Tutto sommato bene. È sempre nervosa però. Il dottore le ha consigliato di smettere di fumare, ma lei non ci riesce. Ed è meglio così, senza sigarette diventa una iena e litighiamo per un nonnulla».

«E com'è la sensazione di diventare padre?»

«A dire il vero non te lo so spiegare. È più la paura di non essere capace, di fallire».

Mario rifletté a lungo su quelle parole, prima di riportare il discorso sul tema con cui avevano iniziato la conversazione.

«Sai cosa mi tormenta? Che erano tre teschi, due grandi e uno piccolo».

«Di un bambino?»

«Secondo me sì».

Renato corrugò la fronte: «Questa storia ti ha proprio turbato».

«Non riesco a togliermela dalla testa. Stavo pensando… non è che mi potresti fare un favore?»

«Certamente, cosa ti serve?»

«Se io ti do gli estremi della visura, sei in grado di risalire ai precedenti proprietari della casa?»

«Posso provarci. Ma cosa vuoi fare?»

«Magari niente», disse Mario, «ma se è vero che il magistrato non indagherà, quei tre non avranno mai giustizia».

«E vuoi indagare tu? Non sei un poliziotto, ma un geometra».

«No, ma quale indagare… Io vorrei soltanto provare a capirci qualcosa di più, per togliermi dalla testa questo brutto pensiero».

«Che pensiero?»

«Che di tre morti ammazzati che non fanno notizia al giorno d'oggi non gliene frega niente a nessuno».

13

Renato lo aveva invitato a raggiungerlo in ufficio.

«Forse ho trovato qualcosa che può esserti utile», gli aveva detto.

Il percorso fino al Catasto era breve, eppure la pioggia e il fango lo resero impervio, strappandogli tutte le tipiche imprecazioni dell'emigrante.

«Sei inzuppato», gli disse Renato quando lo vide nel corridoio, «non hai preso l'ombrello?»

«Sono uscito senza guardare dalla finestra. La pioggia mi ha sorpreso».

«Tra due mesi non dimenticherai mai l'ombrello, te lo garantisco».

«Va a piovere per altri due mesi? E quando esce il sole?».

Renato si accese una sigaretta e scortò il fratello al bar della mensa. «Offro io».

«Cosa volevi farmi vedere?», domandò Mario, impaziente.

«Ho fatto una rapida ricerca negli archivi, ma all'inizio non trovavo niente».

«Come mai?»

«La cartella non era dove doveva essere».

«È normale?»

«Può succedere, ma meno spesso di quanto dicano le malelingue. Qui è tutto in ordine, altrimenti non si trova nulla».

«Ma tu l'hai recuperata, vero? Dove?»

«Era nascosta dietro una pila di altri documenti», disse Renato, mentre beveva in un sorso il caffè, «come se qualcuno volesse renderla difficilmente individuabile».

«Hai già esaminato il contenuto?»

«No, ho aspettato che arrivassi tu, pensavo che volessi leggere tutto in anteprima».

«Cosa stiamo aspettando?».

Mario era eccitato e intimorito, un po' come un bambino il primo giorno di scuola, che non sa cosa aspettarsi. Finì in fretta il suo caffè e seguì il fratello nell'ufficio.

«Ecco, questo è l'incartamento. Tutto tuo».

«Tu non vuoi vederlo?»

«Devo finire un paio di pratiche, tu siediti alla scrivania di fronte e lavora con calma».

«Non c'è nessuno qui?»

«Di solito un collega pugliese, che però è sempre malato».

«Va bene», disse Mario De Luca e, preso posto, si mise a studiare tutti i documenti.

Nel faldone c'erano numerose piantine, tutte le denunce di variazione, le note e i resoconti degli impiegati che avevano approvato le modifiche e che le avevano registrate.

«Non vedo nulla di irregolare», disse Mario, un'ora abbondante più tardi.

«Fammi dare un'occhiata».

Renato raggiunse il fratello e controllò con lui una seconda volta gli incartamenti.

«Qui qualcosa c'è», disse alla fine.

«Cosa? Non ho visto nulla di strano», disse Mario.

«Da un punto di vista tecnico no», confermò il fratello, «ma questa firma, questa stona».

Si trattava della piantina allegata all'ultima compravendita del trilocale in cui aveva trovato le ossa. Risaliva a un anno prima, al 1962, quando la proprietà era passata all'INPDAP, che l'aveva acquisita insieme al resto del palazzo con l'intenzione di farlo abbattere per dare poi in appalto il complesso di edilizia agevolata a cui stava lavorando Mario.

«In realtà le stranezze credo che siano due».

Renato si grattò una tempia e si accese una sigaretta.

«Non tenermi sulle spine», lo esortò Mario.

«La prima è la firma. Non appartiene a un impiegato qualsiasi, ma a un funzionario d'alto livello».

«E non è normale?»

«Un dirigente non si abbasserebbe mai a gestire una singola pratica, è lavoro per noi impiegati».

«Dovremmo controllare le altre dello stesso palazzo, allora».

«Torno subito», disse Renato, «aspettami qui».

Quando il fratello fece di nuovo capolino nell'ufficio, spingeva un carrello di ferro, come quelli che si usavano nei ristoranti per il buffet dei dolci, carico di faldoni.

«Prendiamone due a caso».

Renato De Luca controllò entrambi gli incartamenti due volte, poi ne prese altrettanti dalla pila e non poté nascondere la propria sorpresa.

«Cosa succede?»

«Eccola, la seconda stranezza».

«Sputa il rospo».

«Gli appartamenti del palazzo sono stati acquisiti dall'ente previdenziale, come ti dicevo, ed essendo un'autorità pubblica, non si è trattato di vera e propria compravendita».

«Hanno espropriato le case?»

«Sì, più o meno. Hanno proposto un rimborso che è stato calcolato dall'avvocatura di Stato sulla base dei prezzi del quartiere».

«Hanno accettato tutti?»

«Non era una cattiva offerta, ai pochi che hanno rifiutato è stata proposta una metratura simile in una zona più centrale».

«Il proprietario dell'appartamento delle ossa… cosa ha fatto?»

«Ha rifiutato tutto ciò che gli è stato proposto».

«Ma alla fine ha ceduto».

«Guarda la somma che è stata pagata».

Mario si lasciò sfuggire un fischio. «Più del doppio rispetto agli altri».

«E questo», concluse Renato, «non è normale, soprattutto se lo sommi alla firma di un dirigente ad avallare il tutto».

«Pensi che si tratti di…».

«Forse», disse suo fratello, bloccando Mario prima che potesse pronunciare quella che, in ogni ufficio pubblico, era una parola tabù: *corruzione*.

«Puoi risalire ai nomi dei proprietari dell'appartamento?»

«Assolutamente», rispose Renato. «Non sono stati molti. L'immobile era relativamente recente. Sono soltanto quattro».

«Ora», disse Mario, mentre leggeva i nomi e li trascriveva su un foglietto, «bisogna soltanto stabilire durante la permanenza di chi sono state nascoste lì quelle ossa».

14

Mario aveva portato a casa una copia delle piantine dell'*appartamento delle ossa*, così come lo avevano ribattezzato lui e Renato, per poterle studiare con calma.

Si era dato da fare nell'ufficio del fratello per altre due ore e, con l'aiuto di un pantografo, aveva riprodotto tutti i documenti nel modo più preciso possibile. Era quella, si disse alla fine, mentre ammirava il frutto del suo impegno, la parte del suo lavoro che più gli piaceva.

Quando era giunto in prossimità del portone di casa, sempre sotto la pioggia battente, il buio cominciava ad avvolgere l'isolato e a calare sui tetti bassi delle case di Porta Venezia.

"Che sfaccimm 'e tempo", si era detto, cedendo per quell'imprecazione, come raramente gli capitava, alla tentazione del dialetto.

Nel suo paltò fradicio, ignorando il fastidio delle scarpe zuppe d'acqua, aveva stretto ancora di più il sacchetto con le piantine, nella speranza di proteggerle dalla pioggia.

"Ci sono quasi".

Aveva aperto il portone e si era rifugiato nell'androne del palazzo. Con le chiavi ancora in mano, era stato sorpreso da un rumore.

"Di nuovo tu?".

Il gatto nero lo stava fissando, al sicuro sotto una pianta dalle ampie foglie che lo riparavano.

Mario De Luca si era scoperto in quel preciso momento così impaurito da non riuscire a spostarsi nemmeno di un centimetro. Le gambe erano come blocchi di marmo, pesanti e inamovibili.

Il gatto non aveva fatto nulla, era rimasto fermo a cercare lo sguardo dell'uomo.

Quell'imperturbabilità aveva provocato un brivido lungo la schiena di Mario, come una leggera scossa elettrica: lo aveva fatto sobbalzare e, per inerzia, lo aveva spinto a correre verso il portoncino e a frapporre una barriera tra sé e il randagio.

Adesso, avvolto nel grembo della sua stanza, al caldo, in mutande e canottiera, De Luca osservava i disegni sparsi sul pavimento, disposti l'uno a fianco dell'altro, come i tarocchi sul tavolo del cartomante; e aveva infine dimenticato quel momento di ingiustificato panico che continuava a non sapersi spiegare. Non era superstizioso, non lo era mai stato: eppure quell'apparizione oscura risvegliava in lui il sentore di presagi nefasti.

Aveva appoggiato i vestiti sullo schienale della sedia che aveva avvicinato al termosifone, affinché si asciugassero in fretta.

Avrebbe voluto cambiarsi subito, ma il suo sguardo era caduto sulla sequenza delle mappe e ne era rimasto rapito.

S'inginocchiò e cominciò a guardarle una per una, poi a esaminarle in un unico colpo d'occhio, quindi tornò a controllare le misure di ogni disegno, squadra e compasso alla mano, per verificare ogni eventuale incongruenza.

"Sono tutte perfettamente identiche".

E in nessuna di quelle era segnata la variazione con la muratura del vano in cui avevano trovato le ossa.

Era possibile che qualcuno dei proprietari dell'appartamento fosse stato truffato? Che non si fosse accorto di quel piccolo spazio mancante? Era sì piccolo, ma non così tanto da passare inosservato.

"Se non si ha esperienza di piantine immobiliari, perché no?".

D'altronde anche lui, nella fretta di assegnare i compiti ai vari manovali addetti alla demolizione, non se n'era accorto.

E se invece qualcuno fosse stato consapevole e avesse taciuto?

Quanto tempo ci voleva perché un cadavere si decomponesse fino a ridursi a un mucchio di ossa? Mesi? Anni? Decenni? Scuotendo la testa, il geometra dovette ammettere di non essere in grado di rispondere a una domanda di quel genere.

"Devo chiedere l'aiuto di qualcuno più esperto".

Peccato che non conoscesse nessuno. Non avendo ancora avuto tempo di cambiare la residenza, non aveva nemmeno un medico di base a cui fare riferimento, sempre che avesse trovato il coraggio di fissare un appuntamento soltanto per porre quell'unica domanda.

"Farei la figura del lunatico".

Magari Renato aveva qualche amico in grado di chiarire quel dubbio. Avrebbe dovuto parlargliene. Datare le ossa sarebbe stato utile per capire chi, tra i vari inquilini di quella casa, ci aveva convissuto.

"Non basta, però".

Il secondo interrogativo da risolvere era se fosse il caso di mettersi in contatto con gli ultimi proprietari. Lui non era un poliziotto, proprio come aveva detto Renato. Quale scusa avrebbe potuto inventarsi per entrare nelle loro case e carpirne la fiducia, pur di ottenere le informazioni necessarie a tenere aperto il caso?

"Mi basterebbe qualche indizio", si disse Mario. "E poi passo la palla al magistrato, a Mazzoleni".

Forse il giudice si sarebbe deciso a indagare, se avesse trovato la strada spianata.

Mario De Luca era così immerso nei propri pensieri da non udire il rumore del chiavistello che scattava.

La vedova Rossetti entrò in casa e, vedendo la luce accesa in fondo al corridoio, si comportò da perfetta padrona di casa e andò a salutare il proprio ospite. Quando lo vide, seminudo, soltanto in mutande e canottiera, arrossì violentemente e sbatté la porta, ancor prima che Mario potesse abbozzare una giustificazione o porgerle le proprie scuse.

«Cafone!», sbottò la signora, e si rifugiò in cucina.

Forse quella sera, pensò Mario ancora vergognandosi, la donna non avrebbe cucinato per lui.

"Niente verze".

Almeno per una volta l'aveva scampata.

Il geometra notò qualcosa con la coda dell'occhio e, facendosi trasportare dall'istinto, si sedette vicino alla piantina che lo aveva colpito. Era la più antica di tutte, quella presentata quando il palazzo era stato costruito.

Qualcosa gli era sfuggito ed era un particolare di grande importanza.

15

Per raggiungere la vedova Rossetti nella sala da pranzo, dove la tavola era già stata apparecchiata, Mario aveva indossato i suoi vestiti, nonostante fossero ancora umidi, perché non aveva un altro completo da indossare.

Dallo sguardo della padrona di casa, l'ospite comprese che l'incidente di poco prima era stato solo momentaneamente accantonato.

De Luca avrebbe preferito chiarire subito la situazione.

«Signora, io…».

«Ora mangiamo», tagliò corto la vedova.

«Sì, però, ecco…».

«Più tardi, dopo aver cenato».

Mario abbassò lo sguardo sul piatto, come un cane bastonato.

«Un bel risotto», disse la Rossetti, «per combattere il freddo, così non si prende un raffreddore, o peggio».

«Vi ringrazio tanto, signora».

Mario rimestò il cibo con la forchetta e soltanto quando vide comparire le verze sorrise e cominciò a mangiare.

«*La* ringrazio», disse l'altra abbozzando a sua volta un sorriso divertito.

«Come?»

«A Milano si dà del lei, non del voi. Dovrebbe cominciare ad abituarsi. Il mio è solo un consiglio, beninteso».

Quel commento, pungente seppur pronunciato senza cattiveria, suscitò la reazione di Mario.

«Scusate… *scusi*, ma che differenza fa?»

«È una questione d'etichetta. Il lei è più elegante. Il voi porta a brutti ricordi del passato».

«Capisco».

«E poi, se vive a Milano vorrà parlare come i milanesi. Altrimenti», disse la vedova Rossetti, «rimarrà sempre e solo un emigrante».

Mario non rispose, ma si rese conto che in quell'ultima frase, pur pronunciata senza maleducazione, si nascondevano al tempo stesso un consiglio e una grande verità: lui non era più a Napoli, ma nella sua nuova città era ancora un estraneo. Doveva integrarsi; in caso contrario avrebbe continuato a tenere il piede in due scarpe, senza che nessuna delle due fosse davvero comoda.

«Come va il lavoro?».

La domanda spiazzò Mario. Negli ultimi tempi la signora Rossetti non si era più interessata al suo impiego.

«Il cantiere è momentaneamente chiuso, sono a casa in ferie».

Con un semplice «Ho notato» la vedova confermò i sospetti di De Luca sul reale motivo della domanda.

«Quanto prima riprenderà l'attività, c'è stato un impedimento imprevisto. Aspetto un telegramma dall'ingegnere».

«Speriamo che non tardi».

«Per l'affitto non dovete… non deve preoccuparsi. Sono ferie pagate».

La voce della signora Rossetti divenne d'improvviso severa: «Se dovesse perdere il lavoro, signor De Luca, me lo dica subito. Per quanto in tanti mi abbiano sconsigliato di prendere un meridionale a pensione, nutro fiducia nei suoi confronti e finora non ci sono stati problemi. Non mi faccia scherzi però, glielo chiedo come una cortesia».

Il silenzio che calò tra i due divenne pesante.

Mario avrebbe voluto aggiungere qualcosa in propria difesa ma, pensò poi, lui non doveva difendersi da nulla: pagava puntuale il vitto e l'alloggio e rispettava le regole della casa.

Fu la vedova Rossetti a toglierlo d'impaccio.

«Vada di là, se vuole. Nella mia stanza da letto. Ci sono due armadi. In quello a sinistra trova i vestiti del mio compianto marito. Nulla di pretenzioso, ma può usarli se vuole. A occhio direi che avete la stessa taglia e se continua a indossare quegli abiti che porta adesso, si prenderà un accidente».

«Mi scusi per prima, il ricambio è ancora in tintoria, sarà pronto domani».

«Magari non sono di moda per un giovane come lei, ma le assicuro che gli abiti di mio marito sono di buona qualità. Se dovessero fare odore di naftalina, me lo dica e provvedo a rinfrescarli. Non faccia complimenti, glielo dico davvero. Scelga ciò che può servirle, sarà sempre meglio che lasciarli lì nell'armadio». La vedova si alzò e iniziò a raccogliere i piatti vuoti. «Metto a scaldare l'ossobuco, sarà pronto per quando si è cambiato».

Mario, controvoglia, andò nella camera dei Rossetti e fece come gli era stato detto. Frugò nell'armadio del marito, fino a trovare un vestito sportivo che faceva al caso suo. Le camicie, notò, avevano le iniziali ricamate ed erano stirate alla perfezione, con l'amido sul colletto.

«Le sta bene», disse la signora Rossetti, quando rientrò nella sala da pranzo e si sedette al suo posto.

«Grazie, signora».

«Può chiamarmi Nora, se preferisce».

«Grazie».

L'ossobuco era delizioso e il calore del sughetto scacciò i brividi che Mario aveva provato fino a poco prima a causa degli abiti umidi.

«Nora, posso farle una domanda?»

«Certo».

Mario si schiarì la voce. «Spesso incontro nell'androne un gatto».

La signora Rossetti alzò un sopracciglio: «Un gatto?»

«Sì, un gatto nero. Dev'essere di qualcuno dei vicini, perché l'ho visto solo nel palazzo».

«Strano», disse lei.

«Non lo ha mai incontrato?»

«No, mai».

«Quindi non sa se ha un proprietario?»

«No, come le dicevo qui nel palazzo non è consentito tenere animali domestici e il custode si premura sempre di controllare che nulla di così indecoroso possa accadere. È sicuro che fosse dentro il palazzo e non in strada?»

«Sì, l'ho visto anche stasera».

«Mi pare davvero strano, perché quando sono rientrata ho controllato le piante nel cortile, per vedere se avessero bisogno d'acqua, ed era deserto». Nora Rossetti assunse un'espressione pensierosa. «Un gatto nero, ha detto. Con una leggera macchia sulla coda?»

«Esatto!».

«Sembrerebbe quasi Tobia, il gatto dei vicini del primo piano».

«Allora...», provò a intervenire Mario, ma la padrona di casa lo interruppe subito.

«È dal giorno in cui lo hanno trovato morto in una delle cantine che è stato deciso di vietare gli animali domestici. Per motivi igienici, soprattutto. Il poveretto doveva essere rimasto chiuso dentro e, dopo diverse settimane lì, emanava un tanfo orribile».

16

Infrangere i sigilli della polizia era un reato; ciò nonostante, pensò Mario mentre studiava come introdursi di nascosto nel cantiere rimasto inoperoso, si trattava pur sempre di una mera contravvenzione, magari non così grave da farlo finire in galera, nel caso malaugurato in cui lo avessero colto in flagrante.

Armato di torcia, si preparava ad affrontare l'oscurità e le sue paure, mentre a bordo del tram notturno attraversava la città per controllare un dettaglio delle piantine che secondo lui, qualora avesse trovato conferma, non poteva essere casuale.

"Se così fosse", si disse, "avremmo le idee più chiare sull'accaduto".

Il 18 sferragliava sui binari. Il vagone era semivuoto e oltre a lui, al conduttore e al bigliettaio, c'erano a bordo soltanto due ragazze, probabilmente studentesse, che vestivano secondo i dettami dell'ultima moda: minigonna e capelli cotonati. Forse andavano a ballare, oppure tornavano a casa da una festa.

Mario le osservò non senza cedere all'invidia.

Non dovevano essere molto più giovani di lui, eppure sembravano appartenere a mondi differenti. Il suo era quello dei lavoratori che, lontani dalla loro città, dovevano fare di tutto per portare a casa la pagnotta; il loro quello dorato e spensierato delle buone famiglie, con sicurezze e denaro a garanzia di un futuro roseo.

Al diploma per Mario erano seguiti il militare e un biglietto del treno per Milano, acquistato con i pochi risparmi accumulati durante il servizio di leva. Essere cresciuto a Napoli comportava diversi vantaggi, come la spiaggia e il mare a portata di mano, ma spesso lui sentiva che quel privilegio era anche la sua maledizione. Insieme a tre dei suoi fratelli aveva trascorso le estati dell'adolescenza a Posillipo, fumando, prendendo il sole e corteggiando le turiste tedesche e olandesi, che gradivano sempre il *savoir-faire* dei giovani napoletani.

All'arrivo dell'autunno, però, il sogno terminava e si ricominciava a correre nei vicoli stretti, dove le grida delle madri preoccupate facevano svanire ogni ricordo idilliaco.

"Sono quasi arrivato", si disse De Luca, riconoscendo il luogo in cui qualche giorno prima il tram aveva investito carro e cavallo.

Scese che era già buio pesto e, visto che nel circondario si trovavano più cascine che case, accese la torcia.

La luce era debole, eppure sufficiente a guidarlo fino al suo obiettivo.

De Luca aveva percorso talmente tante volte quello stesso tragitto che avrebbe potuto procedere a occhi chiusi; tuttavia aveva paura di essere scoperto e si fermava di tanto in tanto per controllare di essere effettivamente da solo sulla strada sterrata in cui, quando il cantiere funzionava a pieno ritmo, i camion dai cassoni pieni di detriti facevano avanti e indietro senza sosta.

Le recinzioni erano sbarrate con un lucchetto. Mario non possedeva la chiave, ma aveva portato con sé una tenaglia con cui tranciare il reticolato quel tanto che fosse bastato per creare un varco.

"Ci sarà un guardiano notturno?".

Nell'edificio sventrato non c'era nulla di valore e, nonostante l'ingegner Locati fosse un uomo ossessionato dalla sicurezza, l'idea che avesse accettato di pagare qualcuno per non lasciare incustodito quel luogo desolato a Mario sembrava una follia.

"Controllo prima gli uffici".

La casupola prefabbricata era al buio e nessun rumore proveniva dall'interno. Se ci fosse stato un custode, si disse Mario, sarebbe stato lì che avrebbe dovuto cercarlo. Il geometra si acquattò all'ombra di un grande cespuglio e attese. Controllò l'orologio e soltanto dopo un quarto d'ora ebbe il coraggio di muoversi dal suo nascondiglio per avvicinarsi al palazzo. Le impalcature erano coperte di polvere: De Luca doveva stare attento a non scivolare nel vuoto, mentre si issava fino alla cima dell'edificio.

"Ci siamo".

Avanzò lentamente, guardandosi intorno con attenzione. Non voleva rischiare di essere scoperto e così, visto che la luna era quasi piena, Mario provò a sfruttarne la luce fino al momento in cui fu al riparo, protetto da due muri portanti che Niscemi e Ficara non avevano fatto in tempo ad abbattere. Soltanto allora accese di nuovo la torcia e si fece guidare dalla lama di luce sino al varco protetto dai sigilli.

"Ora o mai più", provò a farsi coraggio Mario, quindi staccò i cordoni di plastica e li oltrepassò.

Era di nuovo dentro.

Di fronte a lui, le ossa, che ancora nessun tecnico aveva prelevato, nonostante le promesse del magistrato Mazzoleni di accelerare i tempi.

"Chi siete?".

De Luca si soffermò solo un istante sui resti umani: non era lì per loro.

Alzò la testa e illuminò la parete di fronte a lui, poi quella a sinistra. Ripercorse il muro più volte, finché trovò il foro di forma circolare. Era più grande di quanto ricordasse ed era protetto da una piccola grata di ferro.

"Non è una finestra", constatò Mario.

E non era presente su nessuna delle mappe catastali che gli aveva procurato Renato.

Quel piccolo buco nella parete avvalorava il suo sospetto, che la precedente conversazione con la vedova Rossetti circa il gatto trovato morto nella cantina aveva in qualche modo confermato.

"I cadaveri sono stati rinchiusi in una stanza con un foro per far entrare l'aria e si sono quindi decomposti più rapidamente".

Quel buco era inoltre servito come sfogo per eventuali cattivi odori, dovuti ai gas rilasciati da un corpo dopo la morte.

Mario osservò a lungo la finestrella. La grata era stata inserita, ipotizzò, per farla sembrare una normale presa d'aria, cosa che invece non era, semplicemente perché nel progetto non era prevista. Quella piccola modifica sottolineava un dettaglio fondamentale, di cui avrebbe dovuto mettere quanto prima al corrente il magistrato e la polizia.

Non soltanto, dedusse Mario De Luca, si trovavano di fronte a un omicidio, come già sospettavano, ma anche a un delitto premeditato, che era stato progettato fin nei minimi dettagli.

Chi aveva nascosto lì i corpi voleva che dei cadaveri non rimanesse nulla.

"E voleva sbarazzarsene in fretta".

17

Nora Rossetti aveva un telefono in sala da pranzo, un apparecchio fornito in comodato dalla società STIPEL, il cui uso era stato interdetto a De Luca. La stessa vedova non lo utilizzava mai per chiamare, diceva che era troppo costoso, ma soltanto per ricevere telefonate; possedeva però un elenco telefonico che Mario si apprestò a consultare.

Mentre sfogliava le pagine con i nomi degli abbonati, Mario sperò che anche chi aveva venduto la proprietà dell'immobile all'INPDAP fosse in possesso di un telefono, altrimenti quella ricerca sarebbe risultata vana.

"Se hanno i soldi per comprare una casa", fu il suo auspicio, "potranno anche permettersi una linea privata".

Il risultato sembrò dare ragione al suo ragionamento induttivo, visto che ben tre abbonati rispondevano al nome dell'ultimo inquilino che, secondo l'elenco che gli aveva fornito suo fratello Renato, aveva abitato nell'appartamento delle ossa. Ora doveva soltanto chiamarli e, con un po' di fortuna, avrebbe trovato la persona che stava cercando, nonostante il cognome Brambilla fosse tra i più diffusi di Milano.

Segnati i numeri su un foglietto, si recò al bar, dove ordinò un caffè e si fece consegnare un buon numero di gettoni.

«Pronto?».

Una voce femminile, impostata.

«Buongiorno», esordì Mario, «cerco il ragionier Brambilla».

«Non è in casa, chi parla?»

«Mi chiamo De Luca, sono un geometra del Catasto», mentì Mario, «e sto cercando la persona che ha venduto un immobile in via delle Forze Armate a Milano nel 1962».

«Si tratta di mio marito. C'è qualche problema?»

«No, signora, mi scusi se l'ho spaventata, non era mia intenzione. Sto soltanto archiviando gli incartamenti e avrei bisogno della conferma di alcuni dati. Potrei chiederle dove risiedete adesso?»

«Certamente, geometra. In via Cabella al numero 12».

Mario De Luca segnò l'indirizzo e, preso dalla parte che stava recitando, chiese se potesse andarli a trovare per parlare di persona.

«Venga domani sera, dopo le sei».

Dopo qualche convenevole, Mario riattaccò.

Era fatta ed era stato molto più facile del previsto; ciò nonostante il geometra era sudato e paonazzo.

Andò al bancone e chiese un bicchiere di whisky.

«È sicuro? Non è un po' presto?»

«Sì, per favore».

«Sta bene?», ripeté il barista. «Sembra scosso».

De Luca, che voleva soltanto bere un po' di liquore per calmarsi, continuò a recitare il ruolo del bugiardo: «Ho ricevuto una brutta notizia, ho bisogno di qualcosa di forte».

Mentire, si rese conto in quel momento, gli riusciva molto più facile di quanto avrebbe immaginato.

18

A sorpresa via Cabella era abbastanza vicina al cantiere.

La famiglia Brambilla non si era dunque spostata molto dal luogo in cui si trovava l'appartamento delle ossa. Grazie all'aiuto di una cartina, Mario aveva tracciato mentalmente il percorso che lo avrebbe portato dalla fermata dell'autobus al civico 12.

"Sono in anticipo", si disse. "Bene".

Si era preparato con cura per quell'incontro.

Si era fatto prestare da Renato il tesserino di servizio e si erano recati insieme in una cartoleria vicino all'università statale per fare una fotocopia. Alla foto del fratello aveva sostituito la sua e l'aveva fissata con un po' di colla. Quel facsimile non avrebbe ingannato un addetto ai lavori, ma il ragionier Brambilla non aveva motivo di sospettare di lui: quell'espediente poteva funzionare.

Per perfezionare il travestimento, De Luca era andato da un barbiere, si era fatto tagliare i capelli e aveva chiesto di pettinarli con la riga a destra, proprio come li aveva sempre portati il padre. Dall'armadio del marito di Nora Rossetti aveva scelto un abito scuro molto elegante, che gli conferiva un tono ufficiale. Infine, aveva svuotato la ventiquattrore di pelle e aveva portato con sé le copie delle mappe catastali, a conferma del suo finto incarico di funzionario del Catasto.

Alle sei in punto suonò al campanello dei Brambilla.

La donna che gli aprì la porta era molto più giovane di quanto la voce al telefono avesse lasciato immaginare. «Lei è il funzionario del Catasto, giusto?».

Mario De Luca sfoderò il suo migliore sorriso. «Posso entrare?»

«Prego, mi segua. Mio marito dovrebbe arrivare a momenti, mi ha telefonato dall'ufficio per avvisarmi che stava tornando».

«Non vi disturberò troppo, ho solo bisogno di un paio di informazioni per aggiornare la pratica e poterla archiviare».

«Le posso offrire qualcosa? Un caffè? Un bicchiere d'acqua?»

«Sto bene così, grazie».

De Luca fu fatto accomodare su un divano in pelle molto simile a quello della signora Rossetti. I quadri alle pareti erano disegni astratti: Mario non era in grado di stabilire se fossero opere d'arte, ma avevano l'aspetto costoso.

«Posso?», domandò, prima di appoggiare la borsa sul tavolino di cristallo davanti a lui.

«Prego, faccia ciò che deve», disse la signora Brambilla. Era alta, slanciata e aveva le unghie delle mani smaltate di un rosso vivo. «Io metto su il caffè per me e sono subito da lei».

Mario inforcò gli occhiali, che usava raramente, e finse di studiare i documenti che aveva appoggiato sul tavolo. In realtà continuava a scrutare i mobili, quasi tutti in radica, e gli oggetti d'arredo, tra cui spiccava un raffinato posacenere a stelo in stile liberty.

«Mi perdoni se mi sono permessa di prendere l'iniziativa», disse la signora Brambilla mentre tornava in soggiorno e si sedeva di fronte a lui, «ma visto che ho preparato il caffè, ne ho versato una tazza anche per lei. Spero non le dispiaccia».

«Non volevo disturbare. La ringrazio per la gentilezza».

La signora Brambilla si rilassò sulla poltrona e accavallò le gambe, lasciando scoperto un buon tratto di pelle.

Mario si sforzò di restare imperturbabile e concentrato sui documenti.

«Quando arriva di solito suo marito?»

«È sicuramente questione di poco», rispose la donna.

«Magari potrei cominciare a chiedere a lei, chissà che riusciamo a non importunare il ragioniere. Dopo una giornata di lavoro, arriverà a casa e vorrà soltanto rilassarsi».

«Prego, mi dica pure».

«Nel 1960 avete acquistato questo appartamento», e per rafforzare il suo ruolo di impiegato del Catasto, Mario spinse in avanti la piantina, «che poi avete rivenduto nel 1962 all'INPDAP, dietro pagamento di un cospicuo rimborso».

«È proprio così».

«Ricorda se nella camera da letto era presente un'insenatura? Pressappoco in questo punto», disse il geometra, mostrando sulla planimetria il punto in cui si trovava il vano murato con le ossa.

«No, non mi sembra. Anzi, no, ne sono sicura».

Mario prese nota di quell'informazione, prima di passare alla domanda successiva.

«Posso chiederle come mai siete rimasti lì così poco?»

«L'offerta che abbiamo ricevuto è stata allettante. Non potevamo rifiutare, nonostante la seccatura di un nuovo trasloco a così breve distanza dal primo».

«In effetti, se posso esprimere il mio parere, siete stati

molto bravi a ottenere dall'INPDAP un risarcimento così elevato. Suo marito dev'essere un uomo d'affari di grande esperienza».

«In realtà», sorrise la signora Brambilla, «noi non abbiamo fatto praticamente nulla. È stato un avvocato a condurre la trattativa. Ci è stato consigliato proprio dalla persona che ci ha venduto l'appartamento».

«Un avvocato, come mai?»

«Noi abbiamo acquistato la casa a un prezzo piuttosto elevato, forse ci siamo fatti trascinare dal nostro entusiasmo, e non volevamo rimetterci, per questo motivo abbiamo rifiutato categoricamente la prima offerta ricevuta. Ma, secondo quanto mi ha detto mio marito, non avremmo potuto evitare di cedere la proprietà. Se avessimo continuato a opporci, sarebbe stato un giudice a stabilire il prezzo dell'esproprio e in quel caso non avrebbe preso le nostre parti».

«Certamente. E come siete arrivati all'avvocato?».

La signora Brambilla non aveva ancora bevuto il suo caffè. Prima di rispondere si alzò, andò al mobile bar e prese una bottiglia di cognac. Svitò il tappo e se ne versò una dose abbondante nella tazzina. Subito dopo, senza chiedere il permesso, fece lo stesso con il caffè di De Luca. «Così è più buono». Sorrise e tornò a sedersi al suo posto.

«L'avvocato», ripeté lui.

«Esatto. La signora che ci ha venduto l'appartamento, le dicevo. Una persona squisita, con cui siamo rimasti in contatto per qualche tempo. Ci chiedeva sempre se fossimo soddisfatti dell'acquisto e se avevamo in mente di fare qualche lavoro di ristrutturazione. Diceva di avere buone conoscenze nel settore e che nel caso avrebbe potuto farci fare un preventivo. Ma l'appartamento era in ottimo stato e non aveva bisogno che di una mano di tintura alle pareti».

«La signora che vi ha venduto l'appartamento… a me risulta essere Maria Teresa Copernico. Potrebbe confermarmelo?»

«Certamente. È proprio lei. Dopo aver ceduto quella casa si è trasferita in centro, in uno stupendo stabile settecentesco in via Santa Marta». Di nuovo la signora Brambilla accavallò le gambe e sorrise. «Sono appassionata di architettura, sa? Quando ho visto il palazzo da fuori devo ammettere di aver provato un po' di invidia».

«L'avvocato, mi diceva».

«Certo», spiegò la donna, dopo aver bevuto il caffè. De Luca non aveva ancora toccato il suo. «La signora Copernico chiamava spesso, per sincerarsi che fosse tutto di nostro gradimento. Davvero una persona squisita, anche se a volte, se posso dirlo, un po' invadente. A un certo punto si è offerta di ricomprare la casa, a un prezzo ancora più alto, poco prima che l'INPDAP si facesse vivo».

«Che strano, non trova?»

«Diceva di essersi pentita e che dopo aver vissuto lì per vent'anni si era affezionata e, potendoselo permettere, sarebbe tornata volentieri sui suoi passi. Non siamo stati abbastanza veloci ad accettare la sua offerta. L'intervento dell'INPDAP ha stroncato sul nascere ogni tipo di trattativa privata».

«L'avvocato, però…».

«La signora Copernico ci ha dato il numero di un suo amico, avvocato, in modo che potessimo ottenere il miglior prezzo e acquistare un altro appartamento senza rimetterci».

«E secondo lei perché vi ha aiutati? Non aveva nulla da guadagnare».

La signora Brambilla si sporse in avanti, mostrando una scollatura molto generosa. «Lei è molto giovane. Assomiglia a quel cantante famoso. Peppino di Capri, no? Proprio un bel napoletano».

Mario arrossì, ma non si lasciò distrarre. «L'avvocato...».

«Io credo che tramite lui la signora abbia cercato in qualche modo di fare pressioni all'INPDAP perché si ritirassero e potesse così subentrare lei, ma l'impresa non dev'essere riuscita. E sa qual è la cosa più strana?»

«Cosa?»

«Che nonostante io l'abbia invitata più volte per un caffè, la signora Copernico non è mai venuta a trovarci. Nemmeno quando le ho detto che c'erano ancora parecchi oggetti suoi in cantina e che mi sarebbe dispiaciuto doverli buttare via».

Mario De Luca annuì. Non era sicuro che la sua interlocutrice, che prima del suo arrivo doveva aver bevuto un altro paio di bicchierini di cognac, si fosse davvero resa conto di aver parlato così tanto e così a lungo. Decise di approfittare della sua loquacità.

«Un'ultima richiesta, se posso».

La signora Brambilla accavallò di nuovo le gambe. «Tutto quello che vuole, geometra».

«Potrebbe darmi il telefono del notaio che ha eseguito il rogito?».

Lo sguardo della signora Brambilla sembrava quasi deluso. «Certamente».

«Lo vorrei allegare alla pratica», si giustificò Mario, mentre si alzava, raccoglieva le sue cose e fuggiva da quella casa tanto elegante quanto insidiosa.

19

Mario aveva corso un grosso rischio a presentarsi così dai Brambilla.

Si era fermato dopo a riflettere sul fatto che, se fossero stati loro a nascondere le ossa nel vano murato, avrebbero potuto sospettare che la sua visita non fosse casuale.

"Ma io non sono un poliziotto".

In ogni caso, si disse, era stato imprudente a entrare in casa di sconosciuti senza prendere precauzioni.

"Avrei almeno dovuto avvisare Renato dell'ora e del luogo dell'appuntamento, in modo che se fosse accaduto qualcosa avrebbe potuto riferirli alla polizia".

Il pensiero che più turbava Mario era però l'avvenenza della signora Brambilla. Sulla porta, dopo averla salutata con un blando baciamano, era stato tentato di suonare di nuovo; si era trattenuto per miracolo.

La sua piccola indagine aveva la precedenza e finché non avesse escluso i Brambilla dall'elenco dei sospettati, non poteva commettere nessuna leggerezza.

"Non possono essere stati loro", si disse alla fine.

Erano rimasti soltanto due anni in quella casa ed era un lasso di tempo troppo breve affinché i cadaveri si decomponessero del tutto.

Peccato che lui fosse un geometra e non un poliziotto. Quella storia lo spaventava, ma al tempo stesso lo eccitava.

Ora aveva tre strade di fronte a sé.

Parlare con il magistrato e metterlo al corrente di quanto aveva scoperto finora. Mazzoleni gli era sembrata una persona integerrima e di buona volontà. Avrebbe fatto tesoro delle sue ricerche? Se però, come aveva affermato il poliziotto che aveva raccolto la sua deposizione al commissariato, era soltanto un carrierista, avrebbe archiviato il caso nonostante tutto.

La seconda opzione era andare a parlare con Maria Teresa Copernico. Forse non sarebbe stata così disponibile come la signora Brambilla e magari avrebbe chiamato il suo avvocato e scoperto il bluff. Era una strada molto rischiosa, che poteva mettere Mario nei guai. Meglio rimandare quell'incontro.

Scelse la terza via, quella del notaio. Avrebbe chiesto lumi sul rogito, per capire come potesse essergli sfuggita quella variazione catastale.

"Fingerò di andare a nome dell'ingegner Locati".

Mario ideò la sua strategia.

Se si fosse recato nello studio col pretesto di voler aiutare il suo capo a ottenere la riapertura del cantiere in modo da non perdere il lavoro, non sarebbe stato lontano dalla realtà dei fatti. Al notaio non sarebbe venuto in mente di chiamare Locati per verificare la sua storia e, anche se lo avesse fatto, Mario avrebbe sempre potuto affermare di aver agito di propria iniziativa per dargli una mano.

Così, concluse De Luca mentre si avviava alla fermata del tram che lo avrebbe ricondotto in centro città, lì dove il notaio aveva il suo studio, non avrebbe dovuto mentire: avrebbe semplicemente omesso parte della verità.

20

Era stata una sconfitta su tutti i fronti.

"Una vera e propria disfatta".

Mario uscì dall'ufficio del notaio Rossignoli de Sio con l'aria del cane bastonato.

"Avrei dovuto giocare meglio le mie carte".

Presentarsi senza appuntamento, tanto per cominciare, non era stata una buona idea.

«Si tratta solo di un'informazione», aveva detto alla segretaria, «non gli farò perdere che qualche minuto».

Le aveva raccontato la storia che si era ripetuto dopo la visita ai Brambilla e di cui si era ormai autoconvinto; lei però era sembrata scettica.

«Ora è in riunione. Potrebbe protrarsi ancora a lungo».

«Aspetto», aveva detto lui, «se per lei va bene».

«Le posso offrire qualcosa?»

«Solo un bicchier d'acqua, per favore».

L'attesa era stata prolungata. A Mario era venuto il sospetto che fosse un mero tentativo di scoraggiarlo: alla fine comunque la sua tenacia era stata premiata.

«Il dottore la può ricevere».

La segretaria del notaio non era sexy come la signora Brambilla, il cui ricordo ancora turbava De Luca, ma aveva un sorriso contagioso che gli aveva instillato una buona dose d'ottimismo.

Il notaio, al contrario, aveva un grugno scontroso che sembrava fatto apposta per dissuadere chiunque da un qualsiasi atto di gentilezza.

«Non ho ben capito chi sia lei», era stato il rimprovero di Rossignoli de Sio dopo aver ascoltato con attenzione la storia che Mario aveva provato a rifilargli e che, dall'alto della sua esperienza, aveva subito catalogato proprio per quello che era: una scusa mal recitata. «Né che cosa voglia da me».

«Guardi questa piantina», aveva detto De Luca, mostrando la mappa catastale allegata all'atto di rogito con cui Maria Teresa Copernico aveva ceduto la proprietà dell'appartamento delle ossa ai coniugi Brambilla.

«La ricordo bene».

«Sembrerebbe, dottore», aveva affermato Mario, sottolineando il condizionale per non irritare ulteriormente il suo interlocutore, «che ci sia un'imprecisione».

«Impossibile».

Mario De Luca era sempre molto attento quando si trattava di tracciare linee geometriche. Non era soltanto il suo lavoro, ma anche una vera e propria passione.

«È un errore quasi invisibile, tant'è che anch'io non me ne sono accorto, dottore».

«Le ripeto. Impossibile».

Quel muro di ostilità aveva spinto Mario a ricorrere a una seconda piantina, che aveva personalmente disegnato con le nuove misurazioni successive al ritrovamento del vano murato.

«Vede qui, dottore? Differisce di poco, un metro quadrato scarso. Questo muro era già presente al momento del rogito, eppure manca dalla cartina che lei ha fatto allegare all'atto di vendita».

Rossignoli de Sio aveva a malapena degnato di uno sguardo la nuova cartina.

«Le ripeto. Chi è lei? In che veste si presenta qui?»

«Come le ho anticipato, dottore, voglio solo chiarire la situazione per poter aiutare il mio datore di lavoro a ottenere la riapertura del cantiere in cui sto lavorando».

«Lei ha sbagliato a venire qui», aveva risposto a quel punto il notaio, con un tono di voce pacato eppure molto intimidatorio, che nessuna persona di buon senso avrebbe preso sottogamba. «Le chiedo per favore di lasciare subito il mio ufficio».

«Ma, dottore, io non volevo insinuare nulla. Soltanto comprendere come…».

«È l'ultima volta che glielo ripeto, geometra. Fuori di qui, oppure sarò costretto a chiamare le forze dell'ordine per farla allontanare con la forza». Con la punta dell'indice, Rossignoli de Sio aveva spinto gli occhiali su per il naso. «È fortunato che non la quereli per diffamazione».

Di fronte a quella minaccia, Mario De Luca era stato costretto ad ammainare la vela e a battere in ritirata. Si era sentito come il capitano di una barca incastrata tra gli scogli: qualunque manovra sarebbe stata fallimentare. Aveva optato per il silenzio e per la fuga con la coda tra le gambe.

"Speriamo che non telefoni all'ingegner Locati", era stato il suo ultimo pensiero mentre abbandonava lo studio del notaio senza nemmeno salutare la segretaria, "altrimenti sono rovinato".

Giunto in strada, Mario De Luca si appoggiò con la schiena al muro del palazzo, nel tentativo di riprendere il controllo del respiro.

Proprio di fronte, dall'altro lato della strada, vide un bar e vi si fiondò con impazienza.

«Un caffè, per favore».

Non lo aveva ancora ricevuto, quando sentì una mano sulla spalla.

Si voltò di scatto, temendo che Rossignoli de Sio avesse davvero telefonato alla polizia, e si trovò di fronte il sorriso rassicurante della segretaria del notaio.

«Ha dimenticato la sua valigetta dal dottore. Prego, tenga».

La sua ventiquattrore. Mario sospirò. Nella fretta di andare via non l'aveva presa con sé.

«Io... grazie».

Alla radio passava una canzone di successo di Remo Germani, che da diverse settimane veniva trasmessa con regolarità. Il ritornello scanzonato strappò un sorriso alla giovane donna, che disse solo, come un pensiero rubato: «Questo brano mi piace tanto».

Quando Mario fece per prendere la borsa di pelle, la sua mano sfiorò quella di lei.

«Come posso sdebitarmi? Mi vuole fare compagnia così le offro un Sanbitter?», le domandò.

«Non posso, mi spiace», rispose lei.

Lui abbassò lo sguardo, deluso, ma lei lo sorprese.

«Se è ancora qui tra mezz'ora però, quando ho la mia pausa pranzo, possiamo mangiare qualcosa insieme».

21

Mario De Luca non era certo un latin lover, ciò nondimeno, nonostante la sua giovane età, se l'era sempre cavata bene nella difficile fase del corteggiamento. Da quando era approdato a Milano, però, non aveva avuto ancora né tempo, né modo di pensare al gentil sesso. Lavorare in un cantiere dove tutti erano uomini, dal capo all'ultimo dei manovali, non aveva facilitato le cose. Suo fratello Renato, al contrario, correva dietro a ogni gonna che si trovava di fronte, quasi volesse prendere parte a una maratona in cui macinare chilometri era più importante della vittoria stessa. Gli ripeteva spesso che loro, gli uomini del Sud, piacevano molto alle *nordiche* perché erano più spigliati, meno impacciati di quei baccalà dei milanesi.

A dispetto di ciò, Mario non si sentiva a suo agio.

«Non pensavo che mi avrebbe aspettata davvero», disse la segretaria del notaio entrando nel bar e dirigendosi al tavolino nell'angolo dove il geometra sorseggiava l'ennesimo caffè.

A colpire Mario ancora una volta furono la semplicità del sorriso e la spontaneità con cui la giovane spostò la sedia e prese posto di fronte a lui.

«Mi chiamo Grazia», si presentò.

«Io sono Mario».

«Lo so», rise lei, «mi ha lasciato le sue generalità quando è venuto in ufficio».

«Ha ragione, mi scusi».

«Non si scusi. Mi è spiaciuto vederla andar via così... come dire? Abbacchiato? Spero non sia accaduto nulla di irreparabile».

Mario rivolse a Grazia un sorriso incerto: «Questo lo spero anch'io».

«Prima mangiamo, poi, se vuole, mi racconta cos'è successo. Magari posso aiutarla».

Lui annuì e con un cenno della mano si fece notare dal cameriere.

Grazia doveva essere una cliente fissa, perché chiese subito: «Qual è il menu del giorno?»

«Risotto allo zafferano e cotoletta con patate».

Vedendo che Mario non si decideva, ordinò lei per entrambi.

«Non le piace la cucina milanese?»

«Se devo essere sincero, non la conosco. Finora ho mangiato quasi sempre in casa».

«Lei non è di qui, vero? Il suo accento...».

«Vengo da Napoli. E lei?»

«Io sono di Greco».

Le sue vocali chiuse tipiche della cadenza meneghina, allungate però alla fine delle parole, affascinarono Mario, che fino ad allora aveva associato il dialetto alle persone anziane che incrociava nei bar e non a una donna della sua stessa età.

«E dove sarebbe?»

«Ha mai sentito Adriano Celentano?».

Mario annuì, anche se non era sicuro di sapere distinguere un brano di Celentano da uno di Little Tony.

L'unico cantante moderno che apprezzava era Edoardo Vianello, altrimenti si sentiva legato alle melodie popolari che ascoltava sua madre alla grande radio a transistor che occupava metà del salotto: Roberto Murolo, Salvatore Di Giacomo e Libero Bovio.

«Anche Celentano è nato a Greco, poi però si è spostato al Giambellino insieme a Giorgio Gaber». Grazia smise di parlare e, leggendo lo sconcerto nello sguardo di Mario, esplose in una risata cristallina. «Parlo troppo, lo so, è un mio difetto. È che la musica è una mia grande passione».

«Ma no, si figuri, sono io che sono ignorante in materia. La ascolto con interesse».

«Tornando alla sua domanda. Il quartiere Greco si trova a nord-est di Milano. Lei invece dove vive?»

«Vicino a via Palestro, a Porta Venezia».

Arrivarono i primi piatti, insieme a una mezza caraffa di vino rosso, che Mario offrì a Grazia. «Poco, per favore, devo rientrare in ufficio».

«Le piace il suo lavoro?»

«Non è quello per cui ho studiato, ho il diploma magistrale, ma gli orari e lo stipendio non sono male. A volte purtroppo il dottore sa rendersi un po' antipatico».

Mario annuì quasi senza accorgersene e mormorò: «Ho notato».

«Cos'è successo prima?»

«Vede», spiegò Mario, «io lavoro come geometra in un cantiere in via delle Forze Armate. Lo stabile è stato acquistato dall'INPDAP, ma prima apparteneva a una coppia, marito e moglie, che ha fatto il rogito dal dottor Rossignoli de Sio. Ora stiamo demolendo il palazzo e ci troviamo di fronte a un'incongruenza, ma quando l'ho fatto notare al signor notaio, lui si è arrabbiato e mi ha cacciato».

«Non dovrei dirglielo, ma è una persona molto permalosa. Si sarà offeso».

«Lo temo anch'io. Però ora devo risolvere questo piccolo mistero e non so come fare».

«Se vuole, posso provare a guardare io la pratica», disse Grazia. «Se si fida».

«Mi farebbe un enorme favore».

Grazia si fece spiegare il problema, che Mario illustrò omettendo il dettaglio delle ossa ritrovate.

La ragazza prese un tovagliolo di carta, chiese al barista una penna e si fece dettare il numero di telefono di Mario.

«Appena ho qualche notizia la chiamo io, va bene?».

Il cameriere ritirò i piatti vuoti e servì il secondo.

Grazia ne approfittò per spiegare a Mario la differenza tra la ricetta originale della costoletta alla milanese e quella che veniva servita comunemente nei bar e nelle tavole calde. «Usano il petto di pollo invece del vitello».

«A me sembra buona», disse lui.

«Se vuole assaggiare la vera costoletta, deve andare al ristorante La Madonnina, in Porta Romana».

«Magari potremmo andarci insieme», azzardò De Luca, «una sera di queste».

«A me piacerebbe molto», ammise Grazia, «però il mio fidanzato non approverebbe».

«Le chiedo scusa. Non volevo essere impertinente».

«Sono io che le sarò sembrata sfacciata, a proporle di mangiare insieme. Ma aveva un'aria così mogia che mi dispiaceva lasciarla così».

«Lei è stata davvero gentile», disse Mario, imbarazzato per il suo goffo invito a cena, eppure in qualche modo incuriosito da quella ragazza che, pur avendo all'incirca la sua stessa età, sembrava molto più moderna e al passo con i tempi di lui.

«Ora devo andare. È stato un piacere conoscerla».

«Aspetto la sua telefonata», concluse lui, mentre si alzava e le porgeva la mano, che lei strinse quasi con timore.

«Non dubiti».

Mario andò a pagare e con sua sorpresa il barista gli disse che la ragazza aveva fatto mettere il pranzo sul suo conto. Quella Grazia era davvero piena di sorprese, pensò De Luca, mentre scuotendo la testa s'incamminava a piedi verso casa.

22

Per una passeggiata dal centro all'appartamento di Nora Rossetti non occorreva più di mezz'ora; ma, visto che non aveva ulteriori impegni per la giornata, Mario decise di concedersi una lunga deviazione e visitare quella città che conosceva ancora così poco.

Il Duomo con le sue guglie e le statue in marmo bianco era affascinante, anche se a Mario quell'algida rappresentazione di sfarzo appariva troppo lontana dal suo piccolo mondo quotidiano.

"È altezzoso", concluse tra sé e sé mentre ammirava la Galleria Vittorio Emanuele e la superava, dirigendosi verso piazza San Babila.

Le macchine sportive, attorno a lui, sfrecciavano nel traffico. Era grazie a questi dettagli che Milano si trasformava da paesone in metropoli.

Il grattacielo all'inizio di corso Matteotti gli tolse il fiato. Era il secondo edificio del genere che vedeva, dopo il grande palazzo della Pirelli costruito da Gio Ponti. Non sapeva nulla, il giovane napoletano, di quegli edifici, per lui futuristici, che i milanesi avevano subito battezzato con soprannomi non privi d'ironia, il Rubanuvole e il Pirellone, e che erano ormai parte del panorama urbano di una città che, come una macchia d'olio, continuava a espandersi e a mangiarsi le periferie.

Lui stesso stava partecipando a un progetto che, una volta terminato, avrebbe lasciato il segno.

La torre Snia Viscosa che si stagliava di fronte a lui era alta quindici piani. I grattacieli dell'ingegner Locati si sarebbero alzati ancora di più a toccare il cielo.

Pensare di essere parte di una simile rivoluzione lo elettrizzava.

Nonostante fosse stato respinto da Grazia, Mario De Luca si sentiva di ottimo umore.

La vetrina dell'elegante pasticceria Sant'Ambroeus era invitante. Il napoletano decise di entrare e di comprare un panettone. A Natale non mancava poi molto e, nonostante i suoi compaesani ne dicessero peste e corna, voleva assaggiare quel dolce farcito d'uvetta e canditi di cui aveva soltanto sentito parlare. Mentre prendeva il portafoglio gli cadde di tasca il foglietto con i nomi degli inquilini dell'appartamento con la stanza dei tre cadaveri.

I dubbi sulle sue azioni recenti tornarono a tormentarlo.

Perché stava facendo tutto ciò?

"Per una curiosità personale", fu la prima risposta che gli venne in mente.

Non aveva senso. Mettere tutto in gioco per un capriccio? Non era da lui.

C'era qualcosa di diverso dietro a quell'ansia che lo spingeva a improvvisarsi investigatore.

"Nessuno vuole fare luce sulla morte di quelle tre persone".

A lui, nato in una famiglia povera, che aveva perso il padre quand'era ancora giovane e che era cresciuto in strada, non stava bene: voleva che per una volta si potesse bucare il muro dell'indifferenza.

"Giustizia".

Una parola dal peso considerevole. Soltanto pensarla gli faceva tremare le gambe, eppure Mario era cresciuto con l'idea, trasmessagli da suo padre prima che la malattia spazzasse via la sua dignità, che soltanto attraverso l'aiuto reciproco si potesse svolgere il proprio ruolo nella società.

"Al giorno d'oggi tutto questo non interessa".

Frastornato da quelle fantasticherie, prese il ponticello di San Babila che scavalcava il cantiere della futura metropolitana. Di nuovo, il ventre della città si apriva ai suoi piedi, dimostrando la vacuità del mondo materialista che lui e i suoi coetanei stavano costruendo. Arrivato al cancello che delimitava i giardini pubblici, decise di entrare. Invece di puntare verso lo zoo, si soffermò a leggere le targhe commemorative sui busti sparsi qua e là per il parco. Personalità che avevano reso grande Milano, ma che lui non aveva mai sentito nominare. Ripetere a voce alta quei nomi servì soltanto a far sentire Mario inadeguato.

«Giuseppe Sirtori. Luciano Manara. Gaetano Negri».

Chissà se qualcuno si ricordava ancora di loro o se le loro tracce erano state cancellate dai colpi della storia successiva. Proprio come i tre teschi dell'appartamento delle ossa, che rischiavano di essere spazzati via dalle ruspe della nuova Milano che avanzava senza sosta.

"Non posso permetterlo", si ripromise Mario, mentre varcava il portone di casa.

Si guardò attorno, ma del gatto nero quel giorno non c'era traccia.

Sollevato, salì le scale e suonò alla porta.

La vedova Rossetti gli aprì e gli rivolse un sorriso sincero.

«Ieri sera non ci siamo visti. Ha tagliato i capelli. Così sta molto meglio».

«Grazie», rispose Mario e le porse il panettone. «Per lei… per noi», disse. «Per Natale».

«Manca ancora parecchio, qui non si inizia a festeggiare così presto come da voi». Nonostante quel rimprovero, il sorriso della donna divenne ancora più ampio. «Ma è un pensiero squisito, grazie».

Mario si tolse il soprabito e quando lei vide che indossava il vestito del marito, dovette trattenere un singhiozzo. «Le calza a pennello. Lo tenga lei, per piacere».

«Io…».

«Ho un messaggio per lei. Ha telefonato il suo capo, l'ingegner Locati».

Mario impallidì. Forse il notaio lo aveva chiamato per lamentarsi dell'irruzione nello studio, quella mattina? Prima che avesse il tempo di replicare, la padrona di casa sembrò confermare i suoi sospetti.

«Ha chiesto che lo richiami. Qui trova il numero a cui può trovarlo. Ha detto che è urgente», spiegò la signora, «e dal tono di voce sembrava molto arrabbiato».

23

«Dove ti sei cacciato?»

«Ero fuori per una commissione, dottore. Mi ha cercato?».

L'ingegner Locati, proprio come aveva anticipato Nora Rossetti, era fuori di sé.

«Ti avevo detto di rimanere a disposizione!».

«Avevo capito che ero in ferie», fu la risposta di Mario.

«Dove sei ora? Si sente male».

Era sceso sotto casa per telefonare. La signora Rossetti gli aveva proposto, in via del tutto eccezionale, di utilizzare l'apparecchio domestico, ma lui aveva rifiutato. Non voleva che la padrona di casa potesse capire che il suo capo lo stava licenziando. Temeva che subito dopo anche lei potesse dargli il benservito.

«La chiamo da un telefono pubblico, in un bar. È accaduto qualcosa?»

«Sì, *figa*, sì», disse Locati, cedendo alla volgarità.

Mario chiuse gli occhi e si preparò ad ascoltare la ramanzina che precedeva il suo esonero, invece ciò che disse l'ingegnere lo sconcertò.

«Quel padreterno d'un magistrato, il Mazzoleni. Ci sta mettendo i bastoni tra le ruote. Dobbiamo fermarlo subito!».

«Come?»

«Sei sordo o che? Il giudice, quello che conduce le indagini, te lo ricordi?»

«Certamente, signore, ma... mi spiega cos'è successo?»

«Oggi mi ha fatto chiamare da un suo galoppino... dannazione, se ci ripenso...». Locati si fermò a prendere fiato. Ne aveva bisogno. Mario introdusse un altro gettone per impedire che la comunicazione s'interrompesse. «Quel farabutto ha deciso di tenere il cantiere sigillato, in attesa dei riscontri della polizia sulle ossa che abbiamo trovato».

«Per quanto? Un'altra settimana?»

«Non lo so, ma non possiamo permettercelo, De Luca. Se continua così sono... siamo rovinati. Io perdo l'appalto e tutti voi il lavoro».

Mario deglutì. Da un lato era sollevato perché il suo capo non aveva fatto alcuna menzione al notaio Rossignoli de Sio, dall'altro era preoccupato perché rischiava comunque di rimanere senza un impiego.

«Cosa... cosa posso fare?»

«Bravo, così mi piaci. Reattivo. Dobbiamo fare qualcosa, su questo non c'è dubbio, ma cosa?».

Dal tono di voce del suo interlocutore, Mario De Luca comprese che quella era una domanda retorica e che non doveva azzardare una risposta, ma rimanere in silenzio e ascoltare.

«Domani tu vai da Mazzoleni e gli parli. Provi a convincerlo a cambiare idea».

«Io?»

«Non posso espormi, ne va della mia posizione».

«Esporsi? Forse mi è sfuggito qualcosa».

«Prima di andare dal magistrato, passi qui dall'ufficio e ritiri una valigetta che ti ho fatto preparare. Dentro ci sono trecentomila lire, casomai il giudice non si facesse convincere soltanto a parole».

«Signore, è sicuro?», abbozzò Mario. «Stiamo parlando di…».

«Sì, lo so. Di corrompere un magistrato. Ma quelle sono sanguisughe, non credo che farà storie. Devi soltanto essere bravo a capire la situazione, e se vedi che è intransigente non gli dai i soldi».

«Io non so se… se ne sono capace». Mario era impallidito. Con un cenno della mano chiese un caffè doppio al barista. «È una grande responsabilità».

«Non preoccuparti, che se riesci in questa impresa poi ci sarà qualcosa anche per te. Non mi dimentico di chi mi fa dei favori, io non sono un ingrato».

«Ecco, vede io…».

«Bene, ci siamo detti tutto. Meglio non aggiungere altro al telefono, non si sa mai chi può ascoltare. Passa domani in ufficio e ti do un paio di dritte su come lavorarti Mazzoleni. Ti aspetto alle nove».

L'ingegner Locati non attese la conferma di Mario: per l'ingegnere il suo consenso era scontato. Riattaccò e lasciò De Luca, sudato e con la cornetta ancora in mano, in balìa della peggiore delle sensazioni e di un caffè ormai freddo.

24

Quella notte Mario dormì poco e male.

Dopo aver tentato inutilmente di prendere sonno, si alzò e andò in cucina, badando a fare il minor rumore possibile, per non svegliare la padrona di casa.

«Anche lei soffre d'insonnia?», gli chiese la vedova, seduta al buio. «Venga. Le faccio una camomilla».

Nora Rossetti indossava un'elegante veste da camera che contrastava con il pigiama di Mario, comprato in saldo presso un grande magazzino.

«Problemi con il suo capo?».

De Luca chinò lo sguardo. Non sapeva bene cosa rispondere. Era evidente, vista la telefonata ricevuta e il suo periodo di ferie forzate, che non poteva mentire del tutto alla sua padrona di casa; d'altro canto aveva paura di perderne la fiducia, che si stava conquistando gradualmente, ma che era ancora molto fragile.

«Più che altro problemi nel cantiere in cui stiamo lavorando».

«Mi diceva che il lavoro è stato fermato per un'irregolarità... se ho ben capito».

Mario scelse la carta della sincerità. «Proprio un'irregolarità no. Abbiamo trovato una stanza nascosta, nel palazzo che stiamo demolendo, e lì dentro c'erano delle ossa».

La signora Rossetti si portò una mano davanti alla bocca spalancata. Un gesto fin troppo plateale.

«Non mi dica! Davvero?»

«È stata una brutta sorpresa e ora indagano le autorità. Finché non si fa chiarezza sulla provenienza di quei resti, non possiamo procedere con il lavoro».

«Certo, ora capisco. Per questo motivo il suo capo, l'ingegnere, era così adirato».

«Il magistrato ha prolungato il blocco del cantiere e noi non possiamo fare altro che aspettare l'esito delle indagini. Questo mette a rischio l'appalto».

Quella frase, potenzialmente problematica, scatenò l'empatia di Nora Rossetti.

«Non abbia timore. Milano dev'essere ricostruita, e se è previsto che in quella zona vengano eretti dei palazzi, prima o poi riprenderete a lavorare».

«Lo spero», disse Mario, «anche perché non mi piace rimanere in casa con le mani in mano».

La donna sorrise. «Ci sono dei lavoretti da fare anche qui, se proprio si annoia. Prima se ne occupava mio marito».

Mario non si lasciò scappare l'occasione. «Mi dica cosa c'è da fare e l'aiuto volentieri».

«Ora è meglio andare a letto, si è fatto tardi».

De Luca guardò l'ora. L'una passata.

«Ha ragione, domani mattina abbiamo appuntamento con il magistrato, per capire se c'è speranza che dia l'ordine di riaprire il cantiere».

«Buona fortuna, allora. E buonanotte».

Rimasto da solo in cucina, Mario bevve a sorsi lenti la sua camomilla e pensò a ciò che lo attendeva l'indomani. Infine, si rassegnò a tornare nella sua stanza e a provare a dormire.

Sprofondò con fatica in una melma nera dove i suoi movimenti erano rallentati e i suoi pensieri disordinati. Dal nulla limaccioso spuntò il gatto nero e cominciò a parlargli.

«Non voglio morire», gli ripeteva, con una voce rotta dall'angoscia, ma addolcita dalle consonanti strascicate. «Non voglio morire», continuava a recitare, come un'orazione.

«Perché dovresti morire?»

«Siamo il cibo degli altri animali».

Mario fissava il gatto, i cui occhi gialli erano due pozzi senza fondo, e per la prima volta non ne ebbe paura.

«Che animali?»

«Il leone dello zoo. Non voglio essere mangiato».

Il felino soffiò, quindi si ritrasse nel buio e lasciò Mario da solo con i suoi incubi.

25

L'ingegner Locati aveva la faccia ancora più strapazzata della sua, eppure Mario si lasciò convincere dal suo vocione a prendere in consegna la valigetta con il denaro.

"Che alternative ho?", si disse, dopo aver abbozzato una protesta che non fu minimamente presa in considerazione dal suo capo.

«Mi raccomando, conto su di te. Questo incarico è molto importante».

Mario, ancora vittima del senso di colpa per la svista sulla piantina che aveva portato al ritrovamento delle ossa, non poté far altro che assecondarlo.

«Farò del mio meglio».

L'autista del taxi gli chiese dove dovesse accompagnarlo.

«Palazzo di giustizia, per favore».

La precauzione di non viaggiare con i mezzi pubblici, visto il contante che portava con sé, era stata imposta da Locati.

«Lavoro, dottore?», chiese il tassista, fissando attraverso il retrovisore la ventiquattrore di pelle che il passeggero stringeva al petto.

«Sì», rispose Mario, che si chiuse poi in un guscio di silenzio.

Quello che ospitava il tribunale era un massiccio edificio bianco che vagamente ricordava la Stazione centrale: imponente, squadrato e allo stesso modo anonimo.

«Siamo arrivati, dottore».

Mario pagò e senza nemmeno salutare s'incamminò verso l'ingresso principale.

Un usciere in divisa lo fermò e gli chiese dove fosse diretto.

«All'ufficio del magistrato Mazzoleni».

L'uomo controllò un'agenda, prima di rispondergli.

«Ultimo piano, secondo corridoio. Vada sempre dritto, quindi a destra. La seconda porta. C'è scritto il nome su una targhetta, non può sbagliare».

De Luca ringraziò e procedette come gli era stato indicato.

Alla prima rampa di scale si era già perso e dovette chiedere a un carabiniere, che fece spallucce; quindi si rivolse a un uomo elegante, sulla cinquantina, barba e baffi molto curati. Pensava fosse un avvocato, invece era imputato per truffa; e non seppe aiutarlo. Fu il suo difensore, giacca di tweed e camicia stropicciata, a indicargli la direzione giusta.

«Torni indietro, quindi segua il cartello per i bagni e costeggi la sala dove ci sono le aule per le udienze. Se tiene la sinistra non può sbagliarsi, è quasi arrivato a destinazione».

In quel labirinto, purtroppo, era impossibile orientarsi.

Il geometra De Luca si perse altre tre volte, prima di riuscire a imboccare il corridoio giusto e a individuare il settore penale. Tornò sui suoi passi quando si rese conto di aver oltrepassato l'indicazione che gli interessava e finalmente, dopo tanto peregrinare, giunse di fronte alla porta del giudice che conduceva le indagini relative all'appartamento delle ossa e bussò.

«Avanti».

Mazzoleni era vestito in modo informale, se possibile ancora più sciatto di quando Mario lo aveva visto la prima volta, al cantiere. Il naso era meno rubizzo, ma la pancia su cui la cravatta si appoggiava languida tirava la camicia e metteva a dura prova la tenuta dei bottoni.

«Abbiamo un appuntamento?», domandò, senza nemmeno alzare la testa dai fogli che stava consultando. Tra quelli Mario notò anche una serie di fotografie in bianco e nero che, si rese conto con un moto di nausea, erano state scattate su scene di crimini cruenti.

«Vengo da parte dell'ingegner Locati», disse, evitando di ammettere che si era intrufolato lì senza aver prima concordato data e ora per un colloquio.

«Dimostrati sicuro di te e ti ascolterà», era stato il consiglio di Locati, e Mario stava provando a metterlo in pratica.

«Il suo nome?»

«De Luca. Geometra Mario De Luca».

«Si sieda. Ci siamo già conosciuti, vero?»

«Una settimana fa circa, al cantiere di via delle Forze Armate».

«Le ossa trovate dietro la parete».

«Esatto».

«E perché mai è qui?»

«Il mio capo, l'ingegner Locati, spera che lei ci permetta di riprendere i lavori».

«Ancora con questa storia?». Il magistrato si alzò e sbatté il pugno sul tavolo, poi puntò il dito contro Mario. «Dica al suo capo che non deve mandare qui un lacchè. Io faccio il mio lavoro e seguo le procedure, e se lui non è d'accordo può scrivere una lettera di protesta al procuratore della Repubblica. È chiaro?»

«Sì, certo», balbettò De Luca, la cui sicurezza si era già frantumata.

«Ora se ne vada, per favore».

Mario si alzò, prese la valigetta e fu tentato di provare un ultimo disperato assalto al giudice, ma lo sguardo di Mazzoleni lo dissuase. Invece di dirigersi verso la porta, però, il geometra tornò a sedersi e fissò il suo interlocutore negli occhi.

«Cosa vuole ancora? Le ho detto di andarsene. Potrei incriminarla per…».

«Posso chiederle come procedono le indagini?».

Il tono di Mario era stato così educato e carico di rispetto che il giudice faticò a essere scortese. «No, non può».

«Se le dicessi che mi interessa a livello personale?»

«Mi vuole prendere in giro?».

Mario De Luca aveva inserito nella valigetta, insieme al denaro, anche le copie delle piantine che gli aveva dato Renato, nonché una serie di appunti che aveva preso durante la sua visita a casa dei coniugi Brambilla.

«Le posso far vedere una cosa?».

Non attese la risposta del giudice: sfilò le carte facendo attenzione a nascondere le banconote allo sguardo dell'altro, quindi le posò sulla scrivania, una a fianco dell'altra.

«Come le dicevo, è una storia che mi ha colpito».

Quindi raccontò al magistrato quanto aveva scoperto, dall'errore del notaio all'intermediazione dell'avvocato di Maria Teresa Copernico durante l'acquisizione dell'appartamento da parte dell'INPDAP. Il geometra parlò a ruota libera e non omise nulla.

Alla fine dell'esposizione, si morse un labbro prima di domandare: «Cosa ne pensa?».

Il magistrato si grattò la testa. «Io non la capisco. Lei

viene qui per conto del suo capo con l'intenzione di convincermi a riaprire il cantiere, io minaccio di farla buttare fuori dal mio ufficio e di rimando mi mostra questi documenti che, qualora decidessi di prenderli in considerazione, finirebbero per prolungare ulteriormente il blocco dei lavori».

«Sono confuso quanto lei, dottore».

«Continuo a non comprendere».

«Posso chiederle come procedono le indagini?», riprovò.

«No, glielo ripeto. Non può. Non sono tenuto a darle informazioni. Sono un pubblico ufficiale e lei un privato cittadino».

«Vorrei poter dare una mano, in qualche modo. Rendermi utile affinché questa storia non cada nel dimenticatoio».

«Allora le do un consiglio. Si iscriva all'università, si laurei in legge, faccia pratica come procuratore e poi superi l'esame per diventare avvocato. Lo ha fatto mio fratello e con un certo successo. Se vuole le posso dare il suo numero di telefono, ha sempre bisogno di giovani brillanti nel suo studio».

«Non sto scherzando, signor giudice, né voglio mancarle di rispetto».

Al magistrato scappò un gemito acuto. «Signor De Luca, si rende conto dell'incoerenza del suo comportamento?»

«Sì, dottore».

Mazzoleni sembrava rabbonito, quasi divertito dalla situazione. «E allora perché si comporta così?».

La risposta di Mario fu tanto schietta quanto liberatoria: «Perché voglio che sia fatta giustizia».

26

La telefonata a Locati era stata difficile, ma affrontarlo di persona sarebbe stato un vero e proprio inferno.

"Sarà davvero la volta che mi licenzia".

Mario tornò nell'ufficio dell'ingegnere per restituire la valigetta e, dopo averlo messo al corrente di quanto il magistrato si fosse adirato nel sentire il motivo della sua visita, attese la sfuriata. Che non arrivò.

Locati prese la borsa e, senza contare i soldi, la mise in una cassaforte alle sue spalle.

«Va bene così», disse. E poi, ancor più sorprendente: «Grazie».

Attonito, De Luca non riuscì a spiccicare parola. Prese il bicchiere di whisky che l'altro gli porgeva e osservò il suo capo vuotare il proprio in un sorso.

«Ci abbiamo provato», disse l'ingegnere, «ed è andata male. Nel mio mestiere, De Luca, bisogna saper perdere e capire quando è il momento di ritirarsi. Ora dobbiamo attendere, prima di tornare alla carica».

«E io cosa faccio?»

«Vai a casa, riposati ancora qualche giorno. La mia segretaria studierà il piano degli altri cantieri per trovarti qualcosa da fare».

Per la prima volta da quando Mario lo conosceva, gli occhi dell'ingegnere non brillavano: si erano spenti. L'uomo sedette pesantemente sulla poltrona e si passò la manona sulla fronte.

«Ne usciremo, De Luca, provati ma più forti. Ne usciremo, te lo prometto. Ne ho vissute di peggiori».

Di nuovo in strada, finalmente senza la pioggia, Mario si trovò avvolto dalla *scighera*, la fitta nebbia che penetrava nelle ossa e lo faceva sentire come in una steppa siberiana. Battendo i denti, il geometra si arrampicò sul tram. Cercò nella tasca del paltò le monete per il biglietto, ma non le trovò.

«Mi scusi, non ho fatto in tempo a passare dalla banca», mormorò al bigliettaio, che gli indicò la porta pieghevole.

«Per stavolta niente multa, ma alla prossima scendi».

La gente sul tram mugugnava. Erano uomini e donne vestiti meglio di lui, dalle pettinature più curate, donne con le unghie smaltate che tenevano in braccio bimbi paffuti e sporte della spesa. Uomini d'affari, con la gelatina nei capelli e lo sguardo di chi giudica ancora prima di capire.

«Terrone».

Mario sentì più volte la parola sussurrata di bocca in bocca, come una stilettata: dolorosa e feroce. Tentò di ignorarla, ma non ci riuscì. Al pari della nebbia, era una sensazione che s'insinuava sottopelle e che riusciva a farlo sentire sporco, nonostante non avesse nulla di cui vergognarsi.

Scese dal tram senza voltarsi, si strinse nel paltò e si diresse deciso verso il centro, dove c'era un grande magazzino, la Rinascente. Prima passò dalla banca a prelevare il denaro che gli occorreva.

Quando un commesso gli si avvicinò, Mario non gli diede il tempo di parlare.

«Vorrei un cappotto».

«Certo, mi segua. Che tipo di cappotto?»

«Uno che mi protegga». Mario non aggiunse *dal freddo*: non lo disse di proposito.

In piazza Duomo nella bruma splendevano i neon delle pubblicità affissi sulla facciata del palazzo che fronteggiava la cattedrale. Quelle scritte lampeggianti rubavano la scena alla Madonnina e alle sue guglie, quasi invisibile lassù, tra le nuvole.

"Una città moderna", pensò Mario, confrontandola con i suoi ricordi di Napoli, "ma a cui ancora manca un suo carattere".

All'angolo con via Torino si fermò da Alemagna a mangiare una focaccia ripiena con prosciutto e formaggio, bevve una Coca-Cola, la prima della sua vita, e la trovò troppo dolce.

Voleva consumare.

Spinto da un moto di disperazione, Mario spese tutto. Un romanzo, un paio di scarpe eleganti, una confezione di praline al liquore. Un pigiama di cotone di marca. Niente che gli servisse realmente, piuttosto uno sfogo contro sé stesso, contro le sue origini umili.

"Questo succede a non andare a lavorare", si disse, mentre tornava a casa. "Che alla fine uno si annoia e spende i soldi che non ha".

27

Grazia si presentò all'appuntamento puntuale e questo fu, per Mario, il primo passo per capire le donne del Nord Italia. Non si era truccata e indossava un vestito semplice, in cotone stampato, dai colori sobri. Portava i capelli raccolti in un foulard, che aveva fissato sulla nuca con una spilla elegante. Non portava né orecchini, né scarpe con il tacco. Quella spilla era l'unico vezzo.

«Devo essere sincero», disse De Luca, alzandosi per salutarla. «Non mi aspettavo la vostra chiamata».

Senza accorgersene era tornato al voi, dopo diversi giorni in cui gli insegnamenti della vedova Rossetti sembravano aver fatto effetto. Se ne accorse anche Grazia, che sorridendo lo pregò di passare al tu.

«Come volete... come vuoi».

«Mi fa sentire più a mio agio».

Il ristorante era quello in cui lui e Renato andavano spesso. Aveva pensato di invitarla lì perché era l'unico in città che poteva dire di conoscere.

«Hai mai mangiato napoletano?», chiese, porgendole il menu, un foglio scritto fitto a mano con decine e decine di pietanze tipiche. «I proprietari sono di Pozzuoli e hanno sempre gli ingredienti giusti, li ordinano da giù».

Grazia si mordicchiò il labbro inferiore. «Scegli tu per me».

Così fece Mario, selezionando soltanto i cibi più prelibati. Cozze come antipasto, gamberoni con la pasta e un branzino al cartoccio.

«Perché non avrei dovuto chiamarti? Te l'avevo promesso».

Mario non rispose.

Quando era tornato a casa, quel pomeriggio, Nora Rossetti lo aveva avvisato che lo avevano cercato al telefono. «Sta diventando un'abitudine», aveva sottolineato con voce arcigna. Lui le aveva offerto i cioccolatini e lei si era subito addolcita. «Una voce femminile, stavolta. Devo ricordarle che le ragazze non sono ammesse nella sua stanza».

«Si tratta di lavoro», aveva balbettato Mario mentre prendeva il foglietto che la signora gli stava porgendo e leggeva il nome di Grazia. «È stata molto gentile».

«Ho delle novità interessanti», aveva esordito la segretaria del notaio Rossignoli de Sio, «possiamo vederci?».

Lui aveva acconsentito subito e rilanciato l'idea di cenare insieme. Stavolta, a sorpresa, lei aveva accettato, purché scegliesse lui il ristorante.

«Mi hai detto di aver scoperto qualcosa, se ho ben capito».

«Sì», confermò Grazia. «Ma prima vorrei sapere perché questa storia ti sta a cuore».

Mario, così come aveva fatto con il magistrato, non le nascose nulla. Le parlò dei lavori e delle ossa che avevano ritrovato dietro la parete murata. Le disse della sua sete di verità, a costo di apparire un ingenuo idealista.

Soltanto quando ebbe concluso lei si fregò le mani e disse: «Il dottore ha accettato una bella somma per chiudere un occhio su quell'irregolarità».

«Lo sospettavo». Il notaio si era alterato subito. Doveva ricordarsi bene di quella compravendita. «Chi è che ha pagato?»

«Questo è il secondo dato interessante. Di solito è chi acquista un immobile che si fa carico delle spese, ma stavolta è accaduto il contrario e il conto lo ha saldato il venditore».

«Quindi è stata Maria Teresa Copernico a pagare la tangente?»

«Esatto». Grazia sorrise. «Vedo che conosci già il nome della precedente proprietaria, era il mio terzo asso nella manica».

La Copernico, rifletté Mario, aveva aiutato in tutti i modi i Brambilla ad acquistare la sua casa.

«Perché?»

«Forse per nascondere il segreto delle ossa».

«Se ne sarebbe potuta sbarazzare».

«Hai ragione. Tu l'hai conosciuta?»

«Io ho vent'anni, Mario, e la vendita risale al 1960. Tre anni fa dovevo ancora diplomarmi».

Il geometra De Luca rimase per un momento sovrappensiero. Fu l'arrivo dei primi piatti a strapparlo alla giostra di pensieri che si affannava nella sua testa.

«Mario, queste cozze sono freschissime», disse Nicola, che era uscito dalla cucina per fare un giro di chiacchiere tra i tavoli.

«Ne sono sicuro. Ti presento Grazia, mi sta aiutando per un progetto di lavoro».

Il ristoratore si produsse in un plateale baciamano, che la ragazza parve gradire.

«Signorina, siete la benvenuta. Gli amici di Mario sono pure amici miei».

«Grazie, sono sicura che è tutto squisito».

«Ma voi siete milanese! E scommetto che non avete ancora mangiato napoletano».

«No», disse lei, «in effetti è la prima volta».

«Allora vi devo far assaggiare un poco di pasta cresciuta, facciamo due frittelle con le alghe, e poi *'na fritturiella*, leggera leggera».

«Veramente abbiamo già ordinato. Ha scelto Mario per me».

«E sì, ma il ristorante è mio e devo conquistarvi come cliente. Oltre a quello che avete scelto vi porto una serie di assaggi misti, offre la casa».

Grazia provò a protestare, ma Nicola si finse offeso e ordinò ai camerieri di scegliere il meglio dal buffet degli antipasti e di servirlo alla coppia del tavolo sei. Mario fece un cenno con la testa per ringraziare, l'altro, per tutta risposta, gli fece l'occhiolino.

«È sempre così gentile con i clienti?», domandò Grazia.

«Solo con le belle ragazze».

La giovane arrossì vistosamente, quindi bevve del vino per dissimulare l'imbarazzo causato da quel complimento così diretto.

«Come ti trovi a Milano?»

«Così e così», ammise Mario. «Insomma, non dovrei lamentarmi, qui ho un lavoro, la città offre tutte le comodità, ma ecco... a volte mi sento come un extraterrestre».

Grazia corrugò la fronte. «In che senso?».

De Luca raccontò l'episodio di quella mattina, sul tram.

«Ma è una vergogna», sbottò lei, alzando il tono di voce e sbattendo il palmo della mano sul tavolo. Molte teste si girarono nella loro direzione.

«Non è niente, ormai ci sono abituato».

«Ma tu sei una persona perbene, come si permettono di giudicarti senza conoscerti?»

«Nemmeno tu mi conosci, come fai a dire che sono una persona perbene?»

«Si vede da come parli, da come ti comporti. Dai tuoi vestiti».

«Quindi», disse Mario, senza rendersi conto che stava incalzando Grazia, «se fossi vestito da poveraccio non sarei una persona perbene?»

«No, aspetta», si affrettò a dire lei, «io non volevo dire quello».

«E forse nemmeno la gente sul tram voleva essere intollerante».

Tra i due calò una pesante cappa di tensione. Fu Grazia a romperla, ancora una volta con un luminoso sorriso.

«Ti devo delle scuse».

«Perché?»

«Perché hai ragione, senza rendermene conto sono stata ingiusta. Non volevo giudicarti».

«Non è colpa tua. Lo facciamo tutti, ogni giorno. Continuamente. Ci viene naturale».

«Lo fai anche tu con noi milanesi?».

Mario si fermò un momento a riflettere, prima di annuire. «Sì. È inevitabile».

«È una forma di difesa, nel tuo caso…».

«No», la interruppe De Luca. «Se dicessi così starei soltanto mentendo a me stesso. Voi milanesi guardate un meridionale e pensate che sia un incivile, un analfabeta. Noi guardiamo un milanese e pensiamo che sia un presuntuoso e un prepotente. È come un gioco delle parti, sottrarsi è difficile».

«Ma forse noi due possiamo farlo».

«E come?»

«Parlami di te, raccontami la tua storia, spiegami perché sei qui e da dove vieni».

«Ti interessa veramente?».

Grazia fece di sì con la testa. «Altrimenti perché ti avrei aiutato? Per me eri solo uno sconosciuto».

Mario l'accontentò e mentre Nicola continuava a servire prelibatezze, che Grazia assaggiava con entusiasmo, pensò che per la prima volta da quando era arrivato a Milano si sentiva davvero a suo agio.

«Il problema», disse in conclusione Grazia, «sono gli agglomerati in periferia. Le baraccopoli, le case minime, le coree».

«Le coree?»

«Tu vivi in centro, ma ci sono interi quartieri costruiti per o dagli immigrati. Li chiamano "le coree" perché sono venuti su dal nulla nel periodo della guerra di Corea».

«Non lo sapevo».

«Le condizioni di vita lì sono terribili. Ho visto un servizio alla TV, intervistavano gli operai. Ammassati come bestiame, senza acqua, senza elettricità. Nel fine settimana, dopo le ore in fabbrica, passano il poco tempo libero a lavorare per migliorare le strutture».

«Da come li descrivi non sembrano diversi dai…». Mario non riuscì a terminare la frase. Per quanto si sforzasse, l'ultima parola era incollata al palato.

«Campi di concentramento?», lo aiutò Grazia. Lui annuì. «Sì, hai ragione, Mario, non è tanto diverso. Non impareremo mai dai nostri errori, dal nostro passato. Mi spaventa l'idea che certi orrori possano accadere di nuovo».

«Non accadrà. Abbiamo sofferto troppo».

«Lo dici ora, perché la cicatrice è ancora fresca, ma tra cinquanta o cent'anni cosa succederà, quando noi non potremo più tramandare la verità su come ci siamo macchiati le mani di sangue?».

Grazia aveva parlato con tanta veemenza da travolgere Mario. Un'ombra gli oscurò il viso.

«Scusa», disse lei. «Mia madre mi ripete sempre che avrei dovuto fare l'insegnante di storia e non la segretaria».

Mario era tentato di prenderle la mano, ma frenò quell'impulso.

«Ora però capisci perché voglio indagare su questa faccenda delle ossa?».

Lei annuì. «Cosa pensi di fare adesso?»

«Mi pare che sia rimasta una sola cosa», disse lui, mentre alzava il bicchierino con il limoncello per brindare a quell'idea. «Andare a parlare con Maria Teresa Copernico e sentire la sua versione dei fatti».

«Lo immaginavo», disse Grazia. Gli passò una cartellina con diversi documenti che aveva preparato per lui. «Lì trovi il suo indirizzo attuale e il numero di telefono». Ricambiò il brindisi e fece tintinnare il bicchiere contro quello di lui. «Promettimi solo che starai attento».

28

«Buongiorno, vorrei parlare con la signora Maria Teresa Copernico, per cortesia».

«Chi la desidera?»

«Mi chiamo Mario De Luca, la signora non mi conosce, ho avuto il suo nome dai coniugi Brambilla».

«Mi attenda un momento in linea».

Il silenzio che seguì innervosì Mario, che cominciò a ticchettare con il pollice contro la cornetta.

La stessa voce di prima riprese la comunicazione. «La signora chiede di cosa si tratta».

«Dell'appartamento in via delle Forze Armate in cui viveva fino a tre anni fa».

Mario udì un fruscio e poi dei rumori attutiti. La domestica doveva aver appoggiato la cornetta contro il petto mentre chiedeva istruzioni.

«Mi dispiace», disse infine la voce, «la signora non è disponibile». E senza attendere risposta, riattaccò.

Mario, sconcertato, lasciò la cornetta e andò a ordinare un Crodino.

Seduto al bancone del bar, chiese al barista se conoscesse via Santa Marta.

«È in centro, dietro corso Magenta», gli rispose l'uomo.

«Una zona cara?».

Il fischio che ricevette in risposta fu un convinto sì.

«Come ci arrivo da qui?»

«Vai in Duomo e da lì son dieci minuti a piedi. Ma se devi comprare qualcosa, portati i *danee*, i soldi. Quello lì è un quartiere per i ricchi».

Mario ringraziò, pagò e bevve.

"La signora Copernico non è povera".

Da via delle Forze Armate al centro era un bel salto. I coniugi Brambilla, che erano a loro volta benestanti, erano rimasti a Baggio e, secondo quanto gli aveva raccontato la moglie del ragioniere, invidiavano il palazzo signorile dove si era trasferita la Copernico.

"Devo stare attento. Se è così abbiente, avrà sicuramente amicizie importanti".

Il notaio Rossignoli de Sio, per esempio, o l'avvocato che aveva fatto da intermediario nella compravendita dell'appartamento delle ossa.

"Non dovevo giocare a carte scoperte al telefono".

Se la signora Copernico avesse avuto qualcosa da nascondere, pensò tra sé e sé De Luca, maledicendosi per la propria incapacità di organizzare un piano, avrebbe avuto tutto il tempo di farlo sparire per sempre.

"A meno che io non riesca ad anticiparla".

Il geometra napoletano si alzò e, afferrato il cappotto nuovo, si diresse con passo rapido verso la fermata del 18.

Non c'era tempo da perdere.

29

La prima domanda a cui doveva trovare una risposta era anche la più difficile.

“La riconoscerò?”.

Mario De Luca non aveva mai visto Maria Teresa Copernico e l’unica foto di cui disponeva era quella sul documento d’identità. Grazia aveva allegato la copia agli incartamenti che gli aveva consegnato la sera prima.

Il pensiero della ragazza e dell’entusiasmo con cui aveva promesso di aiutarlo nella sua *missione* infuse in Mario la dose di coraggio di cui aveva bisogno.

«Il cibo era squisito», aveva detto Grazia, «forse solo un po’ abbondante».

«Possiamo fare quattro passi a piedi, per smaltire».

«Mi sembra un’ottima idea».

«Guidami tu, ti accompagno verso casa».

Avevano camminato avvolti dalle luci dei lampioni, proseguendo la conversazione intrapresa durante la cena.

All’improvviso una domanda di Grazia aveva messo Mario in difficoltà: «Cosa faresti, se ti si presentasse l’occasione giusta per tornare a Napoli?»

«Non lo so».

«Se ti offrissero un buon lavoro e potessi permetterti un appartamento tutto tuo?».

Mario si era massaggiato le guance. «Forse tornerei, ma non ne sono sicuro».

«Perché no? È casa tua. Sei nato e cresciuto lì».

«Sì, è vero», aveva ammesso lui, «ma sono stati sufficienti pochi mesi a Milano per capire che ci sono troppe cose della mia città che non mi piacciono».

«Per esempio?»

«Il traffico».

«Ma anche a Milano c'è sempre traffico».

«È diverso. Meno caotico, più ordinato».

«Cos'altro?», lo aveva incalzato Grazia.

«Non mi dispiace stare lontano dalla famiglia».

«Davvero? E io che pensavo che i meridionali non vedessero l'ora di tornare tra le braccia della mamma».

Anche se la risata testimoniava l'intento ironico del commento di Grazia, Mario le aveva risposto serio.

«È difficile spiegare cosa significhi trasferirsi lontano da casa. Bisogna viverlo sulla propria pelle».

«Provaci».

«Sei qui da solo, magari con un parente. Se c'è un problema, non c'è nessuno che ti dà una mano, spesso nemmeno quell'unico parente che hai. Devi vivere guardandoti le spalle, perché per tutti sei diverso. Devi adattarti al clima, al cibo, alla gente. È tutto nuovo e nessuno ha pazienza. Devi essere veloce, non puoi permetterti errori. Devi sempre abbassare la testa, perché tu qui sei un ospite».

«Tutti motivi che ti dovrebbero spingere a voler rientrare».

«Ma poi giù c'è una famiglia che non è già più in grado di capirti. Se dici che non torni a Natale a trovarli perché non hai le ferie, si mettono a piangere o fingono di non sentire e insistono. Devi telefonare tu, quasi tutti i giorni, ma nessuno ti chiede mai come stai. Vogliono soltanto essere sicuri che hai ancora il lavoro e la casa; e poi dicono che sei fortunato, perché tu sei andato a fare la bella vita a Milano e loro sono dovuti rimanere giù nella miseria».

«Ma anche loro potrebbero venire, c'è posto e c'è lavoro per tutti».

«È proprio quello il punto. Chi vuole cambiare vita prende il treno e si muove. Gli altri vogliono soltanto lamentarsi, fare le vittime, per suscitare sensi di colpa. Ma qui non è tutto rose e fiori. E tu glielo vorresti sbattere in faccia, che stai facendo una fatica incredibile, ma poi pensi che se il tuo sogno di una vita migliore si complica ogni giorno non è colpa loro e quindi lasci perdere e ascolti le loro lamentele sul fatto che giù non c'è lavoro e che a loro manchi tanto. Nessuno propone di venirti a trovare, nemmeno se offri di pagare il treno e l'albergo». Mario aveva esaurito la sua tirata ed era rimasto senza fiato. «Perché dovrei tornare laggiù? Non è più il mio modo di vivere, quello».

Una lacrima, una sola, si era affacciata sulla guancia di Grazia e lei non aveva fatto nulla per nasconderla. Mario l'aveva ringraziata con gli occhi lucidi per quel pianto solitario, più eloquente di mille parole.

Erano rimasti in silenzio e si erano salutati davanti al portone di casa di lei. Lui le aveva porto la mano, l'aveva ringraziata per l'aiuto, ma soprattutto per la piacevole serata.

«Ti chiamo domani sera e mi dici com'è andata dalla Copernico», aveva concluso lei, quindi si era voltata ed era scappata all'interno del palazzo.

Cosa le avrebbe raccontato oggi?

Che Maria Teresa Copernico non aveva voluto nemmeno parlargli?

Che gli aveva fatto riattaccare il telefono in faccia da una domestica, senza preoccuparsi di ascoltarlo?

"No", si promise. "Dobbiamo andare avanti".

Giunto in via Santa Marta, una strada fatta di palazzine basse dai tetti di legno e tegole rosse che dovevano risalire ai secoli precedenti, Mario De Luca cercò il civico indicato sul documento d'identità. La casa possedeva il citofono e il geometra controllò che il cognome dei Copernico figurasse ancora.

"Eccolo".

Le alternative erano due. Entrare di soppiatto, con una scusa, e presentarsi alla porta. Vista la reazione al telefono però, poteva essere controproducente. L'altra opzione era attendere, nascosto, e aspettare che la donna uscisse di casa, per poi seguirla e provare a scoprire qualcosa da usare contro di lei.

"Un ricatto".

Meschino ma efficace.

Mario notò una pasticceria e s'infilò dentro. Ordinò una tazza di cioccolata da consumare lì, insieme a un piattino di pasticcini. Erano dolci mignon, molto più piccoli di quelli che si producevano a Napoli, ciò nonostante deliziosi. Il geometra non si pentì del nascondiglio che aveva scovato. Si sedette nei pressi della vetrina: da lì poteva inquadrare perfettamente il portone di Maria Teresa Copernico. Sperò che un po' di fortuna gli venisse incontro, ne aveva bisogno; in caso contrario sarebbe dovuto tornare in orari diversi per verificare gli spostamenti quotidiani della donna.

"Per una volta forse mi va bene".

Una donna segaligna uscì dal portone e lui, pur avendone intravisto il volto soltanto di sfuggita, fu sicuro che si trattasse del suo bersaglio.

La caccia era aperta.

30

Maria Teresa Copernico passeggiava nervosa lungo via della Spiga. Aveva fatto compere e si era fermata in boutique le cui vetrine incutevano rispetto. Mario, a distanza di sicurezza, si fingeva un turista. Per passare inosservato avrebbe potuto portare con sé una macchina fotografica, se solo ne avesse avuta una. Annotò mentalmente quel dettaglio che, chissà, in futuro avrebbe potuto tornargli utile; e non soltanto per mimetizzarsi.

"Dove va ora?".

La donna lasciava le borse con i suoi acquisti nei negozi di lusso e proseguiva. Via Montenapoleone, via Durini. Le strade più esclusive di Milano erano il parterre in cui Maria Teresa Copernico si muoveva come una habitué. Mario era sicuro che viste le cifre che riusciva a leggere dalle vetrine, somme che spesso equivalevano o superavano il suo stipendio mensile, la consegna a domicilio fosse parte del servizio.

"Cosa nascondi?".

Più osservava la donna, più De Luca si domandava se quel pedinamento improvvisato non fosse un abbaglio; oppure, ancora peggio, una fissazione. Era alle prese con un'alto-borghese ricca e viziata, non con un mostro. Il suo istinto, però, gli consigliava di non fidarsi delle apparenze e di non dare nulla per scontato.

"Chi sei?".

Maria Teresa Copernico era un animale aggressivo. Una fiera dagli occhi magnetici, che si muoveva con sinuosità, nonostante non fosse più giovane. De Luca stimò una sessantina d'anni, più o meno come donna Memela, sua madre: una figlia del nuovo secolo, nata a cavallo tra Otto e Novecento. Le mancava un po' di armonia; non si poteva dire, osservandola, che fosse una donna aggraziata. L'aspetto della guerriera invece sì, quello le calzava come un guanto.

I capelli erano color argento, lunghi, sciolti. Gli occhi azzurri, o forse verdi, dalla sua posizione Mario non era in grado di distinguerli perfettamente: sicuramente glaciali. La bocca era ben proporzionata e il taglio si abbinava bene agli zigomi alti. Al contrario di Grazia, Maria Teresa Copernico sfoggiava un trucco elaborato e indossava molto oro. Orecchini, un bracciale, una collana di perle e numerosi anelli.

Il suo, decise il geometra da lontano, era uno sfoggio di potere.

Volgare forse, ma di grande impatto.

"Perché cambia strada?".

Dopo aver visitato un negozio di orologi, la Copernico invertì la rotta e puntò verso i vicoli angusti della Milano vecchia, quella dell'assassino della Stretta Bagnera e degli artisti che cercavano fortuna in una città che dell'arte poco o nulla voleva sapere. Il clima era molto diverso. Il garbo ricercato lasciava il posto a palazzi bassi ancora diroccati, che le bombe inglesi avevano scalfito e affondato, ma che nessuno ancora, nonostante la posizione centrale, aveva ripristinato all'antica raffinatezza. L'odore di pipì si confaceva a quella discesa verso il basso.

"Cosa ci fa qui una come lei?".

Prima di sbucare su via Torino, dove i tram rumoreggiavano sui binari come cavalli selvatici, Maria Teresa Copernico entrò in una piazzetta che, per gli estranei, sarebbe stata assolutamente invisibile. Una cancellata la copriva alla vista dei più. Mario dovette fermarsi. Se fosse avanzato ancora, qualcuno si sarebbe accorto che tallonava la signora della Milano bene e avrebbe potuto chiamare la polizia. Era difficile in una città individualista come la capitale meneghina, ma De Luca non voleva più commettere passi falsi. Chi invece mise il piede, o meglio il tacco, in fallo, fu proprio la sua preda. Un sasso del pavé la fece scivolare e per tenersi in equilibrio Maria Teresa Copernico dovette sacrificare la borsetta, che cadde a terra. La donna, imprecando, raccolse tutto.

O quasi.

"Ha perso qualcosa e non se n'è accorta".

Mario si mosse rasente al muro e si sporse. Con due dita sollevò l'oggetto e se ne appropriò.

"Un'agendina".

La sfogliò rapidamente. Conteneva diversi numeri di telefono, indirizzi e qualche annotazione. Mentre Maria Teresa Copernico spariva dietro un anonimo portoncino dai battenti in ferro, lui doveva decidere in fretta il da farsi. Poteva tenere il trofeo e studiarlo con calma, oppure seguire la donna e, senza presentarsi con il suo vero nome, sfruttare l'occasione per restituirle ciò che aveva perduto e provare a strappare qualche informazione.

"Ora o mai più", si disse Mario, mentre avanzava a passo deciso verso il portoncino.

L'amara sorpresa lo costrinse a bloccarsi all'ingresso.

«Dove vai? Questo è un club privato».

A parlare era stato un gorilla dalle braccia muscolose, che una camicia sartoriale di seta bianca non riusciva a contenere del tutto. Era due spanne più alto del geometra.

«La persona che è appena entrata ha perso questa», rispose De Luca, mostrando l'agenda.

«Dammela e gliela consegno io».

«Non c'è scritto il nome, ho controllato», spiegò Mario. «Come fa a sapere a chi appartiene? Oppure lì dentro intrattenete un'unica ospite?»

«Purtroppo no», ammise l'usciere, quindi prese Mario per un braccio e lo accompagnò fino all'ingresso della sala principale. «Dimmi di chi è e gliela consegno personalmente. Per te ci sarà una ricompensa».

Mario si guardò attorno, fingendo di non vedere Maria Teresa Copernico. Cercava di prendere tempo. Le luci erano soffuse, un pianista suonava un brano di musica classica. Dietro un bancone, un barman si dava da fare per mescere cocktail all'avanguardia. L'ambiente era freddo, nonostante qualcuno improvvisasse due passi di danza sulla pista principale.

«Là», disse De Luca, indicando la Copernico, quando capì che non avrebbe potuto protrarre ulteriormente l'attesa. «La signora con la borsa bianca e i capelli color argento».

«Grazie. Aspetta qui».

L'uomo prese l'agenda e attraversò la sala per consegnare l'oggetto smarrito. La signora, quando si accorse di quel che le veniva porto, sorrise all'usciere e gli tastò con malizia il braccio poderoso. Lui si voltò verso Mario, per controllare che fosse ancora lì, e gli fece un cenno d'assenso con il capo.

«Va bene, la signora ti ringrazia», disse l'uomo, raggiungendo De Luca e porgendogli una banconota. «Ora puoi andare».

«Mi tolga una curiosità», fece Mario, mentre seguiva l'usciere verso l'ingresso. «Come si chiama questo posto?»

«Questo è il Club Diaz. Un circolo esclusivo. Credimi, non è per te».

Mario annuì, strinse la banconota e tornò sui propri passi.

Ripercorse i vicoli stretti, poi le vie del lusso, infine si trovò di nuovo sotto il grattacielo di corso Matteotti che tanto aveva ammirato. Si guardò intorno, cercava qualcosa o qualcuno.

«Lì!», esclamò soddisfatto, facendo schioccare la lingua sul palato, e cambiando direzione di marcia.

Un senzatetto si era accampato sotto uno dei colonnati.

Il geometra lo raggiunse senza esitazioni, s'inginocchiò di fronte a lui e gli offrì la banconota della Copernico.

«Sono per te. Provengono da una nobildonna». Il clochard aveva uno sgradevole sorriso sdentato, che Mario ricambiò come meglio poteva. «Spendili tutti». Non attese neanche il tempo di udire il grazie stentato del pover'uomo. Si voltò e tornò verso l'ingresso del club.

Non si sarebbe dato per vinto.

31

L'intuizione lo aveva colpito sulla strada del ritorno.

Mario De Luca aveva atteso tre ore nei pressi del circolo esclusivo, ma Maria Teresa Copernico non era più uscita.

"Potrei dover aspettare chissà quanto", si era detto il geometra, "magari per niente".

Se avesse voluto ottenere risultati concreti, avrebbe dovuto per forza cambiare strategia.

"Non sono un poliziotto", si era detto ancora una volta.

Per questo motivo aveva deciso che ne avrebbe consultato uno e chiesto il suo aiuto.

Il commissariato era deserto.

Era sabato e la gente era già impegnata con l'acquisto dei regali, nonostante mancassero ancora diverse settimane a Natale.

I cartelloni pubblicitari e gli spot trasmessi dalle radio incitavano però ad affrettarsi, se non si voleva correre il rischio di trovarsi a mani vuote. I negozi erano pieni di gente che faceva di quella bulimia consumista un rito obbligatorio.

«Cerco un poliziotto», disse al primo piantone che incrociò.

«Sei nel posto giusto», rispose sarcastico l'altro e se ne andò per la sua strada.

Mario De Luca vagò nell'edificio, nella speranza che il

suo uomo fosse lì di servizio. Non aveva idea di come funzionasse la routine lavorativa di un agente.

"Fanno turni? Hanno la pausa pranzo?".

Ma quello che più di tutto gli interessava era trovare la persona giusta.

La fortuna gli venne in soccorso, perché lo incontrò in un corridoio al secondo piano, che usciva dal bagno.

«Ue', Bagnoli, che si dice?»

«Tutto bene, e lei?»

«Ma che lei e lei, diamoci del tu che siamo compaesani, no?».

Mario sorrise e annuì.

«Vieni, che ti offro un caffè alla mensa. Fa schifo, ma è gratis».

Il poliziotto che aveva raccolto la sua dichiarazione, il giorno in cui avevano scoperto le ossa, gli fece strada.

«E che ci fai qui?»

«Cercavo te», rispose Mario.

«O' vero? E qui mi tieni. Che posso fare?».

Mario, che non sapeva come introdurre l'argomento, lo fece nel peggiore dei modi: «Un favore, ma non so se è qualcosa che puoi fare. Se è legale, intendo».

«Nientemeno. Allora andiamo a parlare tranquilli da un'altra parte, così mi spieghi».

Mario raccontò per la terza volta in poco tempo la storia che lo stava appassionando. Con il poliziotto di Pollena Trocchia, che si chiamava Francesco, ma che tutti avevano soprannominato Ciro, poté risparmiarsi i dettagli sul ritrovamento delle ossa, vista la dichiarazione che aveva firmato soltanto una decina di giorni prima. Spiegò quanto già aveva detto al giudice e non tralasciò nessun particolare.

«Maro', che macello. E perché ti sei immischiato?»

«La colpa è un poco anche tua».

Ciro poteva non essere un letterato, come dimostrava il suo rozzo modo di parlare, ma di sicuro non era stupido. «Non dovevo dirti che il giudice se ne lavava le mani, no?»

«Eh già», ammise Mario. «Senti, ma io sto facendo qualcosa di illegale?».

Ciro fece spallucce. «*Jamm'*, no. Finché nessuno si scoccia d'averti attorno. Ma fai attenzione, ché la gente non è così buona, e se pesti il piede sbagliato puoi passare nu' guaio».

«Cosa mi consigli?»

«Tu vuoi fare davvero luce su 'sto caso?»

«Mi piacerebbe. Ovviamente nel momento in cui dovessi scoprire qualcosa di concreto, farei come già ho fatto e andrei diritto dal magistrato».

«Quello buono hai trovato. Aspettami qua, va'».

Ciro uscì dallo stanzino dove aveva portato Mario. Tornò dopo qualche minuto con un grosso faldone.

«Sono arrivati proprio ieri», disse il poliziotto mentre apriva l'incartamento.

«Cosa sono?»

«I risultati degli esami preliminari sulle ossa che avete trovato».

«Ciro, ma tu puoi parlarmene così?»

«Facciamo che sì. Basta che non lo dici in giro. Fammi vedere, cos'abbiamo qui?».

I documenti erano tanti e corredati da fotografie.

«Cosa dice?», domandò Mario, che non riusciva a trattenere l'impazienza.

«I bossoli sono calibro 9, coincidono con i fori nei teschi».

«Li hanno ammazzati, è ufficiale».

«Circa vent'anni fa, secondo il patologo. Sono i primi risultati, non sono precisissimi. Per gli altri accertamenti serve più tempo».

«In ogni caso non è un delitto recente».

«No, escluso».

«E sono stati uccisi lì?»

«C'erano delle tracce di sangue, ma molto poche. Non vuol dire niente, se è passato tanto tempo. Potrebbero anche essere stati ammazzati altrove e portati lì, dove hanno sanguinato».

«Nessuna idea su quando sia stata eretta la parete?»

«Qui non sta scritto niente. Ma dubito che qualcuno ha analizzato il cemento o i mattoni. Si sono limitati ai resti umani, come da procedura».

«Sapere da quanto tempo sono lì dentro avrebbe aiutato».

«Tu vuoi capire chi erano i proprietari quando è accaduto il fatto?»

«Si è mai sentito che qualcuno mura un cadavere in casa tua e tu non te ne accorgi?»

«E pure tu c'hai ragione», ammise Ciro. «Vent'anni fa di chi era la casa?».

Mario prese i documenti che ormai portava sempre con sé e li sparse sul tavolo.

«Vediamo. I coniugi Brambilla a questo punto sono esclusi, hanno comprato la casa nel 1960 e l'hanno rivenduta un anno fa».

«Bene. Chi ci rimane?»

«I proprietari precedenti, i Copernico. Marito e moglie. Hanno acquisito la proprietà della casa dalla famiglia Ferrari nel 1942».

«Durante la guerra».
«Ventun anni fa, maledizione», imprecò Mario De Luca.
«Siamo a un punto morto», confermò Ciro. «La Scientifica stima da quindici a venticinque anni. Venti è solo una prima ipotesi».
«Il che però riduce le ricerche a due famiglie. I Ferrari e i Copernico».
«E tu da chi pensi di cominciare?»
«In verità», disse Mario, ripensando al pedinamento improvvisato della vedova Copernico, «ho già iniziato».
«Mannaggia a me», disse Ciro, prima di richiudere l'incartamento. «Un'ultima cosa, che deve metterti in guardia».
«Di che si tratta?»
«La Scientifica ha analizzato i fori d'entrata e di uscita dei proiettili».
«E quindi?»
«Chi ha sparato lo ha fatto da dietro, a bruciapelo. Alla nuca».
«Non capisco», disse Mario, dimostrando tutta la propria ingenuità. «Spiegati meglio, Ciro».
Il poliziotto abbozzò un sorriso sbieco.
«Significa che non siamo davanti a un semplice omicidio, ma a qualcosa di peggio», disse. «Questa qui è stata una vera e propria esecuzione».

32

Il sabato sera era dei giovani e Mario De Luca lo aveva trascorso al telefono con Grazia, raccontandole quanto era successo. La ragazza aveva commentato con versetti e monosillabi, per evitare di interromperlo. Si erano salutati stabilendo di incontrarsi il giovedì successivo.

«Ho un appuntamento all'anagrafe di via Larga per il notaio», aveva detto lei. «Se vieni anche tu possiamo fare qualche ricerca sui Copernico e sui Ferrari».

Mario, a cui non era venuta in mente quella possibilità, aveva accettato.

Aveva dormito stranamente bene. Il gatto nero non era comparso né dal vivo, né nei suoi incubi; tanto che si era svegliato di buon'ora ed era sceso presto in strada per comprare in pasticceria qualche dolce da condividere a colazione con la vedova Rossetti.

«Ha in programma qualcosa oggi?», domandò lei, mentre serviva il caffè per entrambi.

«No».

«Dovrebbe uscire di più. Fare vita sociale. Lei è giovane».

«Mercoledì ho appuntamento dopo pranzo con mio fratello e con due colleghi. Sono preoccupati per la chiusura del cantiere e vorrei rassicurarli. Ne approfittiamo per bere un caffè insieme».

«È molto nobile da parte sua».

Mario non sapeva come spiegare quel che lo aveva spinto ad accettare l'invito di Niscemi e Ficara senza sembrare patetico.

«Siamo tutti emigranti, siamo qui da soli. Ci si aiuta come si può».

«Lei non è solo», commentò la Rossetti, la voce meno decisa del solito. «Vede, Mario, a volte anche se sembra assurdo, io questa solidarietà che c'è tra di voi un po' la invidio». La vedova si alzò, sparecchiò la tavola e si preparò per andare a messa. Prima di congedarsi concluse: «Perché Milano, quando rimani da solo, anche se ci sei nato e cresciuto, può diventare proprio una brutta città».

Mario non trovava la sua città adottiva così terribile, era però vero che fino a quel momento non si era allontanato molto dal centro, se si escludeva la zona del cantiere e qualche sporadica sortita in periferia.

Tre giorni più tardi, al contrario, la Bovisa gli sembrò un orrore. Quel quartiere, che Mario aveva sentito nominare molte volte, gli si presentò come un labirinto di case anonime dalle facciate grigie e ciminiere che vomitavano catrame nel cielo. La grande maggioranza dei suoi colleghi abitava lì, in quella perfetta parodia di ogni barzelletta in cui Milano era descritta come un inferno di cemento e lamiere.

«Eri mai stato qui?».

De Luca si guardava intorno come un turista dalla bussola difettosa, mentre rifletteva sulla fortuna di aver trovato, grazie a suo fratello, la stanza presso la signora Rossetti, in un quartiere centrale il cui unico vero problema era un gatto nero che lo fissava di notte con odio.

«No, non ancora», rispose Renato. «Non è che mi piaccia troppo».

«Dove stai tu, a Lambrate, è molto meglio».

«Ci sono tanti difetti anche lì, non farti illusioni. Questa città ci è ostile, Mario. Finché le serviamo, bene, ma poi? Chissà».

Mario era meno disfattista del fratello. «Stiamo usufruendo di opportunità che altrove non avremmo. Non puoi negarlo».

«E chi lo nega? Però a che prezzo? Ne vale la pena?»

«Hai una moglie, una casa e presto sarai papà. Che altro ti serve per essere felice?».

Rimuginando su quelle parole, Renato si accese una MS.

«Mi basta che oggi non devo lavorare», disse, prima di cambiare discorso. «Dove incontriamo i tuoi colleghi?»

«Mi hanno detto di aspettarli alla stazione, ci vengono a prendere lì e poi andiamo in un bar qui in zona».

La bettola era stracolma, nonostante fosse mercoledì pomeriggio. C'era sì il televisore, ma era spento. Ognuno degli avventori ascoltava la grande radio dietro il bancone, che il proprietario del locale aveva sintonizzato sulla partita del Milan.

«Oggi sento che andrà bene», disse Calogero Niscemi.

«Sei tifoso del Milan?», domandò scettico Renato, dopo essersi presentato.

«Macché. Del Catania. Oggi vinciamo al Meazza».

«Alla vittoria», brindò Ficara, che stava fumando in un angolo.

I bicchieri si alzarono e tintinnarono. Altri siciliani presenti nel bar, schiamazzando, si alzarono per unirsi al brindisi.

Altafini segnò quasi subito per i rossoneri, al tredicesimo, e la partita sembrava già finita. Il cronista elencava le azioni vincenti dei padroni di casa, ma il Catania riusciva a difendersi.

«Sei ancora sicuro che vincete?», chiese durante l'intervallo Mario che, al contrario di Renato, strenuo tifoso del Napoli, non si era mai interessato al calcio.

«Sono ancora più certo. E la tua squadra quest'anno come va?».

Renato sbuffò: «Senza soldi non si vince. L'anno scorso l'Atalanta ci ha mandati in serie B e ha fatto salvare il Genoa, vedrai che restiamo nei bassifondi ancora qualche anno».

«Devi avere fiducia», lo incitò Niscemi. «A Napoli siete famosi per i miracoli».

Un mezzo miracolo lo compì Adelmo Prenna, mezzala sinistra che riuscì a pareggiare subito dopo il fischio d'inizio della ripresa. La lotta fu strenua, ma alla fine vinse il Milan, 3-1.

«Almeno siete usciti dal campo con l'onore delle armi», disse Ficara, che beveva, mangiava e fumava senza sosta.

Un gruppetto di tifosi del Milan si alzò e si diresse proprio verso di loro. Quello in testa, un ragazzino a malapena maggiorenne che doveva aver bevuto troppo, si mise di fronte a Calogero e gli gridò in faccia: «E ora, caro il mio terrone, digli a uno dei vostri santi del *benga* che ti faccia un miracolo migliore».

«Tornatevene in Africa!», urlò un altro.

«Non vogliamo rogne», disse Mario De Luca, che però strinse i pugni, per ogni evenienza.

A sorpresa, chi si dimostrò molto rapido fu Ficara, che prese un piatto e lo ruppe in testa al terzo del gruppetto. Calogero mollò un pugno sul naso di quello che lo aveva insultato e l'ultimo rimasto in piedi, vistosi sopraffatto, abbandonò i suoi compari a terra e scappò dal bar.

«Questa me la tengo io, *fetuso*!», disse Niscemi, sfilando la sciarpa rossonera all'uomo che aveva colpito. «Ora andatevene, avete avuto quello che cercavate».

I due milanesi sputarono in terra e lasciarono il locale, non senza aver mormorato insulti e minacce.

«Questa è la nostra città, ce la riprenderemo, pezzenti».

Renato e Mario erano rimasti immobili. I due manovali avevano dimostrato di saper usare bene le mani: non solo per demolire case, ma soprattutto per difendersi.

«Mi dispiace, ragazzi», disse il barista, che era pugliese. «Non avrei dovuto farli entrare».

«Non è certo colpa tua».

«No, però permettetemi di offrirvi un altro giro di amari, va bene?»

«E cos'hai da festeggiare?», lo schernì Niscemi. «Quei tre quasi ti sfasciano il locale».

«Voi eravate presi dal Milan e non avete sentito i risultati delle altre partite. Il *mio* Bari ha fatto 1-1 con l'Inter».

«E allora brindiamo!».

«Complimenti, capo», disse Ficara.

Anche Renato era improvvisamente euforico: «Finalmente qualcuno che gliele canta a *'sti scurnacchiati 'e milanesi*».

33

«È da molto che aspetti?»

«No, sono appena arrivato», mentì Mario.

Grazia gli porse la mano, era congelata. «Il notaio mi ha trattenuta e non sono riuscita a uscire prima dallo studio, scusami».

«Dovresti indossare dei guanti», fu la risposta con cui lui liquidò quel ritardo come qualcosa di poco importante.

«Magari me li porta Babbo Natale», sorrise lei.

Nonostante la sciarpa aveva le guance arrossate. Il vento spirava gelido e tutti, secondo la radio, si aspettavano la neve nei giorni successivi.

«Vuoi prendere prima un caffè? Così ti riscaldi?»

«Ho poco tempo, dopo devo rientrare. Mettiamoci in coda».

Mario seguì Grazia all'interno del grande palazzo in centro città, dove lui si sarebbe perso, ma che lei conosceva bene.

«Vediamo se c'è un impiegato che conosco. Potrebbe farci risparmiare tempo».

Il funzionario comunale era seduto alla sua scrivania e quando vide Grazia i suoi occhi si illuminarono in un modo che a Mario, che pure non poteva avanzare alcuna pretesa sulla ragazza, non piacque per niente.

«Signorina, che piacere vederla», esordì l'impiegato dell'anagrafe. «Prego, si accomodi».

L'uomo ignorò Mario e si guardò bene dall'offrirgli una sedia. De Luca non se la prese e attese in disparte, senza disturbare, finché i due non ebbero sbrigato tutte le pratiche per il notaio.

«Ora dovrei chiederle se mi può aiutare con un altro paio di controlli», disse Grazia. «Lei è sempre così gentile ed efficiente».

De Luca ammirò la tecnica con cui la giovane seduceva il funzionario per ottenere ciò che le serviva. Una fitta allo stomaco si fece sentire per un attimo, ma lui la tenne a bada come meglio poté.

«I certificati di nascita e lo stato di famiglia», disse l'uomo, mentre prendeva nota dei cognomi e dei dati che Grazia gli aveva fornito. «Mi attenda qui, vedo quel che posso fare».

Fu quasi subito di ritorno e aveva il viso corrucciato.

«È sicura dei nomi che mi ha dato?»

«Sì», disse Grazia, «guardi qui gli estremi sugli atti notarili per il passaggio di proprietà».

«Iniziamo dai Ferrari, che sono più semplici. Qui trova tutto. Certificati di nascita, stato di famiglia».

«Una famiglia di tre persone», lesse Grazia. «Padre, madre, figlio».

«Esatto. I dati coincidono con quelli presenti sull'atto notarile in suo possesso».

«Non ha trovato nulla in merito all'attuale residenza?»

«Purtroppo no. Forse sono emigrati in un'altra città. Ma qui non è pervenuta alcuna richiesta di cambio di domicilio».

«È possibile?».

L'uomo annuì mestamente. «Se, come temo, si sono trasferiti nel 1942, dopo aver venduto l'appartamento, i documenti potrebbero essersi persi. Sa, durante la guerra era frequente».

«Capisco. L'altra persona invece?»

«Maria Teresa Canadelli, nata a Milano il 12 gennaio del 1896. Vedova».

«Sull'atto è segnata la sua vecchia residenza».

«Il certificato di residenza non è stato un problema, infatti», disse l'uomo, che confermò quanto Mario e Grazia già sapevano. «Vive ancora a Milano, in via Santa Marta».

«Il resto?»

«Lo stato di famiglia e l'atto di nascita, appunto…».

«Non li ha trovati?»

«In archivio non ci sono. Nemmeno quelli del marito, tal… ecco. Francesco Sacchi».

«Ed è normale?», intervenne Mario, che fino a quel momento era rimasto in silenzio.

«No, non lo è», disse l'impiegato, irritato per l'accaduto. «Dovrò inviare un rapporto al ministero. Non mi era ancora capitata una pratica così. Quella coppia, marito e moglie… è come se fossero rimasti senza passato».

34

De Luca doveva parlare a ogni costo con Maria Teresa Copernico.

Era la sola pista che aveva, l'unica percorribile.

La donna, però, aveva eretto intorno a sé un muro che sembrava inattaccabile.

«Non risponde al telefono», spiegò Mario a Grazia, mentre le passava la zuccheriera.

Quella mattina, dopo la visita all'anagrafe di via Larga, lei lo aveva salutato di corsa, perché doveva tornare dal notaio; ma voleva essere aggiornata sui risultati ottenuti da Mario e quindi si erano accordati per bere un tè insieme alla fine del suo turno lavorativo.

«Strano», commentò lei. «Nemmeno la curiosità di sapere che cosa vuoi».

«L'ho sorvegliata anche ieri».

«E?», domandò Grazia. «Non tenermi sulle spine».

«Niente. Non è uscita di casa».

«Quanto tempo sei rimasto ad aspettare?»

«Quasi quattro ore, la prossima volta mi porto qualcosa da leggere».

Un'espressione furba illuminò il viso di Grazia. Prese la borsa e vi frugò dentro, quindi ne estrasse un libro dalla copertina lisa.

«Per te», disse.

«Cos'è?»

«Un romanzo. Se devi aspettare, puoi leggerlo».

Mario prese il libro e lo esaminò come fosse un reperto archeologico.

«Grazie, ma non posso accettare».

«È un libro, non un diamante. Non t'interessa nemmeno sapere il titolo?».

Il geometra fece un mezzo sorriso di circostanza e girò il romanzo per guardare la copertina.

«*Ferito a morte*. Di cosa parla?»

«Della tua città. L'ho comprato da poco, l'ho finito oggi. Leggilo e mi dirai».

«Va bene», disse Mario, poco convinto. Da quando si era diplomato non aveva più letto un libro; quasi ne andava fiero. Il giornale ogni mattina sì, sempre, ma romanzi? «Però non prometto nulla».

«Ti piacerà», disse Grazia, sfiorandogli una mano. «Ne sono sicura».

Mario tentò di cambiare discorso: mise il libro in tasca e prese i documenti dell'anagrafe.

«Cosa sappiamo ora sui Ferrari?»

«Una famiglia normale, come tante altre. Un figlio maschio, una casa di proprietà».

«Ereditata alla morte del padre di lui», completò De Luca, confrontando i dati catastali con quelli presenti sull'atto di successione.

«Una famiglia benestante, probabilmente».

«Che nel 1942 vende la propria casa per una cifra simbolica, stando ai documenti che abbiamo, e sparisce nel nulla».

«A comprare la casa», disse Grazia, «è una coppia borghese priva di passato. Maria Teresa Copernico e Francesco Sacchi».

«Del marito cosa sappiamo?»
«Nulla. Soltanto il nome e che è deceduto».
«Aspetta un momento», disse Mario.
«Cosa c'è?»
«Se lui si chiamava Sacchi, perché lei da Canadelli ha preso il cognome Copernico? Ha avuto un secondo marito?»
«Hai ragione», fece Grazia. «Devo fare un ulteriore controllo. Domani chiamo l'impiegato dell'anagrafe per chiedergli di indagare».
Mario fece una smorfia, poi commentò: «Quante stranezze, no?»
«Un po' troppe per i miei gusti».
«E ora cosa dobbiamo cercare?».
Grazia si morse un labbro. «Di far parlare la vedova. Sono troppi i punti in sospeso che deve ancora chiarire».

35

Mario rientrò in casa poco prima dell'ora di cena.

Ad accoglierlo, l'odore pungente delle verze bollite e la padrona di casa, con le braccia incrociate.

«Un'altra telefonata per lei», annunciò con enfasi Nora Rossetti, più divertita che seccata. «Ormai è diventato una celebrità».

«Di chi si tratta?»

«Di sua madre».

«Sta bene?», fu la prima preoccupazione di De Luca.

«Credo di sì. Si è lamentata che da diversi giorni non riceve sue chiamate».

«Gesù Giuseppe Maria!», sbottò Mario, schiaffeggiandosi la fronte. «Me ne sono dimenticato. Scusate l'incomodo, signora».

«Il linguaggio, giovanotto. Non dimentichi che è in una casa perbene», fu il rimprovero della Rossetti, che si fece il segno della croce e tornò ai fornelli. «Può chiamare da qui se vuole, le addebito l'interurbana».

«Posso scendere dopo».

«Una madre non si fa preoccupare. Le telefoni subito».

Mario, intimorito dal tono autoritario della padrona di casa, non poté far altro che cedere, prendere in mano la cornetta e infilare il dito nel disco del telefono per comporre il numero.

«Tutto chiarito?», chiese la vedova, quando vide entrare il suo ospite in cucina.

«Mia madre, deve perdonarla, sa essere melodrammatica».

«Sentirà la sua mancanza».

«Certo», confermò Mario, «e io la sua».

«Non la invidio, se posso permettermi la sincerità. Vivere lontano da casa propria, lasciare la famiglia».

«Non le nego che a volte la nostalgia si fa sentire».

«Per il clima».

«Ma no, quello è solo il primo impatto, poi ci si abitua a tutto». Forse anche alle verze, pensò Mario mentre aiutava la signora Rossetti a preparare la tavola. «È la difficoltà a stringere rapporti nuovi, quassù, da solo, alla mia età».

«Parla come se avesse settant'anni».

«No, non volevo dire questo. Ma gli amici uno se li fa a scuola o nel quartiere, ci cresce insieme, si fanno le stupidaggini da ragazzini, poi si mette la testa a posto. Ci si raccontano le imprese di ciascuno, i primi amori».

«E con i colleghi non ha legato?»

«Sì», disse Mario, ma poi ripensò al bar con Niscemi e Ficara e si rese conto che i due avevano stabilito un legame da cui lui era escluso, «però non è così facile. La gente non si fida degli estranei».

«Sente la solitudine, dunque, più che la mancanza di casa».

Mario De Luca chiuse gli occhi per un momento e provò a mettere a fuoco i volti di sua mamma e dei fratelli. Erano trascorsi pochi mesi, eppure erano già sbiaditi. Fu un altro viso, gentile e delicato, a delinearsi. Quello di Grazia.

«Temo di sì, signora».

«Vedrà che tutto andrà a posto. Ora mangiamo, però».

Mario De Luca e Nora Rossetti si sedettero a tavola, l'uno di fronte all'altra, e cominciarono a cenare. Quando ebbero terminato il primo, lui azzardò una domanda.

«Lei che è di qui... conosce un circolo che si chiama Club Diaz?»

«Certamente», rispose la vedova. «È un circolo esclusivo».

«Come posso entrare?»

«Non può», disse lei, «a meno che un socio non la raccomandi».

«E allora niente», concluse lui, la voce incrinata. «Non conosco nessuno che mi può invitare».

La vedova si alzò e portò in tavola l'arrosto di vitello.

«Invece sì. Anche se è molto che non partecipiamo alle loro serate, si dà il caso che il mio defunto marito fosse socio. Io lo sono ancora, ricevo gli inviti regolarmente». La signora Rossetti bevve un lungo sorso di vino dal calice di cristallo. «Se vuole andare, deve soltanto dirmi quando e accompagnarmi».

36

La sala era più sfarzosa di quanto Mario ricordasse.

«Che meraviglia», sussurrò.

D'altronde, si disse, l'aveva potuta osservare soltanto per qualche minuto, il giorno in cui si era intrufolato con la scusa di restituire l'agenda a Maria Teresa Copernico.

«Ancora tu?», lo aveva apostrofato il gorilla quando lo aveva visto arrivare.

«Il signore è con me», era intervenuta immediatamente la signora Rossetti, «è un ospite, lo tratti con il dovuto riguardo».

«Certo, mi scusi. Come desidera».

Mario avrebbe voluto ridere in faccia al nerboruto, ma si era trattenuto. Come segno di riconoscenza aveva offerto il braccio alla vedova, che vi si era attaccata e non aveva ancora mollato la presa.

«Quanto tempo», bofonchiò la donna.

Erano entrambi eleganti e il loro ingresso fece voltare molte teste, non tanto per l'impeccabile abito da cerimonia una volta appartenuto al defunto signor Rossetti, che De Luca indossava ignorando le regole base dell'etichetta, quanto più per lo squilibrio di una coppia in cui lei, la donna, aveva quarant'anni più di lui, l'uomo; quando di solito si assisteva, durante quel tipo di ricevimenti, all'esatto contrario.

«Il vestito le sta molto bene», disse Mario.

«Pancia in dentro, petto in fuori, su il mento», lo riprese lei, dopo aver accettato il complimento con nonchalance. «Il portamento è il primo elemento che distingue il signore dal cafone».

«Agli ordini», si difese Mario, mentre eseguiva.

Andarono al bancone, ordinarono da bere. Il geometra mise mano al portafoglio, ma la sua compagna stroncò il movimento sul nascere.

«Non si faccia riconoscere. La quota annuale comprende i drink. Qui nessuno paga niente».

Lui annuì e sorseggiò il liquore *on the rocks* che il barista gli aveva appena preparato.

«E ora», disse la signora Rossetti, «mi dica chi dobbiamo cercare».

«Una donna che si chiama Maria Teresa Copernico. Non la vedo, ma nel momento in cui dovesse comparire gliela indicherò».

«Nel frattempo», annunciò Nora Rossetti, «andiamo in giro a chiacchierare con gli altri. Chissà che non conosca qualcuno di interessante. O *qualcuna*».

Mario si guardò per un momento la punta delle scarpe.

«Forse ha già conosciuto qualcuno», si corresse subito la Rossetti. «O sbaglio?»

«Non sbaglia», ammise De Luca.

«La giovane che ha chiamato ieri?»

«Proprio lei».

«Una bella voce. Un timbro sonoro, ma non petulante. Quanti anni ha?»

«Venti. Si chiama Grazia. Lavora in uno studio notarile».

«Se l'è scelta bene, Mario. Mi complimento». Nora

Rossetti lasciò il calice vuoto su un vassoio che un cameriere le stava porgendo e ne prese uno pieno. «La prossima volta le cedo il mio posto, così potrà venire con lei».

«Non credo che sarà possibile», rispose Mario avvilito. «Ma la ringrazio di cuore per l'offerta».

«Non mi dica che è stato rifiutato. Oppure, peggio ancora, che non ha trovato il coraggio di dichiararsi».

«Il problema è che Grazia ha messo in chiaro fin dal nostro primo incontro che è fidanzata».

«E la chiama di sera? State lavorando insieme?»

«Non proprio», spiegò Mario De Luca, «mi aiuta con dei documenti, ma non è nulla di ufficiale».

«Però vi siete visti più volte nel vostro tempo libero».

«Esatto, sì».

«E come si comportava? Era rigida, a disagio?»

«No, per niente. I nostri incontri sono sempre stati molto piacevoli».

«Allora, caro il mio Mario, dia retta a me, che ho qualche anno più di lei. Grazia è interessata e sta attendendo che lei faccia il primo passo».

«Dice?», domandò il geometra, che, imitando la vedova, scambiò a sua volta il calice vuoto con uno colmo d'un liquido ambrato dolciastro, quasi nauseante. «Non vorrei rovinare l'amicizia che sta nascendo».

«Si fidi, so di cosa parlo. Sta aspettando che lei si decida. Se è interessato, be', lo faccia in fretta, se non vuole rischiare di perderla».

«Ma... e con il suo fidanzato? Come la mettiamo?».

Nora Rossetti prese il suo accompagnatore per il braccio e lo spinse fino alla pista da ballo. «Lei faccia il primo passo. Se son rose fioriranno».

"I gambi di rosa son pieni di spine", pensò Mario, "e quando uno si punge, poi sanguina"; ma non lo disse a voce alta.

37

Quando Maria Teresa Copernico fece il suo ingresso nella sala del Diaz, molti dei presenti si alzarono per andarla a salutare. Si sprecarono ammiccamenti e convenevoli per accogliere la nuova arrivata, che probabilmente si era presentata in ritardo proprio per ottenere quell'effetto e passare per la celebrità della festa.

«Eccola», disse Mario, mentre indicava la signora dagli occhi leggermente a mandorla che tutti volevano ossequiare. «Maria Teresa Copernico. È con lei che vorrei parlare».

«Siamo qui per… quella lì?».

Nora Rossetti spalancò gli occhi, poi scoppiò a ridere.

«È troppo nobile?», chiese Mario, che non capiva il motivo di tanta ilarità.

«Lo è troppo poco», disse la vedova, senza perdere il passo dello swing, «direi che non è proprio nessuno».

«Io pensavo che per essere ospiti qui…».

«Si paga. Una bella somma. E quando uno ha i soldi, caro Mario, mi creda, non è difficile reperire un socio del club che sia interessato a presentarti».

Maria Teresa Copernico fece il giro della sala per salutare a uno a uno tutti i presenti.

«Le confesso, Mario», disse la sua padrona di casa, «che di tutte le persone possibili, lei è l'unica che speravo di non vedere stasera».

«Non siete in buoni rapporti?»

«Non abbiano nessun rapporto, se devo essere sincera. Mio marito era un imprenditore con una discreta attività da gestire. Quella donna, di cui nemmeno ricordo il nome…».

«Maria Teresa Copernico», le venne in soccorso De Luca.

«Ecco, sì, lei. Be', quella non è altro che una *parvenue*».

«Una *parv…*?»

«*Par-ve-nue*», sillabò Nora Rossetti. «Viene dal francese».

«E cosa significa?»

«Un'arrivista. Un'arrampicatrice sociale».

«E io che pensavo che fosse un'aristocratica».

La risata di Nora Rossetti le scosse il petto e quasi le fece cadere di mano il calice che aveva svuotato in un sorso. Le mani le tremavano e aveva gli occhi lucidi.

«Diamine, no».

Di nuovo le teste di molti si voltarono nella loro direzione.

Forse, si disse Mario, la sua padrona di casa aveva bevuto un po' troppo.

«Non sono solita cedere ai pettegolezzi», disse la vedova, «ma quando tutti si affannano a dirmi che una persona è una santa, tendo a guardarla con sospetto».

«Una santa?»

«Quella donna si dedica anima e corpo alla beneficenza. Bambini poveri, malati, orfani».

«E cosa fa in concreto?»

«Da quel che so organizza raccolte fondi, oppure tombole il cui scopo è finanziare istituti per l'infanzia».

«Lodevole».

Nora Rossetti strinse gli occhi. «Sì, ma c'è qualcosa in lei che non è chiaro».

«Si spieghi meglio», la incalzò Mario.

«Non saprei dirlo con precisione, è una sensazione. Ho visto molte persone benestanti dedicarsi alla carità e al solito hanno un atteggiamento differente. Più appassionato, come dire».

«Ciò non toglie che può essere davvero una benefattrice».

«Naturalmente», ammise la Rossetti. «E chissà, io magari parlo per invidia. Non sono d'animo gentile e per me il denaro ha un grande valore».

"Tanto da prendersi in casa uno sconosciuto quando non ne avrebbe bisogno", pensò Mario, che invece disse: «Però non la conosce personalmente, da quanto ho capito».

«No, di persona no. L'ho vista qui al circolo qualche volta, ma non sapevo nemmeno come si chiamasse. Scopro oggi da lei che fa di cognome Copernico».

«Sembra una persona intrigante, a modo suo».

La vedova bevve un altro sorso, quindi rimase pensierosa, il bicchiere nuovamente vuoto in mano. «Ma perché le interessa tanto, se posso chiedere?»

«Possedeva un appartamento nello stabile in cui lavoriamo», semplificò De Luca, «e c'è un'imprecisione sulla mappa catastale. Avrei voluto chiederle delucidazioni, ma finora si è sempre fatta negare al telefono. La curiosità è stata tale che quando ho scoperto che frequentava un posto così esclusivo mi è venuta ancora più voglia di scambiare quattro chiacchiere con lei».

«Capisco», disse la signora Rossetti, poi sorrise a Mario. «Deve però imparare a mentire meglio, se vuole sopravvivere in questo mondo di squali».

«Ma io…».

«Sono affari suoi, non miei», disse la donna. «Però ora sono curiosa anch'io. Non ho mai scambiato una parola con quella donna e siamo entrambe socie del circolo».

Mario aggrottò la fronte.

«Venga, andiamo a presentarci. Sentiamo cos'ha da dire questa santa donna di nome Copernico».

38

Maria Teresa Copernico portava molto bene i suoi sessantasette anni. La pelle tradiva a malapena i segni del tempo e le minime rughe erano rese invisibili dal trucco, applicato con l'unico obiettivo di far risaltare gli occhi chiari. Fu il modo di parlare della donna a colpire De Luca. Era l'esatto opposto di quanto l'aspetto curato avrebbe potuto far immaginare.

«Ci incrociamo sempre, ma non ci siamo mai presentate. Vorrei rimediare», stava dicendo la vedova Rossetti, porgendo la mano all'altra.

«Piacere mio».

Il tono della Copernico era gracchiante, come quello di un uccello sorpreso da un temporale fuori stagione.

La Rossetti presentò Mario come un amico di famiglia e lui, dopo un goffo tentativo di baciamano, rimase in disparte ad ascoltare i convenevoli delle due dame della borghesia milanese.

«Ho sentito dire che si occupa di buone cause», disse Nora Rossetti, «magari potrei contribuire in qualche modo».

«I bambini hanno sempre bisogno d'aiuto».

«Quello che fa per i più poveri è lodevole».

«Seguo solo quello che c'è scritto nella Bibbia. Lei è credente?»

«Vado a messa ogni domenica».

«Tanta gente va in chiesa soltanto perché lo sente come un dovere sociale. Io no», fu il commento tranchant di Maria Teresa Copernico.

Nora Rossetti si servì da bere e porse un secondo bicchiere all'altra donna.

«Non bevo, grazie».

"È davvero una santa", pensò Mario. Oppure, si disse, era bravissima a interpretarne il ruolo.

«Allora dovrò cercare qualcuno a cui offrire questo bicchiere», rise sarcastica la vedova, «altrimenti potrei cedere alla tentazione e peccare di gola».

Mario sollevò il suo calice per far vedere che già aveva un drink da terminare.

«Ma la lascio in buona compagnia».

Nora Rossetti, senza farsi vedere dalla Copernico, fece l'occhiolino al suo pensionante e si allontanò.

Era l'occasione che Mario cercava: doveva sfruttarla.

«Mi spieghi meglio in cosa consistono i suoi progetti di beneficenza, se non le dispiace».

«È anche lei interessato a una donazione?»

«Perché no?», bluffò Mario. «Non è mai troppo tardi per ravvedersi», disse, mentre posava il bicchiere su un tavolino lì vicino.

«La strada del perdono è lunga e difficile», mormorò Maria Teresa Copernico. «Non è un percorso adatto a tutti».

«Cosa intende dire?»

«Niente, chiedo scusa. Ero sovrappensiero».

«Magari», riprese Mario, che non poteva permettersi di abbandonare quella conversazione, «potrei essere utile in qualche altro modo».

«Lei è sposato?», chiese la Copernico. «Ha figli?»

«No».

«Allora sarà meglio che prima formi la sua famiglia e trovi la sua felicità e poi potrà pensare al bene degli altri».

Mario corrugò la fronte. «Non pensavo che fossero concetti in contraddizione».

«Guardi», disse la Copernico. «Non so bene in che rapporti sia con quella signora, ma a me non interessa».

«Io… non capisco», si difese De Luca, che aveva notato il tono ancora più ostile della donna.

«Non è un mistero che ci sono signore altolocate e facoltose che desiderano la compagnia di uomini, come dire… più giovani, per alleviare la solitudine. Ecco, io non sono quel genere di persona».

«Io non sono un gigolò!», sbottò Mario.

«Buon per lei», tagliò corto la Copernico, «e ora, se vuole scusarmi…».

«In realtà vorrei farle una domanda».

Maria Teresa Copernico alzò un sopracciglio. «Le ho già detto che non sono interessata a…».

Mario si vide costretto a rinunciare a ogni approccio diplomatico.

«Vorrei parlarle dell'appartamento di via delle Forze Armate che ha venduto alla famiglia Brambilla».

La voce gracchiante divenne stridula: «Chi è lei?».

Mario si schiarì la voce, prima di presentarsi di nuovo. «Mi chiamo Mario De Luca, sono geometra e ho provato a chiamarla diverse volte nei giorni scorsi, ma non mi ha mai voluto rispondere».

«Cosa?»

«Vorrei sapere se può darmi informazioni sulla famiglia Ferrari, da cui ha comprato la casa. Vede, io lavoro nel cantiere che si occupa della demolizione del palazzo e avremmo necessità di…».

La voce stridula divenne intimidatoria. «Sparisca subito dalla mia vista».

«Si tratta solo di una formalità, qualche informazione. Sono sicuro che potrebbe aiutarci».

Maria Teresa Copernico strinse i pugni. «Lei ora se ne va, prima che chiami la sicurezza e la faccia cacciare a pedate. Non osi mai più mettere piede qui dentro».

«Io, veramente, volevo soltanto…».

«Le do un consiglio. Smetta di impicciarsi di affari che non la riguardano, altrimenti ne pagherà le conseguenze».

«Aspetti», rispose Mario, quasi piccato. «Mi sta minacciando?»

«Esattamente. Lei non sa con chi ha a che fare. Ho molti amici, io», concluse Maria Teresa Copernico, prima di voltargli le spalle e andarsene. «Persone che, glielo garantisco, è meglio non far arrabbiare».

39

Avevano chiamato un taxi per farsi portare a casa.

Durante il tragitto sia Nora Rossetti che Mario De Luca rimasero a lungo in silenzio.

Soltanto quando furono a casa, lei gli chiese se avesse fame.

«No, non ne ho».

La breve conversazione con Maria Teresa Copernico non solo aveva bloccato ogni parvenza d'appetito, ma gli aveva provocato anche una specie di fastidio alla bocca dello stomaco, che bruciava e provocava nausea.

«Una camomilla, magari».

Mario pregò la padrona di casa di sedersi e si offrì di preparare l'infuso per entrambi.

«Tutto bene?».

Una leggera vertigine impedì al geometra di dire alcunché.

«È stato un incontro così spiacevole?»

«Peggio di quanto avrei mai potuto immaginare», rispose finalmente lui.

«Devo dire che anch'io sono rimasta sconvolta da tanta grossolanità».

«Mi ha minacciato».

«Come?»

«Ho cercato di parlarle dell'appartamento e in tutta risposta mi ha consigliato di non intromettermi. Ha detto di avere amici potenti».

«Non ne dubito», disse la vedova Rossetti, mentre girava il cucchiaino per far sciogliere la zolletta di zucchero che aveva fatto scivolare nella camomilla. «Non ne dubito davvero».

«Quello che non capisco», aggiunse Mario, sedendosi di fronte alla sua padrona di casa, «è come faccia a essere così ben introdotta se, come mi ha detto lei, non è un'aristocratica».

«Certe persone sono come gli squali. Divorano tutto ciò che trovano sul loro cammino. Non hanno pietà di nulla, pur di conseguire quanto si sono prefissate».

«Io volevo soltanto sapere qualcosa di più sulla famiglia che ha vissuto prima di loro in quell'appartamento. Se ne sono perse completamente le tracce, magari la signora Copernico poteva aiutarmi a rintracciarli».

«Quella donna non aiuterebbe nessuno, se non ne può ricavare un proprio tornaconto. Altro che santa, è un'arpia. Ho chiesto ad altri membri del club se la conoscessero e, dietro la facciata formale, s'intuisce che quella strega ha più nemici che amici».

«Eppure li tiene in pugno».

«Mi chiedo come faccia».

Mario era pensieroso. Lo stesso interrogativo lo stava tormentando da ore.

Come aveva fatto Maria Teresa Copernico, una donna priva di passato, a costruirsi un presente così potente?

40

Sdraiato sul letto, con il vestito elegante ancora indosso, Mario prese il romanzo che gli aveva regalato Grazia e cominciò a leggerlo. Ben presto ne fu rapito.

Laggiù nel buio avviene qualcosa come un linciaggio, le risate spente e le voci, il rumore del mare sempre più forte. Entra anche adesso nella stanza. Le onde del vaporetto d'Ischia.

Il protagonista della storia, come lui, si rigirava tra le lenzuola per non cedere agli incubi.

Con le braccia incrociate dietro la testa, a guardare il grafico d'oro messaggio vibrante sulla parete, a pensare ai miei passi domani nel rispettabile squallore di strade sconosciute, in una città senza Vesuvio e senza estati, dove i palazzi non finiscono sotto il mare.

Quel passo lo colpì a tal punto che il geometra lo rilesse due volte, prima sussurrando e poi a voce alta, come se volesse recitarlo per un concorso di poesia. La memoria di Napoli picchiò nel suo petto, tamburellò contro i suoi sentimenti e gli instillò un brivido di nostalgia selvatica che lo avrebbe tormentato, Mario lo sapeva, per tutta la notte.

Fu il profumo di Grazia, un effluvio brusco, quasi maschile, che il geometra credette di poter afferrare dalla carta, a spingerlo ad andare avanti con quelle pagine sì piacevoli, ma al tempo stesso dolorose. Lui, che non era mai stato un lettore, si abbandonò alla melodia delle parole, alla dolce armonia del suo stesso passato.

Napoli, finalmente, gli mancava.

Una stretta al cuore, un intreccio di dialetto e colori che a Milano a uno come lui, un meridionale emigrato per lavorare, per fare soldi con cui sopravvivere, erano preclusi.

"Sono un ospite".

Lo era in quell'appartamento, di cui pur pagando un affitto non poteva disporre. Lo era in misura maggiore in quella metropoli straniera, dove i ritmi e gli orari erano altri; dove il cibo era meno appetitoso; dove il clima perfido sembrava volerlo schiaffeggiare fino a sospingerlo verso i confini, in direzione di casa sua, ovunque essa si trovasse.

"Sono un estraneo".

I tentativi di integrarsi erano tutti falliti. Mario non aveva altri che suo fratello su cui poter contare, un fratello che però adesso cominciava a scrivere una storia tutta propria, in cui per lui non c'era più tanto posto. Occorreva far spazio per il bambino che di lì a poco sarebbe venuto al mondo. Il primo in famiglia che avrebbe potuto rivendicare il diritto di farsi chiamare milanese e di non essere più un terrone salito al Nord per rubare il pane, le donne e il lavoro altrui.

"Sono solo", fu la mesta conclusione.

Mario De Luca si alzò e, dopo aver passato le mani sui pantaloni, per lisciarli dalle pieghe, s'infilò il cappotto e sgattaiolò fuori di casa. Si sentiva soffocare lì dentro, aveva bisogno d'aria fresca.

Nel cortile una presenza misteriosa non lo sorprese più.

"Sei tornato".

Il gatto nero lo fissava.

Il geometra mosse un passo in direzione dell'animale, allungando la mano per tentare di carezzarlo, ma la bestiolina inarcò la schiena e gli soffiò contro. Quindi fuggì, infilandosi in una delle finestre rotte che portavano nelle cantine.

"Ma certo! Come ho fatto a non pensarci prima?".

Fu come un'intuizione, ma così potente da risvegliare completamente Mario e convincerlo a recarsi di corsa in piazza della Repubblica dove, almeno lo sperava, avrebbe trovato un taxi disponibile a portarlo dall'altra parte della città.

Quando l'automobile giunse in via delle Forze Armate, l'autista gli chiese se dovesse aspettarlo. A quell'ora non avrebbe trovato un altro passaggio nei paraggi.

«No, grazie», fu la risposta di Mario.

Gli serviva tempo per controllare con accuratezza se il suo sospetto fosse fondato.

"Forse", si disse, "posso scoprire qualcosa di più sul passato di Maria Teresa Copernico, nonostante lei cerchi disperatamente di occultarlo".

41

Il locale era buio e lungo le pareti colavano rigagnoli d'acqua provenienti con grande probabilità dalle crepe nel tetto provocate dai lavori di demolizione. L'odore di muffa e stantio appestava la piccola cantina in cui Mario si era introdotto senza nemmeno bisogno di forzare il chiavistello. La sottile porta di legno era marcita a tal punto che era stata sufficiente una piccola spinta per scardinarla.

"Non si vede niente".

De Luca avrebbe dovuto portare con sé una torcia, ma non era voluto tornare nell'appartamento, soprattutto nel timore di svegliare Nora Rossetti con quel continuo avanti e indietro.

"Devo inventarmi qualcosa".

Trovare uno straccio e un bastone nel cantiere non fu difficile, più ardua la ricerca di un pacchetto di fiammiferi. Sperava che qualche operaio fumatore ne avesse dimenticato uno tra le impalcature, ma così non era. Andò nella baracca e con l'aiuto della chiave di casa riuscì a forzare la serratura. Dentro, sulla scrivania, dove ancora si trovavano le piante dell'edificio, vide un pacchetto di MS che doveva aver lasciato l'ingegner Locati. Mario si ricordò che il suo capo teneva in un cassetto un pesante accendisigari di marmo.

"Un po' di benzina e il gioco è fatto".

La fiaccola improvvisata prese fuoco immediatamente e illuminò la penombra meglio di una torcia elettrica.

Mario s'infilò di nuovo sottoterra e tornò alle cantine, che per fortuna sarebbero state l'ultimo tassello del lavoro di demolizione.

"Se la signora Brambilla ha detto il vero", si augurò tra sé e sé mentre rientrava nel locale associato all'appartamento delle ossa, "forse posso trovare ancora qualcosa di utile".

Durante la conversazione la donna aveva infatti confessato che, essendo rimasti così poco in quell'appartamento, non avevano fatto nemmeno in tempo a sgomberare la cantina.

"Quante cianfrusaglie".

Lo stanzino era piccolo e colmo di scatole e casse.

Mario infilò la torcia in un'intercapedine, in modo da avere le mani libere e luce a sufficienza per poter lavorare con calma.

"Niente".

I primi scatoloni contenevano vestiti ormai ammuffiti. Sembravano fuori moda, ma lui non era così esperto da riuscire a capire se potessero essere appartenuti alla famiglia Copernico oppure ai Ferrari, che li avevano preceduti.

"Solo robaccia".

Qualche mobile in cattive condizioni, una cassa piena di giocattoli, un cavalluccio a dondolo in legno con la testa spezzata.

"Nulla nemmeno qui".

Su una serie di scaffali c'erano delle bottiglie abbandonate sul fianco che potevano contenere qualsiasi cosa: non v'era etichetta a spiegare cosa fosse il liquido scuro, se vino, aceto oppure veleno per topi. Mario si limitò a riporle al loro posto, senza nemmeno darsi la briga di aprirle.

Lui stava cercando qualcos'altro.

"Documenti".

Non ne trovò, però. Non subito.

Era pronto ad abbandonare l'impresa, quando notò una valigia in un angolo, nascosta dietro un cumulo di stracci sudici.

"Cosa ci sarà dentro?".

Lettere. Cartoline. Fotografie. Ricevute.

"Finalmente".

Da una rapida scorsa, De Luca capì che risalivano a prima della guerra.

"Questo sì che sembra interessante!".

Mario decise di portarsi via l'intera borsa. Avrebbe controllato a casa, con calma, il contenuto; dentro di sé però era fiducioso che tra quelle scartoffie avrebbe finalmente trovato qualche indizio utile a risolvere il mistero dell'appartamento delle ossa.

42

Mario rientrò a casa accompagnato dagli ultimi strascichi della notte. Come il tassista aveva previsto, non era stato in grado di trovare un mezzo di trasporto per tornare, quindi si era rassegnato e si era messo in cammino. L'intero tragitto aveva richiesto due ore abbondanti, al termine delle quali De Luca, con il cappotto impolverato e la vecchia valigia malconcia stretta al petto, era spuntato nei giardini di Porta Venezia, dove aveva assistito al sorgere di una timida alba, tra gli animali selvatici e gli inservienti dello zoo.

"Ho ancora qualche spicciolo in tasca".

Mario si concesse un'abbondante colazione in uno dei pochi bar che aveva già tirato su la serranda, quindi si rifugiò all'interno del portone. Salì di corsa le scale e, visto che la signora Rossetti stava ancora dormendo, ne approfittò per versare del latte in una piccola ciotola e per portarla in cortile, dove la depose accanto al vaso di fiori vicino cui si nascondeva abitualmente il gatto nero.

«Per te, piccolo amico», sussurrò, rivolto a un interlocutore invisibile, «grazie per il tuo aiuto».

Se non era un fantasma come ipotizzato dalla signora Rossetti, pensò Mario, il micio avrebbe apprezzato quell'offerta.

"Ora posso rientrare".

Di nuovo a casa, il geometra nascose la valigia sotto il letto e si cambiò d'abito. Avrebbe dovuto portare in tintoria il cappotto e il vestito appartenuto al signor Rossetti, per fargli dare una rinfrescata. A malincuore, ripose entrambi in un sacchetto e rispolverò dal suo armadio il vecchio paltò che non riusciva a proteggerlo dal freddo.

Si rese conto in quel momento di avere i brividi.

La stufa era spenta e nella sua camera era piombato il gelo dell'inverno.

"Devo riscaldarmi", si disse.

Mario s'infilò un paio di calze pesanti, una maglietta di lana e si rifugiò sotto le lenzuola. Continuava a battere i denti: ora che si era esaurita l'adrenalina per quell'avventura, il freddo della cantina dell'appartamento delle ossa stava prendendo il sopravvento. De Luca provò a chiudere gli occhi, ma si sentiva la fronte bollente e la bocca secca. Si costrinse a rimanere protetto dalla doppia coperta, finché non riuscì a mitigare il tremore e i palpiti.

Soltanto allora avvenne il miracolo e si addormentò.

L'idillio durò meno di un battito di ciglia.

«Ma cosa fa?», lo rimproverò Nora Rossetti entrando nella stanza senza bussare. «Dorme ancora? A quest'ora?»

«No, io...», provò a giustificarsi Mario, ma la vedova si mosse rapida e spalancò la finestra.

«Bisogna cambiare aria oppure si prenderà l'influenza», disse. «Forza, si vesta e venga a fare colazione».

Mario attese di rimanere da solo, quindi scivolò fuori dalle coperte e si coprì come meglio poté. Oltre al maglione di lana, ricorse anche a una sciarpa.

«Ma cos'ha? Sta male?».

Mario annuì. «Devo aver preso freddo, non è niente».

«Beva il suo caffè fintanto che è bello caldo, intanto le faccio bollire un po' di latte con il miele. Vedrà che si rimette subito».

Mario si fece coccolare dalla vedova e rimase con lei ad ascoltare il telegiornale alla radio.

In studio si parlava del disastro del Vajont. Com'era possibile, si chiesero entrambi, che qualcosa del genere potesse accadere?

«Prima il papa», commentò Nora Rossetti, visibilmente commossa dal ricordo di Giovanni XXIII, «e ora questa tragedia. Se non è un presagio questo».

«Cosa intende dire?»

«Che questo è un anno sfortunato. Guardi anche cos'è accaduto a lei, che ha trovato lavoro e ora non sa nemmeno se lo perde dopo pochi mesi».

Senza attendere una risposta, la vedova si chiuse in bagno e permise a Mario di tornare sotto le coperte, al caldo. Lui, in attesa che la padrona di casa uscisse per le sue commissioni e poter così studiare con calma i documenti, prese il romanzo di La Capria e rimase tutta la mattina a letto. Quando si alzò era quasi ora di pranzo.

Mario si sentiva molto meglio e decise, dopo un bagno bollente, di andare al bar e chiamare Grazia.

«Cosa c'è nella valigia?»

«Ho dato soltanto un'occhiata».

La voce di lei era concitata. «E allora?»

«Lettere, cartoline, qualche foto. Delle fatture».

«Quanti documenti ci sono dentro? Tanti?»

«Sì», disse Mario, «stavo pensando ora di tornare a casa e metterli in ordine, per poterli esaminare».

«Non azzardarti!», Grazia si lasciò andare a un gridolino. «Non senza di me!».

Mario De Luca si sorprese a sorridere alla cornetta. «E come facciamo? Tu qui non puoi venire, è una delle clausole del mio contratto d'affitto».

«E io vivo con i miei genitori», disse la ragazza. «Nemmeno tu puoi stare qui. Chissà cosa penserebbero».

«Come facciamo, quindi?»

«Semplice», rispose la giovane, «prendiamo una stanza d'albergo e ci chiudiamo dentro».

Mario sentì di nuovo i brividi mentre riattaccava la cornetta.

Quella sera avrebbe condiviso una camera d'hotel con Grazia.

43

Mario attendeva nella hall. Aveva telefonato qualche ora prima per prenotare la stanza, ma voleva essere sicuro che Grazia si presentasse, prima di andare alla reception a chiedere la chiave.

Si vergognava.

Non aveva mai fatto nulla di simile.

Al telefono, come gli aveva suggerito Grazia, aveva dato un cognome falso.

«Non troppo falso, solo un pochino», aveva detto la ragazza, «così se fanno storie puoi sempre dire che hanno capito male e dargli il vero nome».

«Non è illegale?»

«Non lo so», disse lei, «ma nei drammi radiofonici che ascolto la domenica fanno sempre così. Magari poi basta allungare qualcosa per regolare tutto».

Mario si sentiva una spia; o, peggio ancora, un ladro. Per ingannare l'attesa e non dare nell'occhio, sfilò dalla borsa il romanzo che gli aveva dato Grazia e riprese la lettura. Faceva fatica a seguire la storia parola per parola, preferiva lasciarsi trasportare dal ritmo delle frasi e mescolarlo ai suoi ricordi di Napoli, del mare, del sole caldo del Sud.

«Ma l'hai già finito?», domandò Grazia alle sue spalle.

Non l'aveva sentita arrivare. «Quasi», disse lui.

«E ti sta piacendo?»

«Sì, molto».

«Sai, io non lo conoscevo, ma me l'ha consigliato il commesso della Hoepli. Gli ho chiesto un romanzo su Napoli e lui ha detto che questo è molto popolare. Ha anche vinto un premio importante, non ricordo il nome».

«E perché volevi un libro su Napoli?»

«Me ne parli spesso tu, ma non l'ho mai vista. Ho mangiato napoletano qui a Milano. Volevo leggere della città, saperne di più».

«Bastava chiedere a me».

Grazia, ridendo, disse: «Tu non hai mica vinto un premio importante».

Senza aggiungere altro, prese Mario per mano e lo condusse al banco della reception, dove un impiegato in uniforme chiese i loro nomi e li segnò su un registro, che poi porse a Mario perché firmasse.

«Marito e moglie?», domandò l'impiegato.

«Sì», rispose Grazia, impedendo a Mario di rivelare il loro bluff in un impeto di sincerità e vergogna, «siamo in luna di miele a Como, ma abbiamo deciso di visitare Milano per un giorno».

«Avete fatto bene», disse il receptionist, «è la città più bella d'Italia».

Quindi consegnò la chiave a Mario, senza chiedergli i documenti.

«Vuole che chiami un fattorino?».

Il geometra lo guardò spaesato.

«Per la valigia».

«No, grazie», disse Grazia, di nuovo la più pronta dei due a risolvere la situazione. «C'è solo un cambio per stanotte, domani mattina ripartiamo».

«Domani mattina?», domandò Mario quando furono nella stanza.

«Ho detto ai miei genitori che avrei dormito da un'amica», spiegò lei. «Se c'è così tanto materiale da esaminare, ci servirà tutta la notte».

«Allora mettiamoci al lavoro», disse lui.

Appoggiò la valigia sul letto e aprì le cinghie che la tenevano chiusa.

«Ecco, questo è ciò che ho trovato».

Gli occhi di Grazia, di fronte a quell'ammasso informe di carte e documenti, s'illuminarono.

«Qui si trova la soluzione del caso», disse, rimboccandosi le maniche e iniziando a tirare fuori a manciate le lettere e le fotografie, per ordinarle sul pavimento di moquette. «Me lo sento».

44

Grazia aveva messo a frutto la sua esperienza come segretaria d'ufficio per disporre in ordine cronologico tutte le lettere, in modo da poterle leggere dalla prima all'ultima.

Si era tolta le scarpe e il cappotto ed era seduta su un bordo del letto, le gambe leggermente accavallate.

Mario, che si era accomodato su una poltroncina nell'angolo, controllava le ricevute e le fatture, e appena poteva lanciava un'occhiata furtiva alla sua compagna di stanza.

Si leccò le labbra. Aveva la bocca secca.

La polvere delle carte, si disse, anche se sapeva che a renderlo nervoso era quella situazione così insolita, a cui non era abituato. Se avesse raccontato a Renato di essere andato in un hotel sotto falso nome con una giovane milanese, cosa avrebbe pensato suo fratello di lui?

«Forse possiamo ordinare qualcosa per cenare», disse a Grazia, per distogliere la mente da quei pensieri che lo turbavano.

«Io non ho fame».

«Se vogliamo passare per due sposini, dobbiamo renderci credibili».

La giovane arrossì, quindi scosse la testa. «Non credo che nessuno si stupisca se marito e moglie in luna di miele si dimenticano di mangiare».

Anche Mario arrossì, quindi prese la cornetta e chiamò la reception, chiedendo di non essere disturbati fino al giorno successivo.

«Così è credibile?», domandò.

Grazia annuì. «Ben fatto».

Due ore dopo, lei aveva impilato alla sua destra la corrispondenza che aveva studiato. La colonna saliva sempre di più, man mano che la lettura procedeva. Su un bloc-notes la giovane stenografava appunti con i fatti salienti di cui veniva a conoscenza.

Mario, al contrario, cercava di dare un ordine alle ricevute, che erano per di più legate a un esercizio intestato a Remo Ferrari.

«È il capofamiglia», riferì a Grazia, «un piccolo imprenditore. Si occupava di calzature».

«C'è un indirizzo del negozio?»

«Sì, in corso di Porta Romana. Domani posso vedere se c'è ancora».

«Possiamo chiedere una visura camerale e saperne di più. Segna il nome dell'attività».

«Bene», disse Mario, «altro d'interessante non ho trovato. È il tuo turno ora».

Grazia prese in mano le ultime missive della pila alla sua destra.

«Sono per lo più lettere di amici e parenti. Cartoline per le feste. Il loro bambino si chiamava Pietro. È nato poco prima della guerra. C'è anche una cartolina d'auguri per il battesimo».

«Pietro Ferrari», scrisse Mario su un foglio. «Un primo tassello».

«Lei era una casalinga, non lavorava».

«A questo punto», dedusse De Luca, «possiamo pensare che Remo sia il padre di Pietro e che con il suo lavoro riuscisse a mantenere la famiglia».

«Se avevano una casa di proprietà, anche se un po' fuori mano, erano sicuramente abbienti».

«Lo confermano le fatture. La ditta non andava male. Anche se nel 1939 c'è un calo degli ordini».

«La guerra», disse lei. «È normale, no?»

«Non lo so, io ho vaghi ricordi, ero ancora un bambino».

«Quando sei nato?»

«Il 17 luglio del 1940», rispose Mario. «Perché?».

Un velo oscurò lo sguardo di Grazia. «Il piccolo Pietro... era di poco più grande di te. C'è una cartolina di congratulazioni, è del 1936». La voce della giovane era calata di un paio di ottave. «Oggi avrebbe ventisette anni».

«Uno dei teschi che ho visto apparteneva a un bambino e secondo il medico legale la morte può risalire da quindici a venticinque anni fa, dunque in un periodo compreso tra il 1938 e il 1948».

«Il che non ci aiuta molto».

La voce di Grazia era delusa.

De Luca cercò di rincuorare la ragazza. «Per ora non possiamo escludere nulla, non finché non capiamo cosa sia successo», disse. «Cos'altro c'era nella valigia?»

«Le foto».

«Guardiamole insieme».

Grazia picchiettò con la mano sul letto, invitando Mario a sedersi al suo fianco.

Il geometra si alzò e con grande cautela obbedì.

«Vediamo», disse, e si allungò verso la pila delle fotografie.

«Dopo», gli sussurrò Grazia in un orecchio. Gli strinse

la mano. «Ora dobbiamo interpretare il nostro ruolo, per essere credibili».

Mario si voltò e prese la ragazza tra le braccia.

Le labbra di lei furono come un colpo di frusta, che lo scosse da capo a piedi.

I due si fissarono senza infangare quel silenzio con parole superflue.

Il secondo bacio durò ancora più a lungo e non fu di certo l'ultimo.

45

A mezzanotte passata Mario e Grazia si erano rimessi al lavoro, mentre l'alveare metropolitano intorno a loro dormiva esausto dopo l'ennesima giornata operosa. Si erano divisi il mazzo di fotografie e stavolta indovinare un ordine cronologico risultò più complicato.

«In alcune è scritta la data sul retro», disse Mario.

«Non su tutte purtroppo».

«Questa è del 1931».

«Le nozze», commentò Grazia.

«Qui la gravidanza».

«Hanno atteso cinque anni per il primo figlio».

«L'unico, a quanto pare». De Luca alzò lo sguardo. «Tu hai fratelli?»

«No, anch'io sono figlia unica».

«Beata te».

«Con sette fratelli non ti devi essere mai annoiato».

«No, però non c'era mai abbastanza cibo per tutti in tavola».

«Ma non avevi bisogno di amici per giocare, da bambino, no?»

«Rimpiangi di non aver avuto una sorella?».

Grazia scosse le spalle. «Non ti saprei dire. È come se mi chiedessi se mi piaceva la cucina napoletana prima di averla assaggiata. Come posso risponderti?»

«E ti è piaciuta?»

«Sì, molto».

I due tornarono a sfogliare le foto.

«Qui sono al mare o al lago. Forse in vacanza?»

«Questo conferma che i Ferrari non erano una famiglia povera. Viaggiare costa».

«A me piacerebbe esplorare il mondo», commentò Grazia.

«Io invece non lo so».

«Non sei curioso?»

«L'unico viaggio che ho fatto finora», disse Mario, «è stato in treno per venire qui a Milano e non è che mi abbia entusiasmato».

«Ma io parlo di vacanze».

«Per quelle servono i soldi».

«E se li avessi», domandò Grazia, «dov'è che vorresti andare?»

«A Venezia».

«Non a Parigi, a Londra o a New York?»

«E poi come ordino da mangiare se non parlo francese e inglese?»

«Io parlo un po' d'inglese», disse la ragazza, suscitando nello sguardo del napoletano un'ammirazione sconfinata.

Proseguirono così, scambiandosi pareri sulle fotografie che passavano in rassegna e sfruttando quei piccoli dettagli per imparare a conoscersi meglio. Due giovani, svegli nella notte, eccitati per quell'avventura che li aveva uniti, però al tempo stesso turbati dagli interrogativi sul futuro.

«Questa qui è precedente», disse Grazia. «Lei, la madre, è a scuola, è molto giovane».

«E molto bella», commentò Mario.

«Guardi già le altre?», lo schernì la ragazza.

Lui si morse un labbro e poi, con voce insicura, domandò quello che gli ronzava in testa da diverse ore: «Mi hai detto di essere fidanzata».

Grazia ridacchiò. «Era per tenerti a bada. Non volevo che all'inizio pensassi che ero una preda da conquistare».

«Quindi?»

«Non sono fidanzata, no. Ma prima di tutto volevo conoscerti meglio».

«Ho superato la prova, dunque?».

Grazia non rispose, non subito. «Questo si vedrà con il tempo».

Attraverso le fotografie riuscirono a ricostruire una sorta di albero genealogico della famiglia Ferrari. A volte andavano a intuizione, altre volte si basavano sui nomi scritti a matita.

«Questo dunque è Remo Ferrari, il padre».

Un uomo robusto, dalle spalle ampie. Baffi spessi; giacca e camicia. Un lavoratore, ma non un manovale. Forse lo era stato, vista l'espressione decisa, ma doveva essere riuscito a emergere da quel mondo di fatica fisica e si era creato un suo commercio.

«Sua moglie».

L'esatto contrario del marito. Minuta, la pelle chiara. I capelli lunghi e neri, raccolti in uno chignon. Lo stile semplice era una caratteristica della famiglia, ma alla donna piacevano i dettagli. Una spilla. Orecchini di perle. Scarpe smaltate. Non sorrideva: al contrario, teneva il capo chino, come se si vergognasse a farsi fotografare.

«Il piccolo Pietro».

Giovanissimo, dall'espressione vispa. Capelli arruffati, nonostante il tentativo di tenerli a bada. Sopracciglia folte, come il padre, e al pari del genitore un naso che dominava il viso. Due denti mancavano all'appello. L'abbigliamento sportivo gli si addiceva: pantaloni corti di velluto, una camicia a quadri, bretelle. Era l'unico dei tre che mostrava un sorriso spontaneo. Dietro il bambino s'intravedeva il cavallo a dondolo che Mario aveva notato nella cantina dell'appartamento. La testa del giocattolo era ancora al suo posto.

«Quanti anni avrà qui?»

«Cinque o sei», disse Mario. «Il che fa pensare che l'omicidio non sia stato commesso prima del 1942. Sempre che i tre teschi appartengano davvero a loro».

«Sembravano felici», constatò Grazia.

«E probabilmente sono morti».

Quel commento provocò una lacrima che solcò la guancia della giovane. Mario allungò la mano e ne bloccò la discesa con il pollice. Grazia gli strinse la mano e se la premette contro il viso. Rimasero così, immobili, finché lei riuscì a controllare gli ansimi.

«C'è una fotografia che vorrei mostrarti», disse a un tratto Grazia.

Mario prese l'immagine stampata che gli stava porgendo.

«Sono sempre loro tre», disse.

«Ma qui c'è un'altra ragazza».

Aguzzando la vista, il geometra studiò quel volto. Il bianco e nero era slavato dal tempo, ma qualcosa si riusciva a intuire.

«Quindici, sedici anni?»

«Probabilmente», confermò Grazia. «Una seconda figlia?»

«Non credo. Non ve n'è traccia né nelle lettere, né nelle altre foto».

«Una parente?»

«È possibile, ma a me sembra più qualcos'altro. Guarda com'è vestita».

«Indossa...», ipotizzò la ragazza, stringendo gli occhi per mettere a fuoco i dettagli, «può essere un grembiule?»

«Infatti. Sembra un grembiule come quelli che si portavano a scuola. Ma è troppo grande per essere una compagna del bambino».

«Forse gli dava ripetizioni?»

«Oppure era la sua bambinaia».

«Ma la mamma non lavorava, perché avrebbero avuto bisogno di una bambinaia?»

«Se un ricco può permetterselo», disse Mario, mentre girava la fotografia, «non c'è bisogno di un motivo».

Sul retro della foto era indicata una data. 1941.

«Un anno prima che i Ferrari vendessero la casa».

«Questa», disse Grazia, la voce improvvisamente grave, «potrebbe essere stata la loro ultima foto da vivi».

46

Mario e Grazia erano crollati e avevano dormito per poche ore, vestiti, sopra le coperte.

Quando si svegliarono, mentre lui era in bagno, la giovane disfece il letto.

«Cosa fai?»

«Dobbiamo rendere credibile la nostra luna di miele, no?».

Scoppiarono entrambi a ridere e non riuscirono a sottrarsi da quella che a Milano veniva chiamata la *stupidera* nemmeno mentre raccoglievano le foto e i documenti e li riponevano nella valigia.

«Qui abbiamo finito», disse Grazia.

«Devi lavorare oggi?»

«È sabato, certo che sì».

«Pensavo che almeno i notai facessero la settimana corta».

«I notai sì», disse lei, sollevandosi sulle punte dei piedi per baciarlo, «le segretarie purtroppo no».

Prima di salutarsi, i due si accordarono per vedersi quella sera a cena.

«Stasera mangi milanese, va bene?».

Mario le fece l'occhiolino. «Lasciami indovinare. Costoletta e non cotoletta, alla Madonnina».

«Ti ricordi dov'è?»

«Me l'avevi detto».

«In via San Gottardo», rispose Grazia, «e sai in che quartiere è?».

Il napoletano rimase in silenzio.

«Porta Romana».

«Dove si trovava il negozio dei Ferrari?»

«Esatto. Se vuoi andiamo a sbirciare se c'è ancora qualche traccia».

Mario accompagnò Grazia fino alla fermata del tram. Lì ne lasciarono passare due a suon di abbracci, prima di riuscire a separarsi.

Il geometra, per ingannare il tempo, fece una lunga passeggiata in centro. Quel piccolo mondo fatto di vicoli bui che si alternavano a grandi strade colme di automobili cominciava a diventargli familiare. Si soffermò di fronte al Castello Sforzesco e ne ammirò i bastioni, quindi imboccò via Dante e si diresse verso il Duomo.

Nella galleria dedicata a Vittorio Emanuele II si trovava un mosaico a forma di toro che, secondo quanto gli aveva spiegato Grazia, garantiva vigore agli uomini e fertilità alle donne che ne avessero sfiorato i genitali. Mario non vide nessuno eseguire quel rituale e a sua volta, più per timidezza che per scetticismo, se ne astenne.

Quando uscì, si diresse verso corso Venezia. In un'edicola acquistò una copia del giornale ed entrò in un bar per concedersi, nonostante fosse quasi mezzogiorno, un caffè e un pasticcino, quella che a casa sua si chiamava, non senza spregio, *la colazione dei signori*. Stava ancora sfogliando le pagine dedicate alla cronaca locale, quando una notizia lo colpì.

Gran gala di beneficenza per i poveri, recitava il titolo.

Ma fu il nome in evidenza nella didascalia ad attirare la sua attenzione.

De Luca lesse l'articolo con attenzione.

Il ricevimento si terrà questa sera presso l'Opera Pia Cucine Economiche, dove saranno offerti 160 pasti alle personalità milanesi, in cambio di una generosa offerta da destinare a progetti di solidarietà. A patrocinare l'iniziativa sarà Maria Teresa Copernico, già insignita lo scorso anno dal sindaco Gino Cassinis di un attestato di civica benemerenza per il suo impegno in favore dei più svantaggiati e della collettività.

Mario non avrebbe voluto rinunciare alla cena con Grazia, ma non poteva nemmeno perdere quell'occasione.

Chiese al barista il permesso di utilizzare il telefono e cambiò qualche spicciolo in gettoni.

«Dobbiamo rimandare la nostra cena milanese», esordì, quando lei rispose al telefono.

La ragazza non nascose la propria delusione: «Perché mai?»

«Abbiamo altro da fare. Più importante».

Mario raccontò quanto aveva appreso dal quotidiano. Le lesse tutto l'articolo, a conferma.

«Dopo che ti ha minacciato», disse Grazia, «tu vorresti presentarti a un gala di beneficenza dove ci saranno le autorità più importanti della città?»

«No», la corresse Mario, «non hai capito. Io voglio fare tutto il contrario».

«Spiegati meglio, per favore. Non abbiamo dormito molto e io sono un po' stordita. Non girare intorno al succo del discorso. Cos'hai in mente?»

«È sabato sera, la domestica di Maria Teresa Copernico sarà probabilmente in libera uscita, no?»

«È possibile», rispose Grazia. «Quindi?»

«Anche la Copernico sarà fuori».

«Mario, vai al punto!».

Lui tossicchiò. Il piano che aveva in mente poteva funzionare, ciò nondimeno era un grosso azzardo. «Pensavo che potremmo andare a casa sua».

«In che senso? E se non c'è nessuno, chi ci apre?»

«È proprio questo il punto. Mentre lei sarà impegnata con il ricevimento, che durerà probabilmente fino a notte fonda, noi ne approfittiamo ed entriamo in casa sua, di soppiatto, per scoprire cos'ha da nascondere».

«Tu sei matto», disse Grazia. «È una follia. E come pensi di entrare?»

«Lavoro in un cantiere, so come procurarmi gli attrezzi per aprire una serratura».

«Non lo so, Mario, mi sembra così assurdo».

«Grazia, lo so anch'io che è assurdo. Ma io non ci dormo più la notte, e quando dormo ormai faccio solo incubi. Questa storia mi sta facendo diventare pazzo. Devo risolverla, se voglio ancora potermi guardare allo specchio». De Luca attese quel tanto che bastava affinché il suo sfogo facesse effetto e poi rilanciò, titubante: «Allora, non mi accompagni?».

Alla domanda seguì qualche secondo di silenzio. Mario guardò il telefono, aveva appena inserito l'ultimo gettone e la linea sarebbe caduta di lì a breve.

La risoluzione nella voce di Grazia fu come un pizzicotto che lo strappò ai suoi timori: «Ci vediamo davanti al suo portone. Alle otto in punto».

47

Nel momento in cui mise piede in casa, Mario udì squillare il telefono.

Attese, nell'eventualità che la vedova Rossetti volesse rispondere personalmente, ma quando capì che la donna era fuori, fu lui a sollevare il ricevitore.

«Pronto?»

«De Luca, sei tu?»

«Sì. Chi parla?»

«Come chi parla? Sono Locati».

«Buongiorno, dottore».

«Bel buongiorno del *menga*», sbottò l'altro. «Che diavolo stai combinando?»

«Io non capisco, ingegnere, a cosa si riferisce?»

«Dammi una buona ragione per non licenziarti».

Mario impallidì e fu tentato di riattaccare. La vedova Copernico doveva aver messo in atto le sue minacce e chiamato il suo datore di lavoro con lo scopo di farlo licenziare.

«Mi spiace, signore, io non volevo...».

Locati era furioso. «Cosa ti sei messo in testa? Perché agisci senza la mia autorizzazione?»

«Non so cosa la signora Copernico le abbia detto, ma io posso spiegarle tutto».

«E ora chi diamine è questa Copernico?»

«Io, veramente, pensavo...».

«Ieri ho incontrato per caso un conoscente, il notaio Rossignoli de Sio. Tra una chiacchiera e l'altra voleva sapere perché ti avrei inviato da lui per accusarlo di aver fatto un errore».

«Il notaio», ripeté Mario, che seppur sollevato, doveva ora inventare una scusa plausibile per giustificarsi agli occhi del suo capo. «Sì, vede...».

«Non puoi permetterti di andare da una persona illustre per coprire il tuo errore! Tu mi vuoi rovinare, vero?»

«No, signore, io davvero...».

«Ascolta, De Luca, io capisco le tue buone intenzioni. Il notaio mi ha detto che vorresti sbloccare i lavori del cantiere, ma finché c'è quel magistrato che mette i bastoni tra le ruote non possiamo fare niente. Hai capito?»

«Sì, signore, io non volevo...».

«Non mi importa quello che volevi. Lunedì chiami il dottor Rossignoli de Sio e gli porgi le tue scuse, è chiaro?»

«Sì, signore, certo. Io però...».

«Niente però, nessun ma. Fai quello che ti dico io, se vuoi tenerti il lavoro».

«Certo, ingegnere».

«Bene», disse Locati, che dopo lo sfogo aveva ripreso a parlare con un tono meno concitato. «Ora, torniamo a noi. Ci sei ancora, De Luca?»

«La ascolto, dottore».

«Domani mattina ti aspetto in cantiere. C'è stata un'effrazione. Così mi hanno riferito. Dobbiamo vedere se si tratta di un atto vandalico o se hanno rubato qualcosa».

«Ma domani è domenica, signore».

«E quindi? Devi andare a messa?»

«No, signore», rispose rapido il geometra, prima che il suo interlocutore potesse di nuovo perdere le staffe. «Sarò puntuale».

«Lo spero per te, ragazzo, lo spero per te», disse Locati. «Stai giocando con il fuoco, sappilo». Quindi senza attendere una risposta da parte di Mario, e senza nemmeno salutare, riattaccò.

De Luca si appoggiò alla parete, la cornetta ancora in mano, e ricominciò a respirare.

48

Mario indossava pantaloni scuri e una giacca nera. La sua intenzione era di passare inosservato nella penombra che precedeva la notte.

Quando vide Grazia, le andò incontro e le raccontò della telefonata del notaio.

«Non si può più tornare indietro», le disse. «Ormai c'è troppo in gioco».

«Sei sicuro di voler fare questa pazzia?», provò a dissuaderlo lei. «Lo sai che se ci beccano finiamo diritti a San Vittore?»

«San Vittore? E cos'è, una chiesa?»

«No, stupido», disse Grazia, che non aveva voglia di prendere alla leggera quella situazione. «È il carcere».

«Se vogliamo scoprire qualcosa, questa è la nostra unica possibilità».

La giovane sospirò a lungo. Quando capì che non sarebbe riuscita a fargli cambiare idea, scosse la testa e gli prese le mani.

«Allora dammi prima un bacio di buon augurio».

Mario la guardò negli occhi, poi disse: «Tu mi aspetti qui».

«Cosa?», rispose lei. «Nemmeno per idea. Io vengo con te».

«No, ascoltami. Tu resti qui e fai da palo. Se rientra la signora Copernico o se succede qualcosa fischi tre volte. Sei capace di farlo?».

Grazia strinse le labbra a O e imitò il verso di un uccello.

«Perfetto», disse Mario.

«Non sono mica tanto contenta».

«Se mi prendono», disse lui mentre si avvicinava alla giovane per baciarla, «mi porterai le arance a San Vittore».

Mario si liberò dall'abbraccio con cui Grazia provava a trattenerlo a sé e s'infilò nel portoncino d'ingresso del palazzo, che aveva aperto senza grandi difficoltà mentre aspettava.

Prima di salire al secondo piano, dove si trovava l'appartamento di Maria Teresa Copernico, De Luca controllò il contenuto della borsa degli attrezzi che portava al fianco. Si era fatto prestare chiavi e cacciaviti da Niscemi, il quale gli aveva anche insegnato qualche trucco per entrare. Mario aveva raccontato al manovale che Renato era rimasto chiuso fuori casa e che prima di chiamare un fabbro voleva provare a risolvere lui.

«Vengo io, che problema c'è?», si era offerto Calogero.

«Non ti voglio incomodare. Insisto, davvero, penso di potercela fare da solo».

«Va bene, ma se non riesci telefonami. È una stupidaggine buttare via dei soldi. E poi digli a tuo fratello che è proprio un... com'è che dite voi a Napoli? Insalta...?»

«*Insallanut'*», lo aveva corretto Mario.

Ora il geometra si trovava di fronte alla porta dei Copernico.

La domestica non era in casa: per maggior sicurezza De Luca aveva prima telefonato e atteso finché la comunicazione non era passata da libero a occupato, segno che nessuno avrebbe risposto; quindi si era premurato di suonare al citofono, di nuovo senza riscontrare alcune segno di vita nell'appartamento. Il gran gala era iniziato da un'oretta e la padrona di casa ne avrebbe avuto ancora per parecchio tempo.

Doveva agire.

Affrontò la serratura della porta di legno con relativa sicurezza. Le indicazioni che gli aveva dato Calogero Niscemi erano chiare.

Inserì il punteruolo e fece pressione con il palmo della mano fino a udire un leggero *clic*. Quindi ruotò l'attrezzo e, aiutandosi con un cacciavite dalla punta molto sottile inserito nella stessa fessura, fece scattare il tamburo che bloccava il chiavistello.

«Andiamo», sussurrò a mezza voce, per farsi coraggio.

Mise una mano sulla maniglia e, prima di farla girare, si bloccò sul pianerottolo, pronto a cogliere un eventuale triplice fischio da parte di Grazia.

"Niente".

Mario si decise ad aprire la porta e a scivolare come un'ombra silenziosa nell'appartamento avvolto dal buio.

49

L'appartamento di Maria Teresa Copernico non era molto diverso da quello di Nora Rossetti: soltanto più spazioso e molto più lussuoso.

Alle pareti spiccavano opere d'arte che anche l'occhio inesperto di Mario poté riconoscere come originali.

"Saranno del secolo scorso, come minimo".

I tappeti che ricoprivano il pavimento nella sua interezza dovevano essere persiani. De Luca fece molta attenzione a dove metteva i piedi. Non voleva sporcare, né rompere nulla. I vasi sui mobili e le decorazioni sulla libreria erano in ceramica e cristallo. Non c'era traccia di un televisore, ma in bella vista c'era un arazzo che riproduceva una scena biblica.

"Dove terrei io i documenti, se vivessi qui?".

Come primo tentativo, Mario si dedicò alla credenza, dove però trovò soltanto diversi corredi di posate, tovaglie e piatti in ceramica con bordi d'oro zecchino.

"Come può permettersi tutto questo una persona che non è nata ricca?".

Il defunto marito della Copernico era un commerciante, ma per giustificare tutto quello sfarzo doveva essere stato un mago degli affari o un industriale di successo. Lui e Grazia, si rimproverò Mario, non avevano indagato abbastanza sul passato di Francesco Sacchi.

Nel corridoio principale altri armadi a muro attendevano di essere ispezionati.

"Nulla di utile".

Soltanto soprabiti eleganti, decine di paia di scarpe di marca, lenzuola di seta, asciugamani ricamati a mano e, nascoste dietro l'ultima anta, due splendide pellicce, una di visone, l'altra d'ermellino.

"Mai visto tanto ben di Dio tutto insieme".

Mario si spostò nello studio da dove, sospettava, la vedova guidava il suo impero fatto di ricchezze degne di un museo e gala di beneficenza.

"Forse mi sto sbagliando su di lei e la Copernico è soltanto una ricca donna annoiata che si dà da fare per i poveri".

I contratti, le ricevute e i documenti ordinati in tre vaschette sul grande tavolo in radica sembravano confermare questa tesi. De Luca sfogliò rapidamente quelle carte, ma non trovò nulla di strano. I cassetti della scrivania non erano chiusi a chiave, quasi a voler testimoniare che lì non c'era nulla da occultare e che gli affari che conduceva Maria Teresa Copernico erano del tutto leciti.

"Non può essere...", si maledisse Mario mentre proseguiva nella perquisizione.

Se non avesse trovato niente, l'indagine si sarebbe arenata, forse per sempre.

Avrebbero potuto rintracciare i discendenti dei Ferrari, ma non avevano ancora la matematica certezza che le ossa rinvenute nell'appartamento di via delle Forze Armate appartenessero davvero a loro.

De Luca abbandonò lo studio dopo aver consultato anche un archivio in metallo molto simile a quello che l'ingegner Locati utilizzava per ordinare i progetti e gli appalti che aveva in gestione. Anche lì c'erano soltanto documenti di lavoro, ricevute e una lettera vergata a mano dal sindaco, che ringraziava la vedova Copernico per il suo contributo al bene di Milano.

"Questa donna somiglia troppo a una santa per esserlo davvero".

Era tutto eccessivamente perfetto, come una messinscena per ingannare eventuali scettici. Una rappresentazione ideale di sé a opera di una borghese illuminata: uno specchietto per le allodole.

"Io non ci credo", si spronò Mario, mentre entrava nell'ultima stanza ancora inesplorata, "non posso proprio".

Il suo istinto gli suggeriva di insistere, il cervello di desistere e di cedere a una ritirata che gli avrebbe risparmiato una figura ridicola, qualora fosse uscito a mani vuote dall'appartamento. Quella, però, era una circostanza che Mario De Luca non voleva nemmeno prendere in considerazione.

Il geometra controllò l'orologio.

Aveva perso il senso del tempo, era trascorsa più di un'ora e, anche se non pensava che la vedova sarebbe rientrata così presto, doveva sbrigarsi, se voleva evitare di essere colto in flagrante.

"La camera da letto".

Un pesante baldacchino che non avrebbe sfigurato nella stanza di un barone o di un imperatore. Stucchi alle pareti e un soffitto a cassettoni degno di un palazzo ducale. Le tende erano scure e pesanti e soltanto una lama di luce pallida riusciva a riflettersi sullo specchio appoggiato a una grande cassapanca dall'aspetto antico. Nell'armadio c'erano soltanto vestiti, una quantità indescrivibile di pizzi, sete e capi di stoffa pregiata ricamata a mano.

"Lo scrittoio".

L'ultima speranza di Mario.

Si avvicinò con cautela e studiò il mobile, di legno bianco, con intarsi dorati e dalle pregevoli linee affusolate.

Fece scorrere il meccanismo d'apertura e controllò i sei piccoli cassetti. Qualche foto, un paio di astucci con gioielli meno pregiati, una stilografica d'oro.

"Dove terrà i gioielli più preziosi?".

In una cassaforte, fu la risposta.

Mario tornò all'armadio e spostò i vestiti a uno a uno, finché la trovò.

Era chiusa e la serratura era fuori dalla sua portata. Nemmeno un fabbro professionista avrebbe potuto scassinarla facilmente. Mentre si arrovellava per trovare una soluzione, il geometra sentì un suono che lo raggelò.

«Grazia», mormorò.

Qualcuno fuori aveva fischiato. Tre volte.

Doveva uscire subito di lì.

50

Mario corse verso la porta d'ingresso, ma un altro rumore lo costrinse a fermarsi e a tornare indietro.

"C'è qualcuno sul pianerottolo".

Erano passati pochi secondi da quando Grazia aveva fischiato, come poteva essere possibile?

Dallo spioncino, De Luca vide sulla porta di fronte a quella della Copernico una coppia che armeggiava con le chiavi di casa.

"I vicini".

Ci misero un'eternità prima di riuscire ad aprirla, precludendo all'intruso che li stava spiando la via di fuga principale. Prima che potessero entrare in casa, le teste dei due giovani si voltarono e due sorrisi comparvero sui loro volti.

Il «Buonasera» che udì Mario era rivolto a una persona che stava salendo le scale.

"Maria Teresa Copernico!".

Era rientrata prima del previsto e adesso non c'era più possibilità di uscire da dove era entrato. Mario doveva trovare un'altra via di fuga, sfruttando i convenevoli che i vicini di casa stavano scambiando tra di loro prima di augurarsi reciprocamente la buonanotte.

"La camera da letto".

De Luca corse nella stanza, dove l'armadio con la cassaforte era ancora aperto. Un ultimo sguardo a quell'occasione perduta rivelò un dettaglio che prima gli era sfuggito.

"Cos'è quello?".

Seppur consapevole che aveva solo pochi attimi per riuscire ad andarsene sano e salvo senza essere scoperto, Mario si fermò a esaminare il fondo dell'armadio. Infilò il cacciavite in una piccola fessura quasi invisibile e fece leva. Il ripiano di legno si sbloccò immediatamente, rivelando un doppiofondo.

"Documenti".

Non potendo più perdere tempo, Mario arraffò ciò che poté e spinse tutto a forza nella borsa degli attrezzi, quindi fece scattare il meccanismo che richiudeva il vano segreto e serrò le ante dell'armadio. Andò alla finestra, si sporse sul davanzale e lanciò in strada il suo fardello.

"È alto", constatò, ma non aveva altra strada.

Doveva rischiare, a costo di rompersi le gambe, se non voleva finire in prigione.

Un ultimo sguardo dietro di sé, per sincerarsi di aver lasciato tutto in ordine, quindi Mario De Luca fischiò tre volte, chiuse gli occhi e si lanciò nel vuoto, proprio nel momento in cui udiva scattare la serratura della porta di casa.

51

Quando riaprì gli occhi, Mario intuì il viso di Grazia a pochi centimetri dal suo.

«Stai bene?».

Nella voce della ragazza la preoccupazione era palpabile.

«Sì», disse lui. «Almeno credo».

«Dobbiamo andare via, se la Copernico si affaccia alla finestra e ti vede, siamo nei guai».

De Luca provò ad alzarsi, ma un forte dolore lo fece cadere di nuovo.

«Aiutami», le disse, «mi sono fatto male a una caviglia».

«Appoggiati a me».

Grazia si chinò e offrì l'avambraccio a Mario, in modo che potesse tirarsi su. Lo sforzo strappò un gemito a entrambi.

«Ce la fai… così».

De Luca evitò di appoggiare il piede sofferente e saltellò attaccato alla spalla della ragazza.

«Veloce, più veloce».

Quando raggiunsero l'angolo, si nascosero.

Mario, la schiena appoggiata alla parete dell'edificio, si sporse per controllare la finestra da dove si era buttato. Vide comparire per un istante il volto della signora Copernico, che quasi subito rientrò, chiuse le ante e tirò le tende.

“Darà la colpa alla governante”, fu la speranza di Mario.

Se Maria Teresa Copernico avesse chiamato la polizia, non ci avrebbero messo molto a scoprirli.

«Dobbiamo andarcene di qui», disse Grazia. «Dobbiamo trovare un taxi. Se ce la fai a camminare un po’, arriviamo in corso Magenta. Lì c’è sempre molto passaggio».

«Basta che non corri», disse Mario, «e che mi dai prima un bacio per trasmettermi la tua energia».

Grazia lo accontentò. Il suo volto era rimasto serio e non si lasciò andare a un sorriso finché non salirono sulla carrozza del tram serale numero 16 che, per loro fortuna, passava da piazza della Repubblica.

«Il capolinea è a Greco», disse Grazia. «Puoi venire a casa dei miei genitori, così domani chiamiamo un medico».

«No, non voglio metterti nei pasticci».

«Allora ti accompagno fino alla tua stanza».

Mario era troppo provato per controbattere.

«Fammi vedere la caviglia».

Grazia si chinò e provò a tastare il punto in cui l’articolazione stava già cominciando a gonfiarsi.

«Riesci a muoverla?».

De Luca eseguì un paio di movimenti, nonostante il dolore.

«Non credo che sia rotta. Servirà del ghiaccio, magari una fasciatura. Domani andiamo all’ospedale».

«No», disse Mario.

«Perché no?»

«Perché non ho ancora cambiato la residenza e non ho un medico qui a Milano».

Grazia scosse la testa.

«Starò a letto finché non guarisce», disse Mario, «te lo prometto».

Quando scesero dal tram, il freddo tenne a bada il dolore e l'adrenalina permise ai due di raggiungere Porta Venezia senza faticare troppo.

«Ecco, io vivo qui».

«Salgo con te».

Mario sperava che la vedova Rossetti stesse già dormendo, in modo da non doversi scontrare con lei per aver portato in casa la ragazza. Purtroppo si sbagliava.

«Cosa succede?»

«Sono caduto», spiegò Mario, che zoppicava vistosamente e, nonostante il clima gelido, aveva il volto costellato da gocce di sudore. «Non è nulla di grave».

«Non riesce a camminare da solo», intervenne Grazia.

«Lei chi è?».

Mario aprì la bocca per rispondere con una bugia, ma la ragazza fu più veloce. La risposta che diede gli fece gonfiare il petto per l'orgoglio, ma al tempo stesso gli instillò un senso di terrore.

«Sono la sua fidanzata. Non potevo lasciarlo in strada senza sincerarmi che arrivasse a casa».

In quel momento De Luca guardò Grazia e negli occhi di lei lesse una determinazione e un coraggio che lui non aveva.

«Bene», tagliò corto la Rossetti, quasi non volesse soffermarsi su quanto aveva appena udito. «Allora mi aiuti ad accompagnarlo a letto. Ha bisogno di riposare».

Il dolore incessante impedì a Mario di capire cosa stesse accadendo. Doveva tenere a bada la nausea e le vertigini. Soltanto quando Grazia chiese se ci fosse del ghiaccio e la vedova le disse di andare a prenderlo in frigorifero, intuì che tra le due donne si stava creando un flebile legame che qualcuno avrebbe potuto comparare a quello d'amore e odio che vige tra suocera e nuora.

«In bagno c'è un armadietto sotto il lavabo. Lì trova disinfettante e delle bende. Dovremo poi usare qualcosa per bloccare il piede. Credo che sia slogato».

«Un mestolo di legno?», propose Grazia.

«Buona idea, secondo cassetto a destra nella madia in cucina».

Le due si coordinarono come infermiere del pronto soccorso e in men che non si dica Mario era in pigiama, sotto le coperte, con una borsa dell'acqua calda sulla fronte e del ghiaccio avvolto in un fazzoletto appoggiato sulla caviglia infortunata.

«Domani dal dottore», disse la Rossetti.

«È quello che gli ho detto anch'io», le fece eco Grazia, «ma è così testardo».

«Lo convinco io, non si preoccupi. Ora però sarà meglio che ci ritiriamo».

La ragazza diede un casto bacio sulla guancia a Mario. «Riposati».

Lui la trattenne per una mano. «Forse ho trovato qualcosa», sussurrò, ma non fece in tempo ad aggiungere altro.

Chiuse gli occhi e sprofondò in un sonno profondo e tormentato.

52

Il giorno dopo Mario provò ad alzarsi dal letto, ma il primo tentativo fu un disastroso fallimento che lo vide crollare al suolo non appena ebbe tentato di appoggiarsi sulla caviglia.

«Subito a letto!».

Attirata dal rumore della caduta, la vedova era accorsa e aveva puntato l'indice contro Mario.

«Subito, ho detto».

De Luca si trascinò sul materasso. «Devo andare al cantiere».

«Ho già telefonato al suo datore di lavoro per avvisarlo», disse la padrona di casa, senza attendere risposta. «Vado a chiamare il medico».

«No, per favore», disse Mario.

«Perché no?».

Soltanto dopo una lunga pausa, lui dovette ammettere di aver paura dei dottori.

«Non faccia il bambino».

«Lei non può capire. Non ci sono mai stato in vita mia, dal dottore».

«E dov'è nato?»

«In casa, come i miei fratelli, con una balia ad assistere mia mamma».

«Che barbarità».

«La caviglia è meno gonfia, se riposo ancora oggi, domani sarà guarita», insistette Mario, che poi aggiunse un lamentoso: «La prego».

«Oggi non si muove da lì, però», fu la condizione imposta da Nora Rossetti, che così ebbe l'ultima parola. «Ora le porto il caffè».

E così Mario tornò a essere un bambino, accudito in tutto. Per andare in bagno utilizzava una sedia, che trascinava di fronte a sé e che fungeva da stampella, a cui poteva appoggiarsi senza mettere a terra il piede ferito. La vedova controllava che la fasciatura fosse sempre ben tesa e che l'impacco di ghiaccio rimanesse al suo posto. Gli serviva i pasti e lo aiutava a tirarsi su per mangiare.

«Non so come ringraziarla per l'aiuto».

Quello che doveva essere un rimprovero suonò invece come una raccomandazione quasi materna. «Non è niente. Ma la prossima volta stia più attento».

Mario si chiuse in un silenzio imbarazzato.

«Io ora devo uscire per alcune commissioni. Mi raccomando, resti a letto», disse la Rossetti prima di lasciarlo solo in casa.

De Luca ne fu felice. Quelle attenzioni, a cui non era abituato, lo avevano quasi stordito. Nato durante la guerra, Mario era stato cresciuto più dai suoi fratelli maggiori che dai genitori, che dovevano arrabattarsi come potevano per poter mandare avanti una baracca perennemente sul punto di crollare. E la situazione era peggiorata ulteriormente con la morte del padre. Appena compiuti dodici anni, Mario era stato esortato a camminare sulle proprie gambe, senza chiedere, né tantomeno aspettarsi l'aiuto di nessuno.

«Figlio mio», gli aveva detto donna Memela poco

prima della sua partenza per Milano, in una delle rare volte in cui la madre, per lo più taciturna e raccolta in preghiera, lo aveva preso da parte per aprirsi a lui, «si nasce soli e si muore soli. Dio ci unisce soltanto in matrimonio, ma poi tutto passa rapido. Devi imparare a cavartela e a guardarti dalle persone cattive, che sono ovunque».

"Come avevate ragione, mamma", pensò in quel momento, "e come avevate torto".

Per sottrarsi ai ricordi e alla nostalgia di casa, De Luca allungò un braccio e afferrò la borsa degli attrezzi, che Grazia aveva spinto con un calcio sotto il letto.

"Vediamo un po' cosa c'è qui".

Il fascio di documenti era composto per lo più da lettere e fotografie. In una di queste posava davanti all'obiettivo del fotografo una famiglia al completo: padre, madre e due figli, un maschio e una femmina, poco più che bambini, entrambi sorridenti. Mario girò la foto e lesse la data: 1935. C'era anche il nome dello studio fotografico che aveva eseguito il ritratto.

"Dovremo controllare".

Le lettere erano missive d'amore tra la giovane Maria Teresa e il suo spasimante, Francesco, che, come già sapevano lui e Grazia, sarebbero successivamente convolati a nozze.

"Perché nasconderle?".

Un atto di pudore, pensò Mario, che in quel momento si vergognò di violare l'intimità di un'altra persona, nonostante a spingerlo fosse stato un sospetto ancora non del tutto definito. Quella foto e quelle lettere, cariche di dolci promesse, mentre Francesco Sacchi combatteva sul fronte del Piave, proprio come aveva fatto suo padre, smorzarono per un momento l'antipatia che Mario nutriva nei confronti della Copernico.

"Forse ci siamo sbagliati sul suo conto".

Era davvero arrivato a penetrare di notte nella casa della vedova, come un topo d'appartamento, pur di carpirne i segreti più personali?

"Dobbiamo fermarci", si disse, senza tuttavia riuscire a smettere di sfogliare le carte che giacevano di fronte a lui, sparse sulla coperta di lana.

Altre foto, altre lettere, non tutte d'amore.

Poi, in mezzo a tutto il resto, De Luca scorse i certificati di nascita e non poté evitare di confrontarli con le informazioni in loro possesso.

«Maria Teresa Canadelli, nata a Milano il 12 gennaio del 1896 da Stefano Canadelli e Franca Sofia Fumagalli».

I dati coincidevano con quelli dell'anagrafe. Non c'era traccia del matrimonio, che probabilmente era stato contratto successivamente. Mario prese l'attestato del marito.

«Francesco Sacchi, nato a Milano l'8 agosto del 1889 da Attilio Sacchi e Sergia Copernico».

Il cognome della donna veniva dunque dalla madre del marito. Com'era possibile?

Quindi, dedusse Mario, non c'era stato nessun secondo matrimonio. Ma perché una persona come Maria Teresa Copernico era ricorsa a quel cognome che non le apparteneva?

"Devo parlarne con Grazia".

Nel rimettere tutto a posto, vide un foglio piegato in quattro che era scivolato sotto il lenzuolo.

Mario De Luca lo prese e lo controllò. Impallidì e, pensando di essersi sbagliato, lo rilesse di nuovo.

«Non è possibile!», esclamò a voce alta.

Doveva telefonare immediatamente a Grazia.

Quel documento, un atto ufficiale, spiegava molte cose e conteneva una notizia molto, troppo tragica; una verità così brutale da risultare più drammatica anche della peggiore delle loro teorie.

53

«Come stai?», esordì Grazia, entrando nella stanza.

La sua voce tradiva sincera preoccupazione. Alle sue spalle, la vedova Rossetti era rimasta sulla porta, ergendosi come angelo custode della situazione. Non voleva lasciarli soli ma, chissà per quale timore, non voleva nemmeno intromettersi.

«Nora mi ha detto che non sei un buon paziente».

Nora? Mario era ammutolito. Come era riuscita Grazia, in così poco tempo, a ingraziarsi la sua padrona di casa?

«Vado a prepararvi due infusioni», disse la vedova, lasciandoli finalmente da soli.

Grazia strinse una mano di Mario tra le sue. «Come va la caviglia?»

«Molto meglio. Ancora non riesco a camminare senza zoppicare, ma non è più gonfia e il dolore va diminuendo».

«Devi rimanere a letto».

«Mi piacerebbe, ma a breve dovrò rientrare in cantiere. Mi ha telefonato l'ingegner Locati e mi ha detto che il magistrato ha dato il via libera per riprendere i lavori».

«Non puoi andare in queste condizioni!».

«Non ho alternative. Senza la residenza, non ho un medico che mi firmi un certificato di malattia».

«Ma perché non l'hai chiesta?»

«Se cambio la residenza mia madre perde il diritto al sussidio. Dei miei fratelli due sono mancati, uno è emigrato in Belgio e Renato vive qui a Milano. Se anch'io non figuro più nell'estratto di famiglia, per lo Stato non siamo più un nucleo familiare numeroso. Mia madre vive soltanto della pensione di papà come reduce di guerra e ha tre figli ancora a carico. Non c'è lavoro a Napoli, per una vedova di sessantadue anni».

«Un modo ci sarà».

«Purtroppo, no. Sono emigrato da Napoli per lavorare e voglio lavorare».

«Ma io forse posso...».

Stavolta fu Mario a stringere forte le mani della giovane. «Non capisci, Grazia. Per te è tutto facile. Vivi con i tuoi genitori, se hai un problema loro ti possono aiutare, perché sono qui. Io sono da solo, devo cavarmela in ogni situazione. Non è semplice, ma è per la mia famiglia che ho deciso di venire a vivere qui. Non posso permettermi errori».

«Ci sono io ad aiutarti».

«Ci sono cose che devo risolvere io. Nessuno può aiutarmi, anche se so che lo dici con il cuore».

Grazia abbassò lo sguardo, ma si fece forza. Non voleva piangere, non in quel momento.

«Starò bene e chiederò a Niscemi di portare una sedia al terzo piano, così non sforzerò il piede, va bene?».

La ragazza non rispose. Tenne il capo chino e le labbra corrucciate.

«Ora fammi un favore», le chiese Mario, «vuoi?»

«Certo che sì. Di cosa hai bisogno?»

«Prendi quel sacchetto sulla sedia, lo vedi?»

«Quello di Ricordi?»

«Esatto», disse Mario. «Portalo qui, per cortesia».

Grazia si alzò e, preso il sacchetto, che era sottile e di forma quadrata, fece per porgerlo al convalescente a letto. De Luca però la fermò con il palmo della mano.

«È per te, aprilo».

Lei, scettica, scartò il regalo e quando vide la copertina del disco la studiò con attenzione, poi spostò lo sguardo su Mario, che le stava sorridendo. «Perché?»

«Sono canzoni popolari delle mie parti».

«Questo lo vedo. Però, cosa c'è da festeggiare?»

«Be', tu mi hai chiesto tante volte di Napoli», spiegò Mario, «ed eccoti Napoli. Prima l'hai mangiata, poi l'hai letta. Ora devi ascoltarla».

«Chiedo a Nora se ha un giradischi...».

«No», disse il geometra. «A casa, da sola. Senza distrazioni e senza che io ti influenzi, va bene?»

«Va bene. Ma non dovevi». Grazia girò la copertina e lesse i nomi dei cantautori. Non ne conosceva nemmeno uno. «Però grazie, è un regalo bellissimo».

«Trovo anch'io», disse alle sue spalle la signora Rossetti, che era entrata nella stanza con un vassoio su cui erano posate due tazze fumanti, zollette di zucchero, un bricco per il latte fresco e un piattino con dei biscotti fatti in casa. «Il nostro Mario forse non è così rozzo come gli uomini milanesi», disse, strappando una risata agli altri due.

Quando la vedova lasciò la stanza, Mario si allungò e trasse da sotto il letto la borsa degli attrezzi che conteneva i documenti rubati a Maria Teresa Copernico.

«Ora siediti e ascoltami. Ho scoperto parecchio».

Grazia aprì le orecchie e prese un foglio per gli appunti, prima che il suo fidanzato, era stata proprio lei il giorno prima a ufficializzare la loro relazione, cominciasse a esporre i fatti.

«Non posso crederci», disse.

Volle esaminare più volte la fotografia con il ritratto della famiglia Sacchi, oggi Copernico.

«Dove saranno finiti i due figli?»

«Non ne ho idea», disse Mario, «ma vorrei contattare lo studio fotografico che ha eseguito lo scatto, casomai fosse ancora in attività».

Grazia segnò l'indirizzo. «Anche a questo posso pensare io. Sono passata, venendo qui, di fronte al negozio di corso di Porta Romana che era appartenuto ai Ferrari, ma non c'è più niente lì. Soltanto una serranda abbassata e nessuna insegna».

«Posso anche capire il perché», disse De Luca.

Prese il foglio piegato in quattro e prima di porgerlo alla ragazza, le disse: «Qui ci sono diverse spiegazioni su questa storia».

Lei lo prese, lo aprì, ma prima di leggerlo chiese: «Di cosa si tratta?»

«Di una denuncia. Risale al 1942, quando Francesco Sacchi ha firmato una delazione contro i Ferrari, segnalandoli alle autorità».

«E perché avrebbe fatto una cosa del genere?»

«Per ottenere una ricompensa. Quattromilacinquecento lire, millecinquecento lire per ognuno di loro. Padre, madre e figlio».

«Non capisco», disse Grazia, cominciando a leggere il testo battuto a macchina e controfirmato, oltre che dal marito di Maria Teresa Copernico, da un ufficiale della polizia.

Mario De Luca sprimacciò il cuscino e si tirò su a sedere. «Le leggi razziali erano già in vigore. Da quel che c'è scritto nella denuncia, i Ferrari erano ebrei. Per questo le notizie relative a loro s'interrompono in quello stesso anno. A causa di quella delazione sono stati arrestati, condannati e deportati».

54

«Non ha senso!», sbottò Grazia.

«Ricapitoliamo», disse Mario, esponendo per filo e per segno la propria teoria.

Le leggi razziali fasciste erano entrate in vigore nel 1938 e avevano coinvolto gradualmente sempre più famiglie di origine e religione ebraica. In tutt'Italia le deportazioni erano all'ordine del giorno, così come le delazioni. Chi aveva del denaro da parte, provava a fuggire. Chi non aveva contanti, ma proprietà immobiliari, doveva prima liberarsene e incassare quanto necessario per garantire un salvacondotto per sé e per i propri familiari.

«Questo dev'essere stato il caso dei Ferrari».

I coniugi erano sì abbienti, ma non avevano sufficiente liquidità per poter abbandonare il Paese. Dovevano prima riscuotere i loro crediti e vendere a ogni costo l'appartamento e il negozio.

«Non so come siano venuti in contatto con i Sacchi».

Ma quell'incontro, spiegò Mario, era stato loro fatale. Alcune delle lettere avevano permesso di ricostruire parte del piano. Nel 1941 Francesco Sacchi, ottenute le prove indispensabili per far condannare i Ferrari, le aveva usate a proprio vantaggio, firmando una lettera in cui denunciava i tre, marito, moglie e figlio di cinque anni, chiedendo alle autorità fasciste di intervenire.

«Li hanno presi e portati via», commentò desolata Grazia.

«Come cani randagi. Li hanno messi in una gabbia, una cella buia, e poi sono finiti in un campo di concentramento».

Nel carteggio non v'era traccia di tutto questo, ma era la logica conclusione considerando il destino che toccava, in quegli anni, non soltanto a chi professava la religione giudaica, ma anche a dissidenti, omosessuali, zingari e disabili. Il governo fascista offriva ricche ricompense per chi segnalava i criminali; e pagava subito, in contanti, oltre a confiscare le proprietà dei detenuti e a metterle all'asta, per fare cassa.

«L'appartamento delle ossa allora…».

«Esatto», confermò Mario, «si legge in una delle lettere. Non è stato venduto dai Ferrari, ma liquidato per una cifra inferiore al suo valore da un ufficiale giudiziario. L'atto di vendita è un pro forma per salvare le apparenze».

«È orribile».

«E c'è di peggio», disse Mario.

Per paura di ripicche, oltre che per nascondere ciò che avevano fatto, i Sacchi avevano cambiato il loro cognome in Copernico. Astutamente avevano scelto, tra tutti i cognomi familiari, quello più insospettabile, il patronimico della madre di lui. Un ufficiale di polizia, lo stesso che aveva firmato l'ordine contro i Ferrari, aveva firmato i nuovi documenti senza passare dall'anagrafe e la trasformazione era avvenuta sotto gli occhi di tutti. Una famiglia prendeva il posto di un'altra, mentre i tre denunciati scomparivano nel nulla, senza lasciare traccia di sé.

Grazia era inorridita. «Il passato è stato cancellato con un colpo di spugna».

«E nessuno se n'è praticamente accorto».

La famiglia Copernico s'era trasferita quasi subito nella nuova casa, che si trovava in una zona isolata, ma che, due decenni dopo, sarebbe stata al centro di un progetto di riqualificazione cittadino. Era il momento perfetto per vendere, con i prezzi alle stelle. Nel frattempo, Maria Teresa Copernico perdeva il marito, stroncato da un infarto.

«La vedova arriva al rogito come unica proprietaria e incassa una bella cifra, con cui acquista uno stabile signorile».

«Probabilmente anche grazie all'eredità che le ha lasciato il marito, che nel frattempo si è affermato come imprenditore».

I documenti nascosti testimoniavano la volontà di far scomparire nel nulla quella macabra storia. Ma non potevano essere distrutti, perché erano alla base del passaggio di proprietà dell'appartamento delle ossa. Meglio, allora, nasconderli in fondo a un armadio, in un doppiofondo segreto, dove nessuno li avrebbe potuti trovare.

«Ma tu ci sei riuscito».

«Per puro caso», disse Mario. «È stato davvero un colpo di fortuna».

«Però», disse Grazia, «ponendo che le cose siano andate come dici… non siamo di fronte a nessun reato».

«Hanno denunciato dei poveri ebrei e poi con uno stratagemma hanno usato la ricompensa per rubargli la casa. Non è sufficiente per farli condannare?»

«Temo di no. Prima di tutto perché non hai prove».

«Le lettere…».

«Le nostre sono solo supposizioni, Mario. Sensate, ma non confermate da qualche documento che affermi che è stato fatto tutto a scopo di dolo».

«Resta il fatto che i Copernico hanno sulla coscienza tre ebrei, tra cui un bambino piccolo».

Grazia scosse la testa, poi sbuffò. «È una storia orribile, del tutto immorale. Sono d'accordo con te, ma...».

«Ma?»

«A quei tempi, con la guerra, era purtroppo legale. I Copernico hanno compiuto un crimine soltanto a livello umano. Per la legge sono innocenti e qualsiasi giudice li assolverebbe».

«Maledizione», disse De Luca, tornando a sdraiarsi. Aveva mosso senza accorgersene la caviglia e ora sentiva, nonostante il ghiaccio ancora gelido, un forte pulsare che fu soltanto il preludio a una serie di fitte molto dolorose.

Grazia stava ricontrollando i propri appunti. «C'è anche un altro grande interrogativo che rimane irrisolto, nella tua ricostruzione».

«Quale?»

«Se i tre membri della famiglia Ferrari sono stati deportati, come afferma quel documento, allora significa che non sono morti a Milano, ma altrove».

«Sì, è possibile», disse Mario. «Anzi, di più. Direi che è molto probabile».

«Bene», concluse Grazia. Poi alzò gli occhi e li puntò in quelli di lui. «Poniamo che sia così come dici tu. Quello che ancora non sappiamo è, in questo caso, a chi appartengono le ossa che avete ritrovato», disse la ragazza. «Né tantomeno perché la parete è stata murata».

La ragazza aveva purtroppo ragione.

Nonostante la loro indagine avesse rivelato molti particolari rimasti seppelliti nelle pieghe del passato, si trovavano di nuovo al punto di partenza, senza un nome da abbinare ai tre teschi, né un sospettato da poter incolpare.

55

Un giorno in più costretto a letto lo avrebbe fatto impazzire. Per ingannare l'attesa fino al momento in cui Grazia sarebbe andata a trovarlo, Mario azzardava brevi escursioni dalla sua stanza fino alla cucina, dove si preparava un caffè e faceva qualche esercizio per recuperare le forze e la stabilità.

«Mi ha promesso di rimanere a letto».

«Domani riprendo a lavorare», disse alla signora Rossetti, quasi a doversi giustificare.

«Il mio medico potrebbe prescriverle qualche giorno di riposo».

«Non voglio passare per il classico *terrone* scansafatiche», disse De Luca, pronunciando per la prima volta, non senza fatica, quella parola urticante con la quale spesso era stato additato.

«Questo suo orgoglio non le varrà nessuna medaglia», commentò la vedova, che però si arrese e lasciò Mario alla sua fisioterapia improvvisata. «Se le serve un bastone, ne ho uno di mio marito che può usare».

In verità De Luca scalpitava per un altro motivo. Finché fosse rimasto chiuso in casa non avrebbe potuto proseguire con l'indagine che lo stava tormentando. Era deciso ad andare fino in fondo e ottenere giustizia per quei tre teschi di cui al momento, purtroppo, ignoravano persino l'identità.

"Chi siete?".

Gli incubi notturni non gli avevano dato tregua nemmeno per un istante. Si rotolava sul materasso, ma nessuna posizione gli impediva di sprofondare in un inferno viscoso da cui riusciva a riemergere solo a fatica, con il fiatone e il batticuore.

"Che cosa volete da me?".

Mario De Luca temeva di essere vittima di una psicosi.

«Forse ti sei fatto troppo suggestionare», aveva ipotizzato Grazia; e la sua risposta, «Non sono pazzo!», era stata fin troppo scortese. Si era scusato subito per quel gesto di stizza.

"Devo decifrare il mistero".

In qualche modo, forse per un dispetto del suo cervello, il geometra non riusciva a non collegare la soluzione di quel caso con la sua permanenza a Milano. Dentro di sé era convinto che il destino lo stesse mettendo alla prova per misurare la sua capacità di adattarsi a quella vita completamente nuova. Doveva diventare un uomo diverso, lontano dal suo passato e proiettato verso un futuro in cui un posto al sole era ancora tutto da guadagnare.

"Non posso farcela se resto qui".

Mario tornò zoppicando verso il proprio letto e, lentamente e con cautela, si vestì. Cercando di non far rumore, infilò anche il cappotto e le scarpe, quindi si avvicinò alla porta d'ingresso e solo all'ultimo disse alla padrona di casa: «Esco per fare una telefonata».

Si chiuse la porta alle spalle prima che la Rossetti potesse protestare o provare a fermarlo.

"Ce l'ho fatta", si disse, mentre scendeva le scale, appoggiato al corrimano come a un salvagente.

Era libero.

Nel bar ordinò il solito caffè e rispose a qualche domanda del barista, che non avendolo visto negli ultimi giorni e accorgendosi del modo goffo in cui si muoveva, volle sincerarsi circa la sua salute.

«Tutto bene, solo una caduta».

Il barista gli fece l'occhiolino e un inconfondibile gesto con la mano fingendo la mimica del bere, a cui Mario rispose facendo le corna e sorridendo.

«Gettoni?»

«Sì, grazie».

La prima persona che chiamò fu sua madre. Per non farla preoccupare, le disse che aveva avuto l'influenza e che era guarito.

«Copriti, che lassù al Nord fa freddo».

Dopo essersi sincerato che a Napoli andasse tutto bene e aver promesso a donna Memela di farsi sentire più spesso, compose un secondo numero.

«Pronto?».

Anche suo fratello si lamentò per il silenzio. Non aveva più avuto sue notizie dal giorno in cui si erano visti al bar.

«Sono stato malato», ripeté Mario, ma poi aggiunse: «Avresti potuto chiamarmi tu, no?».

Renato aveva il numero di casa Rossetti. «Non volevo disturbare», si limitò a dire suo fratello.

«Come sta Melina?»

«La gravidanza procede bene, ci siamo quasi».

Dopo avergli fatto le congratulazioni di rito, Mario domandò: «Ascolta, volevo chiederti una cosa. Come ottengo una visura camerale?»

«Vai alla Camera di commercio», rispose suo fratello.

«Non servono deleghe o permessi?»

«No, vai e dai i dati della società».

«Cosa serve?»

«Nome, indirizzo, partita IVA».

Mario ripensò alle ricevute del negozio dei Ferrari. Aveva tutto quanto gli sarebbe servito. Dopo aver salutato il fratello, cercò il numero di telefono corretto e s'informò sugli orari.

«Mi dia tutti gli estremi, le preparo i documenti», disse la voce femminile che gli aveva risposto, «può passare a ritirarli domani pomeriggio e pagare quanto dovuto per i diritti di segreteria».

Infine, De Luca telefonò a Grazia, che quando si rese conto che lui era fuori casa si arrabbiò. Non poteva però urlargli contro, proprio come Mario aveva calcolato, perché era in ufficio e in teoria non avrebbe potuto ricevere chiamate personali.

«Ho delle novità», disse la giovane.

«Di cosa si tratta?»

«Ho fatto una ricerca tra gli atti relativi al palazzo di via delle Forze Armate e ho scoperto che una delle vendite è stata gestita dal nostro studio. Nel 1960. Indovina a che piano abitavano?»

«All'ultimo?»

«Esatto».

«Quindi», completò Mario, «significa che erano vicini della famiglia Copernico?»

«Proprio così. Ho segnato nome e indirizzo attuale e ho provato a chiamarli. Si tratta di una signora molto gentile che si è detta disponibile a riceverci».

«Sei un genio, *amore* mio», disse lui d'impulso.

Seguì un lungo momento di silenzio, quindi Grazia disse: «Devo tornare al lavoro, ci vediamo dopo». Poco prima di attaccare, Mario la udì sussurrare: «Ti amo anch'io».

56

In cantiere, il giorno seguente, l'insofferenza di Mario De Luca era palpabile.

L'ingegner Locati se ne accorse subito, ma l'attribuì al rientro dopo un periodo d'inattività.

«Dobbiamo recuperare», ribadì al suo impiegato durante la pausa pranzo, mentre fumava l'ennesima MS, «ma mi stai ascoltando?».

De Luca annuì, anche se aveva perso gran parte del discorso.

Erano successe molte cose, nei giorni precedenti, che non solo gli toglievano il sonno, ma anche il fiato.

"Io la amo", si ripeté, "e lei ama me".

Era sufficiente per guardare al futuro con ottimismo?

«Sto parlando con te!», lo rimproverò Locati, strappandolo a quell'idillio romantico. «La pausa è finita, torna da quei lazzaroni sulle impalcature e mettili sotto».

Mario annuì, si alzò un po' troppo in fretta e lo sforzo gli strappò un lamento.

«Ma stai bene?»

«Solo una storta alla caviglia, non è niente».

«Ma porco mondo! Ti lascio a casa a riposare e mi torni più malconcio di prima. Siete proprio una generazione di pelandroni, voi giovani». L'ingegnere concluse la ramanzina con la sua frase preferita: «Non farmi pentire d'averti dato fiducia».

«No, signore», disse De Luca, e si affrettò a raggiungere gli altri ai piani superiori, per dirigere i lavori di demolizione.

Il pensiero di Grazia, il suo sorriso, gli occhi che s'illuminavano quando lo guardava gli tennero compagnia per tutto il pomeriggio, fino a quando suonò la campana che sanciva la fine del turno.

Mentre s'incamminavano verso la fermata del tram, Niscemi e Ficara presero il geometra in disparte e gli chiesero se volesse unirsi a loro per un bicchiere di rosso.

«Un'altra volta», si scusò lui, «stasera ho un appuntamento».

«Eh, vedi, Fica'?», sbottò garrulo il siciliano. «O' capo qua si è trovato una femmina e ora ci trascura».

«Io farei lo stesso», rispose il calabrese, accendendosi l'ennesima sigaretta della giornata. «Senza pensarci due volte».

Scoppiarono tutti e tre a ridere.

Mario tenne per sé che l'appuntamento di quella sera era sì con Grazia, ma non solo con lei. La vicina di casa della famiglia Copernico li stava attendendo e forse avrebbe potuto rivelare qualche dettaglio in più sull'appartamento delle ossa e il suo terribile segreto macchiato di sangue.

57

La signora Torriani li accolse sulla porta di casa, dopo che Mario e Grazia ebbero suonato al citofono e affrontato le scale, inerpicandosi per cinque piani.

«Entrate», disse, «vi preparo una cedrata».

«Grazie».

«Ahimè, l'ascensore è sempre rotto. Queste diavolerie moderne...», disse la padrona di casa, facendo strada; poi, notando l'affaticamento di Mario gli chiese se si sentisse bene.

«Sì, è stata soltanto una giornata pesante al cantiere».

«Se ho ben capito», s'informò la signora Torriani, «lei si occupa della demolizione del palazzo di via delle Forze Armate in cui ho abitato».

«Esatto», rispose De Luca, «la ringrazio per averci concesso un po' del suo tempo».

«Di tempo ne ho fin troppo», disse lei. «Non sono sposata, non ho figli. Non ho nemmeno un gatto. Lavoro soltanto mezza giornata. La vostra visita per me è un piacevole diversivo dalla monotonia».

Mario assaggiò la cedrata, guardò Grazia, quasi a voler chiedere il permesso di cominciare con le domande e soltanto quando lei gli concesse la parola con un impercettibile cenno si decise a iniziare.

«Quanto tempo ha vissuto in quella casa?».

Elisa Torriani si portò una mano alla bocca. «Quanto tempo? Tutta la vita». Sorrise, poi si corresse: «Fino a che non ho dovuto vendere l'appartamento all'INPDAP».

«Quindi conosce bene la storia delle persone che hanno vissuto lì?»

«Mio padre era in buoni rapporti con il costruttore. Comprava dalla ditta per cui lavorava i materiali edili. Lui e mia madre sono entrati in affitto non molto tempo dopo che il palazzo è stato inaugurato, poi i miei genitori hanno iniziato a pagarlo a rate, pian piano, fino a ottenerne la proprietà. Ci sono voluti molti anni e mia madre è morta subito dopo. Diceva di non essere fatta per essere una padrona e il fato purtroppo le ha dato ragione».

Dopo una pausa, la Torriani riprese a raccontare.

«I miei genitori mi hanno concepita tra quelle quattro pareti. Nell'appartamento c'erano soltanto una stufa a legna, un materasso, un tavolo e una cucina in ghisa. Non c'era ancora l'elettricità, è arrivata solo dopo».

«E in che anno è nata, se posso permettermi?», domandò Grazia.

«Può eccome, non mi vergogno della mia età. Nel 1919, poco dopo la guerra. In dicembre».

Anche se dimostrava ben più dei suoi anni, la signora Torriani, calcolarono i due ospiti, era molto più giovane della Copernico; ciò nonostante aveva conosciuto non soltanto la vedova, ma anche i vicini precedenti.

«Si ricorda della famiglia Ferrari? Credo che fossero i suoi vicini di casa».

Gli occhi della signora si velarono, perdendosi per un momento in un mondo di ricordi lontani. «Certo che sì», disse infine, «delle brave persone».

Mario era impaziente, ma non voleva forzare la mano. «E si ricorda anche cosa è accaduto nel 1942, quando hanno lasciato la casa?»

«Mi vuol prendere in giro?»

«In che senso?», chiese Mario, sulla difensiva. Non sapeva bene quale delle poche carte che avevano in mano fosse da giocare.

Fu Grazia a intervenire.

«Sappiamo che sono stati deportati».

«Una vergogna. Fu una brutta notte. Grida, rumori. I poliziotti entrarono e misero la casa a soqquadro. Ruppero tutto. Mobili, piatti, suppellettili».

«E voi?»

«Era notte fonda e non sapevamo cosa stesse accadendo. Ma quelli erano tempi in cui non ci si poteva immischiare negli affari altrui. Mio padre era spaventato quanto noi per via del fracasso, provò a uscire sul pianerottolo, ma uno di quelli in divisa lo minacciò con una carabina e lo costrinse a rientrare subito». Elisa Torriani bevve un lungo sorso di cedrata. «Forse ci vuole qualcosa di più forte. Ho un nocino molto buono nella credenza. Lo fa in casa un mio cugino, ve ne porto due bicchieri. Dovete assaggiarlo».

Mario e Grazia attesero. Volevano conoscere la verità sulla notte in cui i Ferrari erano stati catturati, ma non potevano mettere fretta alla signora Torriani, rischiavano che si risentisse e si chiudesse in sé stessa, e in quel momento la donna era la loro unica pista.

«Ecco, per voi. Ce n'è ancora, se vi piace».

«Ci stava dicendo», Mario provò a riprendere il filo del discorso interrotto, «quella notte suo padre fu minacciato e obbligato a tornare in casa».

«Tremava. Anche io e mia mamma avevamo paura, ma lui era proprio scosso. Ha avuto incubi per tutta la vita al ricordo di quella notte. Anche lui, come mia mamma, non era fatto per fare il signore ed è mancato poco dopo aver saldato l'ultima rata. Lavoravano entrambi in una fabbrica di mattoni, sapete?»

«Cosa vi ha raccontato?»

«Che c'erano degli uomini in divisa. Fascisti. Lui li odiava, ma cosa poteva fare? Ha pensato che doveva difendere la sua famiglia e quegli altri là erano armati. Brutti ceffi, disse mio padre. Lo avrebbe ripetuto a lungo», disse la Torriani, mentre vuotava il bicchierino di liquore. «Brutti ceffi, proprio così».

«Lei non li ha visti?»

«Ho sbirciato dallo spioncino. Ho visto per un momento il capo. Un uomo con i baffetti e la riga al centro, i capelli erano impomatati. Ma mio padre mi ha allontanata, temeva che potessi fare rumore».

«Cosa successe poi?»

«Non abbiamo più avuto notizie dei Ferrari. Erano brava gente, lavoratori onesti. Avevano aiutato mio padre prestandogli i soldi per un paio di rate del mutuo».

«Erano ricchi?»

«Ricchi ricchi magari no, ma di sicuro avevano più possibilità di noi. Lei indossava dei bei vestiti, anche dei gioielli con pietre preziose, e il bambino, il Pietro, be', lui andava a collegio dai preti. In pochi allora potevano permetterselo».

«Lo conosceva bene?».

Elisa Torriani scosse la testa. «Era molto più piccolo di me, io ero già un'adolescente quando lui nacque».

«Frequentava la casa dei Ferrari?».

La donna si pizzicò la punta del naso, per ricordare. «Loro sono stati nostri ospiti un paio di volte, dopo la storia delle cambiali. Mio padre voleva ripagare subito i prestiti e mia madre era un'ottima cuoca».

«Non hanno ricambiato l'invito?»

«No», commentò la Torriani, «come le dicevo, tra le nostre famiglie c'era rispetto reciproco, ma sapevamo stare al nostro posto. I Ferrari appartenevano a un altro strato sociale».

«E come mai», s'intromise Grazia, «vivevano così fuori dalla città e non in centro?»

«Questa è una domanda che gli aveva fatto anche mio padre. Volevano stare vicino alla campagna, Milano stava diventando una giungla di cemento. Proprio così risposero a mio padre. Una giungla di cemento».

«Sapevate che erano ebrei?»

«Questo in effetti non lo avevano detto. Ma forse», ipotizzò la signora Torriani, mentre andava a servirsi un altro bicchiere di nocino, «non erano argomenti di cui si poteva parlare troppo apertamente».

«Anche prima delle leggi razziali?»

«Voi siete giovani, non avete idea del clima che si viveva, soprattutto per chi come mio padre non amava quella gente là, i fascisti. Erano dei violenti, ripeteva. Ma doveva stare zitto. Una volta lo hanno anche picchiato e da allora se n'è stato buono e ha smesso di dire cattiverie sul conto loro». Elisa Torriani chiuse gli occhi, quando li aprì riprese a raccontare. «Io lo capisco che i Ferrari non abbiano reso pubblica la loro religione, però non capisco perché non siano scappati nel 1940, avevano di sicuro i mezzi per poterlo fare. E in casa loro...».

«Sì?»

«Ci sono stata due o tre volte, quando ho tenuto compagnia al Pietro, che era malato. Non c'era nessuna traccia che facesse pensare che fossero religiosi. Devo anche ammettere», disse la Torriani, «che non è che sappia bene ancora oggi che cosa ci sia in casa di una famiglia ebrea».

Mario annuì. «Ha detto che ha tenuto compagnia al figlio dei Ferrari».

«Sì, un paio di volte, quando era ancora molto piccolo, io stavo già studiando per diventare dattilografa, anche se poi non ho mica preso il diploma. E dopo loro hanno assunto l'Albertina».

«L'Albertina?»

«Una ragazza del quartiere, viveva qui vicino e la sua famiglia era povera, così i Ferrari l'hanno assunta per aiutare in casa».

Mario tirò fuori la fotografia con i tre Ferrari e la giovane in grembiule.

«È lei per caso?».

La signora Torriani andò a prendere un paio di occhiali dalla pesante montatura di tartaruga, quindi strizzò gli occhi.

«Sì, è proprio lei. L'Albertina».

«Dove viveva? Se lo ricorda?»

«In una baracca vicino a casa nostra. Allora nel quartiere ce n'erano diverse. Molte erano abusive».

La Torriani nominò l'indirizzo esatto, una via che non conoscevano. Mario fece un cenno a Grazia, che stava prendendo appunti. Lei annuì di rimando.

«Povera Albertina», commentò la signora. «Anche lei ha fatto una brutta fine».

«Cosa le è successo?»

«L'hanno portata via. La stessa notte che sono stati catturati i Ferrari. È scomparsa nel nulla».

58

La signora Torriani parlò ancora a lungo e raccontò a Mario e Grazia tutto quello che ricordava. A momenti di tenerezza alternava espressioni tristi.

Aveva poco più di quarant'anni, ma sembrava già una reduce. Il suo mondo era stato spazzato via dai bombardamenti che avevano distrutto Milano, poi dalla cancrena di una guerra civile che aveva messo l'uno contro l'altro uomini che fino a poco prima erano legati da sentimenti autentici, di parentela, di lavoro o d'amicizia.

«Io mi sento fuori posto», disse la padrona di casa. «Vivo in questo appartamento moderno dove c'è un ascensore che è sempre rotto. Gli infissi sono a prova di rumore, ma non d'umidità. D'estate fa troppo caldo e d'inverno troppo freddo. Dove eravamo prima i muri erano spessi e la casa tratteneva il calore. Ci sentivamo più protetti».

Mario e Grazia avevano rifiutato l'invito a restare per la cena, ma avevano accettato volentieri un secondo bicchiere di nocino e qualche stuzzichino.

«Cosa ricorda delle persone che sono venute a vivere dopo nell'appartamento?»

«Quelli lì?». Elisa Torriani storse le labbra. «Educati, ma freddi».

«Erano anche loro ricchi?»

«Sì, ma in una maniera diversa dai Ferrari».

«Può spiegarmi meglio?»

«Sfoggiavano i soldi che avevano, per sentirsi superiori».

«Non erano dei signori», disse Grazia, «mi par di capire».

«Al contrario, dei veri cafoni. Con mio padre i rapporti sono stati subito complicati. "Si danno delle arie quelli lì", ripeteva sempre. Pace all'anima sua».

«Quando si sono trasferiti?»

«Quasi subito, nemmeno una settimana più tardi».

«E cosa vi hanno detto?»

«Che avevano acquistato l'appartamento a un'asta giudiziaria».

«Sapevano che i loro predecessori erano ebrei?», domandò Mario, che conosceva già la risposta, ma sospettava che nessuno nel palazzo ne fosse stato al corrente. «Non hanno chiesto nulla su chi viveva lì?»

«Non lo so, non ne sono sicura, ma direi di no. Soltanto l'assistente del rabbino è venuto una volta, a guerra finita, a chiedere se sapevamo qualcosa della deportazione. Gli ho raccontato quello che ho detto a voi. Poi nessun altro è passato, nessuno si è più interessato a quei poveri cristi».

«I Sacchi hanno fatto dei lavori di ristrutturazione?»

«Si sono insediati subito, ma i Ferrari tenevano molto a casa loro, doveva essere in perfette condizioni».

«Non hanno portato nemmeno i mobili?»

«Nulla, che io ricordi. In effetti, ora che mi ci fate pensare...».

«Cosa?», domandò Mario De Luca.

«Nessuno ha svuotato l'appartamento dei Ferrari. Ma forse l'hanno fatto e io non me ne sono accorta. Ormai ero signorina e stavo cominciando l'apprendistato alle Poste».

«I Sacchi avevano due figli che dovevano essere più o meno della sua età, non ha fatto amicizia con loro?»

«Davvero?». La Torriani rispose con un interrogativo alla domanda. «Qui vivevano soltanto i due, marito e moglie, e siccome non erano in buoni rapporti con il vicinato, nessuno ha mai domandato della loro vita privata».

Grazia prese il ritratto di famiglia trovato in casa di Maria Teresa Copernico e lo mostrò alla signora Torriani.

«I genitori li riconosco, ma i due ragazzini… no, non mi sembra di averli mai visti. La qualità della foto non aiuta. Magari sono dei nipoti».

«In effetti non possiamo escluderlo», disse Mario, «ma stiamo cercando di saperne di più».

Elisa Torriani era una donna sola, ma non era certo una stupida.

«Come mai vi interessa tanto quel palazzo?».

Il geometra si era preparato per quella domanda: «Come le ho detto lavoro alla sua demolizione».

«E fa tutte queste ricerche? Non mi prenda per ingenua, per favore. Io vi ho raccontato tutto quello che so e non vi ho nascosto niente».

«Ha ragione», intervenne Grazia. «Le dobbiamo una spiegazione».

De Luca raccontò del vano murato in cui avevano trovato le ossa e di come quella scoperta lo avesse colpito, al punto da voler provare a far luce sul mistero.

«Pensavamo che si potesse trattare della famiglia Ferrari, ma visto che sono stati arrestati e deportati, non ne siamo più così sicuri».

«A meno che», suggerì Grazia, «i fascisti non li abbiano invece uccisi sul posto».

«Che i tre abbiano tentato la fuga e gli altri abbiano sparato?»

«E poi magari, per scaricare le responsabilità dell'omicidio, hanno compilato i documenti della deportazione. Chi avrebbe cercato mai una famiglia scomparsa in un campo di concentramento, chissà dove?», concluse Grazia.

«Allora i teschi avrebbero dovuto essere quattro», li contraddisse Elisa Torriani.

«Come mai?»

«L'Albertina», disse la signora.

«La bambinaia?»

«Era in casa con loro quella notte, come sempre. Dormiva in uno stanzino per la servitù. Se non li hanno portati via, ma li hanno uccisi lì, allora avreste dovuto trovare anche le sue, di ossa».

59

«Bagnoli, e come stai?».

La voce squillante di Ciro invase lo stanzone.

Mario aveva chiamato in commissariato e aveva chiesto di lui.

«Sono in servizio tutta la notte, passa che mi fa piacere».

«Lei è Grazia».

La ragazza porse la mano al poliziotto, che la strinse e abbozzò un inchino galante. «Onorato, signori'. Chiamatemi Ciro».

«Diamoci del tu però».

«Volentieri, ma solo se il mio amico Mario acconsente».

«Lui acconsente», disse Grazia.

«*Uanem'*, questa già ti ha messo sotto. Bravi, bravi. E sono contento». Ciro telefonò al bar sottostante e chiese di farsi portare tre caffè. «Festeggiamm'», scherzò.

«Dovrei chiederti ancora una cosa».

«Stai a fare ancora il tenente Sheridan?».

Mario prese Ciro per un braccio e gli si avvicinò, per raccontargli nel dettaglio i loro progressi senza dover alzare la voce.

«Che ne pensi?»

«Sinceramente? Che ti sei fatto un film in testa. E che non hai talento per il mestiere mio. State girando attorno a un sacco di supposizioni».

«Non devo parlare con il magistrato?»

«Amico mio, questo è un Paese libero e se chiedi udienza, quello è costretto a starti a sentire e ad archiviare la tua deposizione, ma poi secondo me la cosa finisce là. Lo fai solo incazzare assai».

«Cosa mi consigli?»

«Fammi dare un'occhiata di nuovo all'incartamento. Aspettami qua, d'accordo?».

Mario annuì e, quando Ciro si fu allontanato, Grazia gli sussurrò in un orecchio: «Ma c'è da fidarsi? Non è che ora torna con il pubblico ministero e ci mette nei guai?»

«Noi non abbiamo fatto niente d'illegale, giusto un paio di domande a destra e sinistra».

«Dobbiamo muoverci con cautela», gli ricordò Grazia. «La Copernico ha minacciato di sguinzagliarti contro i suoi amici potenti, non dimenticarlo».

Era proprio quella intimidazione, tanto sfacciata e al tempo stesso così arrogante, che aveva convinto Mario De Luca a non fermarsi.

«Se non avesse cercato di intimorirmi forse non avrei proseguito».

Ciro tornò insieme a un collega in divisa.

«Credo che dobbiamo andarcene», mormorò Grazia, «il tuo amico ha spifferato tutto a un altro e ora siamo nei guai».

Il poliziotto non aveva perso il sorriso. «Avevo ragione io, Bagnoli».

Presentò il collega, che si occupava dei rapporti con l'unità scientifica.

«Ho chiesto un consulto a lui perché se ne intende più di me. Ha guardato i referti delle analisi sulle ossa che avete trovato in quell'appartamento ed è sicuro di quel che dice».

«E cioè?», domandò Mario.

«I cadaveri sono tre, non quattro».

«Non è possibile che siano state mischiate le ossa e che ne manchino, ma appartengano a quattro persone?».

Il tecnico allungò una foto. «Ve la faccio vedere soltanto perché Ciro mi ha supplicato e io gli devo un favore».

L'immagine era chiara. I tre corpi erano stati ricostruiti, allineando le ossa.

«Ci sono tutte, non ne manca nessuna. I tre cadaveri erano lì e si sono decomposti. Epidermide, grasso, cartilagine e muscoli sono spariti. Mi perdoni la crudezza, signorina, ma preferisco essere il più preciso possibile, per evitare malintesi. Il vano era sigillato con grande cura, tolta la fessura d'aria che ha evitato la mummificazione. La grata, invece, ha impedito a roditori o volatili di entrare. Nessun frammento è stato portato via. Sono tre scheletri completi, come potete vedere».

«Grazie, cumpa'», disse Ciro, salutando l'altro poliziotto, che riprese la fotografia e la rimise nel faldone, prima di accomiatarsi e dirigersi verso il corridoio da cui era arrivato.

«Non so come ringraziarti», disse Mario.

«Un modo c'è», disse Ciro. «Magari la tua fidanzata ha un'amica a cui pure piacciono i napoletani simpatici». Non attese la risposta, si produsse in un goffo baciamano nei confronti di Grazia, fece l'occhiolino a Mario e si voltò per tornare al suo posto. «Devo lavorare ora, ma tornate a trovarmi se tenete novità, mi raccomando».

«Un buco nell'acqua», commentò De Luca, quando lui e Grazia furono rimasti soli.

L'ennesimo.

«Andiamo a casa», disse lei.

«Non vuoi mangiare qualcosa al ristorante?»

«Stai zoppicando sempre di più, Mario. Devi metterti a letto o domani non potrai appoggiare il piede a terra».

«Ai tuoi ordini».

Mario fece per incamminarsi, ma Grazia gli si mise in scia.

«Dove pensi di andare da solo? Vengo con te, così saluto Nora e possiamo decidere un nuovo piano d'azione».

«E che pensi di fare ora? Ciro ci ha tolto anche l'ultima speranza di capirci qualcosa, oppure no?»

«Torniamo al punto di partenza», disse Grazia, «alla nostra principale sospettata».

Il geometra napoletano non riuscì a nascondere il proprio scetticismo. «Maria Teresa Copernico?»

«Proprio lei», confermò la giovane. «Dobbiamo escogitare un modo per farla parlare. Soltanto quella donna, a questo punto, può dirci la verità su come si sono svolti i fatti».

60

Costringere Maria Teresa Copernico al confronto sembrava in quel momento più che mai una missione suicida, come quelle dei kamikaze giapponesi che pur sapendo di aver perso la guerra si lanciavano con i loro aerei contro le portaerei americane nel Sud del Pacifico.

«Mettiti a letto, ti preparo io qualcosa da mangiare».

Grazia si prese cura di Mario e non lo lasciò solo nemmeno un momento, tranne quando fu il momento per lui di infilarsi il pigiama.

«Vado di là con Nora», disse a quel punto la ragazza. «Chiamami quando sei sotto le coperte, va bene?».

Mario sorrise. La modernità di Grazia, la quale non si preoccupava di entrare nella sua camera e di restare sola con lui, e che, senza malizia, non si sottraeva al contatto fisico, non smetteva di stupirlo. A Napoli, per molto meno dei baci e delle carezze che i due si erano scambiati, il geometra sarebbe stato già costretto a sposare la fidanzata, che altrimenti sarebbe stata considerata disonorata dalla sua famiglia e di conseguenza ripudiata.

"Milano in fondo ha i suoi vantaggi".

La caviglia gli doleva. Quel primo giorno di lavoro si faceva sentire. L'aver poi girato per la città per andare a trovare prima la signora Torriani e di seguito Ciro aveva costretto Mario a strapazzarsi più di quanto avrebbe voluto.

"Ma non potevamo fare altrimenti".

Grazia entrò nella stanza, portando sul vassoio un piatto il cui odore non lasciava presagire nulla di buono.

«Verze?», domandò De Luca.

«Con patate. Nutrienti e ricche di ferro. Perfette per guarire».

Mario fece una faccia insofferente. «Ma voi milanesi mangiate solo verze?»

«No», disse Grazia, «anche il riso e le patate. E la polenta. L'hai già assaggiata?»

«Mai provata».

«È il mio piatto preferito, dovrai fartela piacere, se vuoi continuare a frequentarmi».

Mario pensò al pesce fresco del ristorante di Nicola e a quanto avrebbe divorato volentieri, in quel momento, anche solo una pizza fatta come Dio comanda, con la mozzarella di bufala e la passata verace della sua terra. Dopo un lungo sospiro però, ligio al suo ruolo di malato, affondò il cucchiaio nella minestra. La fame fece il resto e ripulì il piatto in un momento. Tanto era stanco e stordito, anche a causa degli antidolorifici, che quella cena quasi gli piacque.

«Grazie», disse, porgendo piatto e posate a Grazia, che in cambio gli offrì un bicchiere di vino rosso. «Cosa facciamo ora?»

«Ricapitoliamo un momento quanto abbiamo scoperto», propose lei, prendendo dalla borsa il blocco con gli appunti stenografati, «tanto per essere sicuri che non stiamo dimenticando nulla. Se non sei troppo stanco».

«Comincia tu. Ti ascolto».

«Un palazzo in periferia. Costruito nella seconda metà del diciannovesimo secolo. Tre piani, sei appartamenti. In uno di questi avete scoperto delle ossa, in un vano murato in una delle stanze. Quella modifica non risulta su nessuna piantina, né al Catasto. Nessuno dei proprietari ha mai denunciato la variazione, e prima di voi non si sospettava dell'esistenza di quel piccolo locale segreto, perfettamente sigillato».

«Il notaio Rossignoli de Sio però ha chiuso un occhio sull'irregolarità, probabilmente per venire incontro a un desiderio di Maria Teresa Copernico, penultima proprietaria».

«Proprio a lei volevo arrivare. Una vedova milanese il cui vero nome è Canadelli, ma che si fa chiamare Copernico, abbandonando il cognome del marito, Francesco Sacchi, e prendendo quello della suocera».

«Per nascondere il proprio passato».

«Proprio così. Nel 1960 vende l'appartamento in questione, in cui viveva dal 1942 insieme al marito, ma non ai due figli, di cui non sappiamo i nomi, che all'epoca dovevano essere ancora piuttosto giovani. Dei due non abbiamo scoperto praticamente niente, soltanto una foto sbiadita in cui i loro volti sono difficili da riconoscere».

«Perché nel 1960 Maria Teresa Copernico decide di vendere la sua casa, in cui ha vissuto per quasi vent'anni?»

«Ha perso da poco il marito, ci sono troppi ricordi dentro?»

«Plausibile», disse Mario. «Prosegui».

«La famiglia che viveva nell'appartamento prima dei Sacchi/Copernico si chiamava Ferrari. Moglie e marito, un figlio, nato poco prima della guerra. Nel 1942 cedono la casa ai Copernico, attraverso un atto che abbiamo scoperto essere soltanto una facciata, e spariscono nel nulla».

«In realtà sono stati denunciati in quanto ebrei. E con buona probabilità deportati».

«Insieme a loro scompare anche la giovane bambinaia, tale Albertina, di cui poco o nulla sappiamo. Era povera, viveva nel quartiere e si prendeva cura del piccolo Pietro Ferrari in cambio di vitto, alloggio e un modesto stipendio».

«I vicini di casa dei Ferrari», aggiunse Mario, «la famiglia Torriani, di quella tragica notte non sanno quasi niente. Hanno visto degli uomini in divisa irrompere e hanno sentito dei rumori, ma sono stati obbligati a chiudersi in casa».

«La delazione proviene, guarda caso, proprio da Francesco Sacchi e sua moglie, che intascano una ricca ricompensa e che con quei soldi acquistano la casa dei deportati e vi si trasferiscono».

«In tutto ciò i Torriani ignorano che i loro nuovi vicini sono responsabili di quella vigliaccheria. Li definiscono arroganti e...», Mario cercò di ricordare la parola usata dalla signora Rossetti. «Ah sì, dei *parvenu*».

«*Parvenu?*»

«Arrivisti, arrampicatori sociali».

«Va bene», disse Grazia, quasi divertita dal suono esotico di quella parola straniera. «I Sacchi entrano subito nel nuovo appartamento e non effettuano grandi lavori di ristrutturazione».

«La casa era in ottime condizioni, secondo Elisa Torriani».

«Da quello che risulta agli esperti della polizia i resti umani formano tre scheletri completi. Due adulti e un bambino».

«Abbiamo pensato che fossero i Ferrari», intervenne

Mario, «prima di scoprire che erano ebrei e che sono stati deportati».

«All'appello manca la bambinaia, il che stride con l'ipotesi che si tratti di loro. A meno che le cose siano andate in un altro modo, e i Ferrari siano stati davvero uccisi e seppelliti lì. Albertina rimane un punto interrogativo senza risposta. Cos'altro c'è da aggiungere?», domandò Grazia.

«Che secondo i referti si tratta di omicidio. Pallottole di calibro 9, sparate a bruciapelo, alla nuca. Un'esecuzione. Un foro con tanto di grata aperto in una delle pareti esterne ha permesso ai cadaveri di decomporsi rapidamente e di non mummificarsi e sembra confermare l'idea di un delitto non solo voluto, ma anche premeditato e ben pianificato».

«Che ipotesi abbiamo a disposizione?»

«Le ossa risalgono a circa vent'anni fa, secondo la Scientifica. Le possibilità sono due. Si trovavano lì prima del 1942, e quindi i Ferrari sono coinvolti».

«Lui era un uomo benestante, commerciante, con un'attività in Porta Romana. Lei indossava vestiti eleganti e gioielli. Il bambino andava in un'esclusiva scuola privata».

«Non sappiamo come si siano arricchiti, ma forse dalla visura camerale che ho richiesto potrebbe emergere qualcosa. Non possiamo escludere che alla base della loro fortuna ci sia un delitto».

«Oppure che si siano sbarazzati di qualcuno che li minacciava o che era loro ostile».

«Contro questa tesi c'è il fatto che i cadaveri siano tre, uno dei quali di un bambino. I Ferrari, per di più, non hanno comprato l'appartamento da nessuno, ma lo hanno ereditato dal padre di lui».

«Qual è l'altra ipotesi?»

«La seconda possibilità è che Maria Teresa Copernico e suo marito siano coinvolti».

«Quando hai provato a parlarle ti ha evitato come la peste».

«Giusto», disse Mario, «e quando l'ho approcciata ha finito per minacciarmi».

«Però», disse Grazia, «tutto si spiega se si considera il segreto che c'è dietro l'acquisizione dell'appartamento. Nessuno vorrebbe che una simile verità venisse a galla».

«Resta la sensazione che Maria Teresa Copernico sia l'unica persona che non abbia detto la verità. Per lo meno, non tutta».

«Ma farla parlare», concluse Grazia, «potrebbe rivelarsi un'impresa ardua».

«Forse no», disse una terza voce alle loro spalle.

Nora Rossetti, appoggiata allo stipite, teneva in mano due tazze di camomilla che aveva preparato per i suoi ospiti. Era rimasta in silenzio ad ascoltare.

«Un bel pasticcio, quello in cui vi siete cacciati».

«Io non volevo...», si giustificò Mario, ma la vedova lo interruppe subito.

«C'è un unico modo per costringere quella donna a parlare. Serve coraggio, ma credo che possa funzionare».

«Quale?», domandò Grazia.

«Se davvero la sua fortuna è nata dalla delazione e la Copernico ha fatto di tutto per occultarla, bisogna fare leva su quello».

«Ma se andiamo di nuovo a molestarla», protestò De Luca, «finirà per minacciarci di nuovo o, ancora peggio, per chiamare i suoi amici e renderci la vita impossibile».

«Si dice che la migliore difesa sia l'attacco, no?», disse

la vedova, mentre si avvicinava al letto e porgeva le tazze a Mario e a Grazia. «E allora bisogna agire».

«Sì, ma come?»

«Per una persona come quella, l'unica cosa che conta è la reputazione. Mettetela in pericolo e avrete la sua piena collaborazione. Non avete nulla da perdere, vale la pena di rischiare, secondo me».

Mario fissò la sua padrona di casa con occhi diversi, come se la vedesse in quel momento per la prima volta.

Fu Grazia a chiedere: «Cos'ha in mente?».

Nora Rossetti inarcò la bocca in un ghigno quasi sadico.

«Semplice. Dovete minacciare di rivelare tutto alla stampa e di rovinarla».

61

Il viso di Maria Teresa Copernico assunse tutte le sfumature dell'arcobaleno dal momento in cui la donna si ritrovò di fronte Mario e Grazia fino a quando udì la minaccia pronunciata rapidamente dai due, che la fece desistere dal proposito di chiudere la porta in faccia ai seccatori.

La sua reazione verbale passò da un secco: «Ancora lei?»; a un altrettanto risentito: «Non so cosa vogliate da me, ma entrate».

«La ringrazio per averci ricevuto», disse Mario, con un tono di involontario sarcasmo.

«Non ho tempo da perdere».

«Nemmeno noi», replicò De Luca, mentre si guardava intorno per dissimulare di essere stato già in quella casa. «Bei mobili».

«Non siete qui per parlare dei miei gusti in fatto di arredamento, o sbaglio?»

«No», confermò Grazia, «piuttosto dei suoi gusti in tema di appartamenti».

«Ancora la storia della casa di via Forze Armate. L'avevo avvertita», disse arcigna la vedova, puntando l'indice contro Mario, «che se non avesse smesso di impicciarsi degli affari altrui ne avrebbe pagato le conseguenze».

Maria Teresa Copernico si aspettava ogni tipo di risposta, anche degli insulti, ma non la domanda che le pose il geometra.

«Le spiace se uso il bagno?»

«Come?»

«Mi deve scusare. Vengo direttamente dal cantiere e avrei bisogno di rinfrescarmi. Ci vorrà solo un momento, dopodiché le spiegherò il motivo della nostra visita».

«Intrusione, vorrà dire». La padrona di casa indicò il corridoio, senza sapere che Mario conosceva già la strada. «La seconda porta a sinistra».

De Luca zampettò fino al corridoio, quindi rapido entrò in camera da letto, aprì l'armadio e rimise nel doppiofondo i documenti che aveva sottratto. Quindi finse di chiudersi in bagno, tirò lo sciacquone e tornò in soggiorno.

«Lei sa che io lavoro nel cantiere che sta demolendo il palazzo di via Forze Armate in cui si trova il suo vecchio appartamento».

«Sì. Non smette di ricordarmelo».

«Saprà anche, allora, che in quel palazzo, prima che lei andasse ad abitarci, è accaduta una tragedia».

«No, non ho la minima idea di cosa stia parlando».

«Una famiglia», intervenne Grazia, «è stata arrestata e deportata. Erano ebrei».

«Scusi, ma lei chi è?»

«Mi sta aiutando nelle mie ricerche», disse Mario.

«Cosa volete?»

«Che ci dica la verità».

«Di quale verità state cianciando?»

«Perché lei e suo marito avete denunciato la famiglia Ferrari?»

«Non so di cosa state parlando».

«Forse questo riuscirà a schiarirle la memoria». Mario

De Luca trasse una copia della denuncia contro i Ferrari e la appoggiò sul tavolo. «Una delazione firmata da suo marito».

Maria Teresa Copernico dedicò a malapena un'occhiata al foglio.

«Questo documento è falso. Le sue illazioni sono ridicole».

«Abbiamo anche l'originale», bluffò il napoletano, per mettere alla prova la vedova.

«Se non ve ne andate chiamo la polizia e vi denuncio per molestie».

«Se ora noi usciamo da quella porta», disse Mario, fingendo di alzarsi dal divano, «poi andiamo diritti in via Solferino, alla sede del "Corriere della Sera" e vediamo se c'è un giornalista a cui interessa questo pezzo di carta che lei dice essere falso».

Maria Teresa Copernico strinse i pugni e si morse un labbro.

«È una decisione che spetta a lei».

«Che cosa volete? Ricattarmi? Se è denaro che cercate, allora...».

Mario alzò una mano per interrompere la donna. «Noi vogliamo soltanto la verità. Se vuole parlare con noi, siamo tutt'orecchi».

«Non ho niente da dire», balbettò la vedova, quindi si alzò e lasciò la stanza. «Aspettate qui».

Quando tornò, sembrava aver recuperato il controllo delle proprie emozioni.

«Va bene, avete vinto voi», disse. «Ma prima voglio sapere io una cosa. Dove avete trovato quel documento?»

«Da un amico», s'inventò Mario De Luca.

«Avete visto mio figlio Ludovico, vero?».

Mario fece spallucce. Non potendo dire come aveva realmente messo le mani sulla copia della delazione, preferì seguire la strada del silenzio.

«Avete denunciato i Ferrari per la ricompensa, vero?», domandò Grazia.

La Copernico sembrava combattuta. Non impugnava più il coltello dalla parte del manico e dietro lo sguardo gelido s'intuiva che stava decidendo cosa raccontare e cosa tacere.

«È stato il mio defunto marito», disse infine, «io non ne sapevo niente».

Grazia era scettica. «E lei era d'accordo?»

«Erano tempi, quelli, in cui una moglie faceva tutto quello che le diceva il marito, senza obiettare. Non avete idea di che inferno siano stati, quegli anni».

«Quindi vuole farci credere che lei non sapeva che stava facendo condannare tre persone soltanto per la loro religione».

«Sì, lo sapevo, ma non avevo idea di cosa sarebbe accaduto. Pensavo che li avrebbero interrogati, che magari avrebbero dovuto cambiare città».

«Sono stati deportati!», esclamò Mario e sbatté la mano aperta sul tavolino. Il rumore fece saltare sul posto la Copernico.

«Allora non si sapeva cosa stesse succedendo».

«Che i fascisti ammazzavano gli ebrei? Che li mandavano a morire nei campi di concentramento? Davvero pensa che siamo così ingenui?»

«Non m'importa quel che crede lei. Io le dico quel che so… e soltanto perché mi state ricattando».

«Una famiglia è morta e lei e suo marito siete complici dell'omicidio».

«Perché dite che sono morti? La polizia li ha portati via, altro non ci hanno detto».

Mario doveva forzare la mano, altrimenti non sarebbero mai riusciti a portare a galla la verità.

«Sono stati trovati i loro cadaveri. In casa vostra, proprio lì dove avete vissuto per quasi vent'anni».

62

Maria Teresa Copernico teneva duro. Se quella fosse una facciata, una strategia oppure la verità, non era dato saperlo. Mario aveva giocato la sua carta, ora toccava alla vedova decidere se vedere il suo bluff o se proseguire dichiarando la propria estraneità ai fatti.

«Io non sapevo che fossero morti».

«Come fa a essere così cinica?», sbottò Grazia.

La ragazza aveva la voce rotta. Si alzò, andò alla finestra e si perse per un momento a guardare il centro di Milano, così vicino, a portata di mano.

«Perché ha venduto la casa di via delle Forze Armate?»

«Non volevo più vivere in quel quartiere di miserabili».

«Qui in centro si sta meglio, vero?»

«Non potete venire qui a giudicarmi. Voi non sapete quanto sia stata dura la guerra per la gente come noi».

«La gente come voi?»

«Gente normale, che non aveva da mangiare tutti i giorni e che non poteva permettersi di comprare al mercato nero».

«Suo marito non è stato arruolato?»

«No, soffriva di aritmia dopo la prima grande guerra e non era stato richiamato. Non era più così giovane. È stato proprio il cuore a tradirlo, tre anni fa. Un infarto».

«Mi dispiace», disse Mario, che però non voleva dare

tregua alla sua interlocutrice. «Lei afferma di non aver capito cosa stesse succedendo quando suo marito ha denunciato i Ferrari, ma poi afferma che non sapeva che fossero morti. Si sta contraddicendo, se ne rende conto?».

Grazia si voltò lentamente. Mario aveva finalmente trovato dove colpire per incrinare l'ostinata difesa di Maria Teresa Copernico. Lo guardò con ammirazione.

«Non mi sto contraddicendo. Lei mi dice ora che sono morti, io non sapevo nemmeno che fossero stati deportati. A dirmelo è stato mio marito sul letto di morte, mentre aspettavamo il dottore, che purtroppo non è arrivato in tempo per salvarlo».

«Non riesco a crederle».

«Deve, perché sto dicendo la verità. Mio marito ha denunciato i Ferrari. Sì, lo ha fatto, è vero. Per soldi. È vero anche questo, ma non solo. Era convinto che fosse la cosa giusta da fare e quelle leggi che gli imponevano di denunciare gli ebrei erano allora quelle dello Stato. Dovevamo obbedire. Mi state accusando di aver seguito la legge».

«A una legge sbagliata si può disobbedire».

«Non quando si rischia la vita. Mio marito non era un eroe e non lo ero nemmeno io. È un reato forse essere pavidi?»

«No, non lo è».

Grazia prese la parola. «Lei ha venduto la casa poco dopo che è morto suo marito perché si vergognava di come l'aveva ottenuta». Non era una domanda, la sua, ma un'accusa. «Quell'appartamento era macchiato di sangue».

«Quando mio marito mi ha confessato quello che avevamo fatto, e poi è spirato tra le mie braccia, ho deciso di vendere l'appartamento e di aiutare la gente con i soldi che avrei ricavato. Per compensare il male che, senza saperlo, potevamo aver causato».

«Sarebbe questo il motivo per cui si occupa di beneficenza?»

«Non ne vado orgogliosa», ammise Maria Teresa Copernico, «eppure è proprio così».

«E non ha mai provato la curiosità», domandò Grazia, «di sapere cosa ne fosse stato di quella gente? Della famiglia che avevate fatto condannare?».

Maria Teresa Copernico tirò un profondo sospiro.

«Dopo la guerra si sono sentite tante cose su quel che è successo in Germania. Gli ebrei, i forni crematori. Io ho cercato di dimenticare. Cosa avreste fatto voi al posto mio?».

Né Mario, né tantomeno Grazia vollero provare a indossare gli scomodi panni della vedova. La storia che aveva raccontato però aveva senso. Non spiegava come fossero finiti lì i tre cadaveri, né a chi appartenessero. Era quel punto che dovevano ancora chiarire.

De Luca decise di rischiare l'attacco frontale: «I corpi della famiglia Ferrari sono stati ritrovati nel suo appartamento, dietro una parete murata. Basta giocare con le mezze verità. Non può negare di aver sempre saputo che si trovassero lì».

La vedova finalmente crollò e sputò soltanto due sillabe.

«Lo so».

63

Le parole di Maria Teresa Copernico riaprirono ferite che il tempo non aveva saputo cicatrizzare del tutto.

In quella tragica notte del 1942 i poliziotti avevano sferrato un attacco letale. Avevano colpito di notte ed erano stati tanto rapidi quanto spietati. La denuncia parlava chiaro: la famiglia Ferrari era composta da tre sporchi ebrei e il loro compito era quello di arrestarli e condurli fino alla Stazione centrale. Da lì sarebbero stati spediti in un campo di lavoro forzato in Germania, in mani naziste.

Problema risolto.

Invece di arrendersi, però, i tre si erano ribellati e la polizia era stata costretta a sparare.

Le Beretta M34 avevano sputato i proiettili calibro 9. I corpi dei nemici erano stati crivellati di colpi ed erano crollati come pupazzi rotti. Avevano vomitato sangue e paura. Si erano afflosciati e avevano detto addio a quel mondo spezzato in due dalla guerra.

I Ferrari avevano affollato il lungo elenco delle vittime del Fascismo.

Per chi li aveva traditi c'era stata una ricompensa e un encomio, per aver fatto quello che lo Stato chiedeva ai suoi cittadini.

Millecinquecento lire in più del previsto erano state elargite, in cambio del silenzio su quanto era accaduto.

«Perché?», domandò Mario. «Non sono stati i primi a morire per mano fascista, né gli ultimi».

«Da quel che mi ha riferito mio marito», disse la Copernico, «i poliziotti dovevano essere cinque, ma due sono arrivati tardi ed erano ubriachi. Se si fosse saputo che a causa loro l'arresto era andato storto, sarebbero stati puniti. Hanno offerto del denaro in cambio del silenzio».

«E hanno nascosto i corpi dietro quella parete».

«Non lo sapevo», insistette la vedova, «dovete credermi. Non avrei mai accettato di vivere con dei cadaveri in casa».

«Ma suo marito sì».

«Ha fatto tutto lui».

«E lei, quando lo ha saputo, invece di rendere pubblica la cosa, ha continuato a occultare tutto e ha venduto la casa».

«Perché tirar fuori di nuovo quella storia? I Ferrari non avevano parenti. Ho dato mandato a un avvocato affinché trovasse eventuali eredi, avrei restituito fino all'ultima lira. Ma non c'era più nessuno. Il fratello della donna è morto in Africa, il padre di lui sotto i bombardamenti di Gorla. Era insegnante».

«Avrebbe potuto concedere loro una degna sepoltura».

«Se andate al Cimitero Monumentale troverete una lapide a loro nome. L'ho fatta erigere io, perché non fossero dimenticati. Dopodiché ho pensato che invece di infangare il nome di mio marito, che se ha sbagliato lo ha fatto in buona fede, avrei potuto utilizzare il denaro a fin di bene. Ed è quello che, come lei ben sa, sto facendo da diversi anni».

Mario si alzò e raggiunse Grazia alla finestra. La ragazza era scossa. «Cosa vuoi che facciamo?», le sussurrò.

La giovane tornò a sedere al suo posto, di fronte alla vedova.

«Ci sono ancora dei punti da chiarire. Perché il suo avvocato ha aiutato i Brambilla, quando ha venduto a loro la casa?»

«Non volevo che ci andassero di mezzo. Se fosse venuta fuori la storia, forse avrebbero perso l'appartamento. Ci sarebbero state indagini, non lo so. Sono una coppia giovane, mi sono simpatici. Aver tenuto segreto che in quella casa c'erano tre cadaveri non è stato corretto da parte mia, ho cercato anche in questo caso di rimediare. Non volevo infangare il nome di famiglia».

«Il suo cognome, Copernico, da dove viene?»

«Da mia suocera».

«Come lo spiega?»

«La vergogna», disse la vedova. «Sempre la maledetta vergogna».

«Non voleva più portare il nome di suo marito?», chiese Grazia.

«Né il mio».

«Ma perché allora non quello di sua madre?»

«Perché non l'ho mai conosciuta, mentre con la madre di mio marito ero in ottimi rapporti. Era la persona che avrei voluto diventare e… sembrerà un po' ingenuo, ma in questo modo credo di averci davvero provato».

Maria Teresa Copernico cominciò a piangere. All'improvviso. Un attacco isterico.

«Non sapevo, non volevo», cominciò a rammaricarsi. «Sono un mostro, come mio marito, eppure non volevamo che morissero».

La signora afferrò una ciocca di capelli e la tirò con violenza, fino a strapparla. Ripeté il gesto più volte, arrivando a ferirsi. Stille di sangue le imbrattarono la fronte.

«Si fermi, per favore», disse Mario, allungando le mani per bloccare le dita aguzze della vedova. «La prego».

L'immagine di quella donna anziana che aveva perso ogni tipo di signorilità colpì anche Grazia, che non poté far altro che abbracciarla e stringerla forte. Maria Teresa Copernico ricambiò e affondò il viso umido di lacrime e sangue nella spalla della giovane.

«Mi dispiace, mi dispiace», ripeteva senza sosta.

«Basta», disse Grazia, slacciandosi da quella presa. «È finita. Non diremo nulla ai giornali, glielo prometto».

«Non so come ringraziarla… come ringraziarvi. Mi dispiace. Farò quel che c'è da fare… se posso rimediare in qualche modo».

«Si metta in contatto con il magistrato Mazzoleni, ha il suo studio presso il Palazzo di Giustizia», disse Mario.

Poi porse la mano alla donna, che singhiozzava ancora, e le disse: «Lo so che erano tempi difficili. Ma io dovevo sapere. Senza rancore».

Maria Teresa Copernico gli strinse la mano e, dopo aver tentato di ricomporsi, accompagnò i due alla porta.

«Sono stati anni terribili. Io stessa ho perso i miei due figli». Di nuovo le lacrime presero il sopravvento. «Erano solo due ragazzi, proprio come voi».

64

Quando uscirono dall'appartamento di Maria Teresa Copernico, Mario e Grazia erano a loro volta così scossi che pensarono di rifugiarsi nel primo ristorante che incrociarono per lasciare che la confessione della vedova sedimentasse.

Mangiarono in silenzio, non scambiarono nemmeno una parola fino a che fu servito il dolce.

Mario non abbandonò mai la mano di Grazia: la tenne stretta, quasi con disperazione, finché non riuscì a controllare il fremito che martellava i suoi nervi a un ritmo infernale.

«Stanotte potrai dormire», disse la giovane mentre assaggiava il sorbetto.

«Spero di sì», rispose lui, anche se dubitava che dopo quella giornata sarebbe riuscito a prendere sonno facilmente.

Ordinarono il caffè e un bicchiere di amaro. Non finsero nemmeno un brindisi: bevvero e basta, d'un fiato.

«Quanto odio», si lasciò sfuggire Grazia.

Mario cercò a lungo le parole giuste, poi chiese: «Tu le credi?»

«All'inizio non volevo proprio, ma poi mi è sembrata sincera. Tu no?»

«Io vorrei, significherebbe chiudere questa brutta faccenda».

«Ma dentro di te qualcosa te lo impedisce».

Mario annuì. «Io volevo ottenere giustizia per quei tre poveretti e non ci sono riuscito. Nessuno saprà cosa è accaduto».

«Possiamo sempre inviare tutto ai giornali», propose Grazia.

Mario era così provato da non riuscire a smettere di fissare il piatto vuoto davanti a sé. «A che pro? Rovinare un'altra vita? Come se quelle distrutte dalla guerra non fossero già abbastanza».

«Potremmo chiedere a Ciro di riferire tutto al magistrato».

«Chiuderebbe l'inchiesta comunque. Ha già dato il via libera alla ripresa dei lavori del cantiere. Non è un caso che fa fare carriera».

Grazia sospirò. «Anzi, a quanto pare è soltanto una rogna che scomoda persone importanti e può creare problemi».

«Non so cosa fare, amore mio».

«Io sì», disse lei.

Chiamò il cameriere e si fece portare il conto.

Quindi infilò il cappotto e prese Mario per la mano.

«Andiamo».

Passeggiarono a lungo per le vie del centro di Milano, insieme, come gli innamorati che erano. Non erano ancora riusciti a godersi quella città che li aveva fatti incontrare. Percorsero via Torino, il cui pavé era falciato dai binari del tram, come se quei tagli nella pietra volessero infliggere alla strada delle ferite profonde. Proseguirono fino al Naviglio Grande, lo costeggiarono stando attenti ai pochi carretti trainati dai cavalli che sfioravano pericolosamente l'argine. La luna, sulle loro teste, li osservava pallida, proteggendo al tempo stesso il loro cammino in quella società così moderna e così pericolosa, un mondo nuovo in cui il passato andava chiuso in un cassetto e dimenticato. In corso Vercelli ammirarono le vetrine delle botteghe d'artigianato e quando giunsero di fronte al teatro Nazionale furono colpiti dalla facciata austera e imponente. Tornarono sui loro passi, sfiorarono il parco Sempione e la torre Branca, sparirono tra i sentierini dietro al Castello Sforzesco e come per magia si ritrovarono di nuovo in centro, in via Dante. Erano stanchi, ma quella fatica era liberatoria.

Privo di energie, ammutolito, Mario lasciò che Grazia lo trascinasse fino all'albergo in cui avevano finto di essere sposini.

Quando lei andò decisa alla reception e chiese una stanza per la notte, lui non si oppose.

Mario non spiccicò parola, seguì Grazia fino all'ascensore e quando furono dentro si lasciò baciare, rispondendo appassionato.

La stanza era diversa da quella dell'ultima volta, eppure a suo modo uguale. Anonima, ma elegante.

Grazia prese l'iniziativa e lo spogliò, poi si liberò a sua volta dei vestiti e si sdraiò sul letto, dove Mario la raggiunse. Si guardarono a lungo, si studiarono, i corpi nudi estasiati dalla bellezza dell'amore che li stava per travolgere, per la prima volta, visto che fino a quel momento erano stati soltanto baci e carezze, e forse per sempre.

«Sei sicura?», le chiese lui.

Lei annuì e lo abbracciò ancora più forte.

65

«È stata un'esecuzione, ha detto Ciro».

Mario e Grazia avevano dormito abbracciati e soltanto più tardi, davanti all'aroma di caffè e cornetto, tornarono a parlare di quanto era accaduto il giorno prima.

«A cosa stai pensando?», domandò la ragazza.

Lui le prese la mano, la strinse forte. «Secondo Maria Teresa Copernico suo marito le avrebbe riferito che i Ferrari sono stati uccisi mentre tentavano di resistere. Invece i risultati degli esami dei resti dice tutt'altro».

«Quella donna continua a mentire».

«O forse è stato suo marito a non dirle tutto».

«Non ha senso. Era in punto di morte e si è liberato la coscienza. Perché farlo a metà?»

«Hai ragione, temo», ammise Mario. «Resta ancora aperto il mistero del quarto corpo, quello mancante. La bambinaia».

«Non era tra le ossa nell'appartamento».

«Ma perché i poliziotti avrebbero dovuto uccidere tutti tranne lei?»

«Stai dicendo che...», formulò Grazia, senza poter finire la frase.

«O è riuscita a scappare, oppure...».

«...ha convinto i poliziotti a risparmiarla», concluse lei.

«In questo caso», proseguì Mario, «potremmo provare a rintracciarla».

«Se fosse ancora viva, sarebbe l'unica testimone oculare di quanto è accaduto».

Valeva la pena di fare un tentativo.

«Ciro potrebbe aiutarci», disse Mario.

«Lo conosci da tanto?»

«No. Ci siamo incontrati per la prima volta quando è iniziata questa storia».

«Ti fidi di lui?»

«È napoletano come me. Tra compatrioti, sai, ci si aiuta».

«Non so, ha dei modi di fare...», disse Grazia, «tutto il contrario dei tuoi».

«Troppo sfacciati?», domandò lui.

Lei annuì.

«Sono io che sono un napoletano atipico. Giù mi chiamavano il Milanese, sai?»

«Come mai?»

«Perché odio la gente che arriva in ritardo».

«Pensi che Napoli mi piacerebbe?»

«Credo che te ne innamoreresti. Il mare, il sole. Il profumo della città è indimenticabile», disse Mario, che socchiuse gli occhi un momento per ricordare le melodie delle strade del suo quartiere, le voci delle comari sui portoni, l'odore fresco dei panni appesi nei vicoli ad asciugare. «E dopo un giorno la odieresti, perché è troppo diversa da Milano».

«Meglio o peggio?»

«Non è questione di essere migliore o peggiore», spiegò il geometra, «Napoli è diversa da ogni altra città del mondo. Ha le sue regole, i suoi usi e costumi. La sua lingua».

«Quella delle canzoni del disco che mi hai regalato».

«Lo hai ascoltato?».

Le guance di Grazia s'imporporarono. «Al primo ascolto non ci ho capito niente. Al secondo ho pensato che fosse troppo sdolcinato».

«E al terzo?»

«Mi è entrato in testa».

«Ecco», disse Mario. «Così è Napoli. Repellente, poi attraente. Ti seduce con la passione».

«Quindi anche Ciro è così?»

«È un bravo ragazzo, ne sono convinto. Più tardi lo chiamo».

Prima, però, c'era ancora un piccolo dettaglio da chiarire.

«La visura camerale», disse Grazia, «l'ho controllata e non risulta nulla di insolito. Mi sono fatta aiutare dal commercialista che collabora con il nostro studio. Ha fatto qualche ricerca e mi ha confermato che i Ferrari erano benestanti, proprio grazie all'eredità paterna. Quando il padre di Remo Ferrari è morto, ha lasciato al figlio l'appartamento e una serie di terreni che con il passare del tempo hanno acquistato valore».

Mario non dubitava più dei Ferrari, come aveva fatto per un momento al principio, quando ancora non avevano capito che ruolo avessero avuto nella storia; quelle informazioni costituirono però, nel suo cuore, la conferma che i tre cadaveri sepolti nell'appartamento delle ossa erano i loro.

«C'è qualcosa ancora che possiamo fare», disse Mario all'improvviso, ricordando un frammento della conversazione avuta con Elisa Torriani.

«Cosa?».

Il napoletano strinse i pugni e si picchiettò le tempie, quasi volesse obbligarsi a mettere a fuoco quello che aveva in mente.

«Elisa Torriani ci ha detto che nessuno si è più interessato ai Ferrari dopo la loro scomparsa».

«Sì, è vero», disse Grazia.

«Tranne una persona, che ha mandato un assistente a chiedere informazioni».

Il viso della giovane s'illuminò. «Hai ragione!».

«Il rabbino», disse Mario. «Forse può aiutarci».

«Magari sa dove si trova oggi Albertina, la bambinaia».

66

«Cosa vi fa pensare che fossero ebrei?».

Il rabbino viveva dalle parti di piazza Bande Nere e, nonostante Mario e Grazia gli avessero chiesto di incontrarlo praticamente senza preavviso, accettò subito, una volta che i due gli spiegarono di cosa si trattasse. Era un uomo alto, segaligno, con i capelli bianchi ricci e due occhi castani che cambiavano colore alla luce del sole.

«Ci è stato detto che sono stati arrestati e deportati», spiegò Grazia. «Nel 1942».

I due avevano impiegato molto prima di raggiungere quel grande spiazzo, dove presto sarebbe arrivata la metropolitana e in cui, secondo i paparazzi, sempre in allerta sui marciapiedi della zona, viveva gran parte della squadra del Milan, dal bomber Altafini al capitano Cesare Maldini, per arrivare a un chiacchierato neoacquisto, il brasiliano Amarildo, che fino a quel momento aveva fatto parlare di sé più per le intemperanze comportamentali che per il suo talento.

«Ricorda di aver mandato qualcuno a chiedere informazioni?»

«Vagamente», disse il rabbino, che indossava la *kippah*, un copricapo che Mario vedeva ora per la prima volta. «Ma sono talmente tante le ricerche che abbiamo fatto… e che stiamo ancora portando avanti per il nostro archivio».

«Sui deportati?»

«E sulle vittime del Nazifascismo. È stato un vero e proprio genocidio».

«Nel suo elenco però i Ferrari, a quanto mi pare di capire, non risultano».

«Se quanto avete scoperto è vero, si cercò di nascondere l'accaduto, probabilmente per coprire un errore della polizia. Non stento a crederlo, non è la prima storia del genere che mi giunge all'orecchio. Il problema però è soppesare bene le informazioni e corredarle con prove inconfutabili».

«Come mai? Ci sono state anche false denunce?»

«Ahimè, sì. Sia da un lato che dall'altro. L'invidia e la rabbia in quel periodo hanno portato a segnalare moltissime persone, anche chi non era ebreo. Ma non solo. C'è anche chi ha simulato di essere stato derubato o vittima del Fascismo per poi poter chiedere delle compensazioni. È un discorso molto complesso e proprio per questo dobbiamo muoverci con estrema cautela».

«Noi però abbiamo una copia della delazione che ha portato all'arresto dei Ferrari».

«Posso vederla?».

Mario trasse il foglio dalla sua borsa e lo consegnò al rabbino. «Ho avuto modo di vedere anche l'originale», spiegò. «Non si tratta di un falso».

«No, purtroppo è tutto autentico. I timbri, le date. Non v'è dubbio. Mi permettete di farne a mia volta un duplicato?».

Il rabbino, senza attendere risposta, chiamò un ragazzo, gli affidò il foglio e gli diede delle istruzioni in una lingua sconosciuta.

«È yiddish», disse, notando lo sconcerto sui volti dei

suoi ospiti. «La lingua di Israele. Tornando ai Ferrari, mi sembra evidente che dobbiamo eseguire ulteriori ricerche. A quella prima richiesta di informazioni probabilmente non era seguito nulla di convincente ed erano così tante le storie di deportati su cui lavorare che abbiamo pensato di lasciarla da parte e di dedicarci a ciò per cui avevamo delle piste calde da seguire».

«Parla come un poliziotto», cercò di sdrammatizzare Mario.

«Lo siamo, in parte. È un lavoro difficile ricostruire il passato, soprattutto quando è controverso e drammatico, come quello che abbiamo vissuto così poco tempo fa».

Grazia annuì. Se ne stavano rendendo conto. Mettere insieme i pezzi di quel puzzle li stava facendo impazzire; ciò nonostante arrivati a quel punto, smettere di indagare era diventato impossibile.

«Stiamo costruendo un archivio», continuò a spiegare il rabbino, «nella speranza che episodi del genere non si ripetano mai più. L'uomo ha storicamente la memoria molto breve, ma oggi, con la tecnica moderna, possiamo aiutare quella testimonianza a non essere cancellata. Direi che questo è il mio primo e più importante compito, dopo quello di guidare la nostra comunità durante le funzioni».

Né Mario, né Grazia dissero nulla. Ascoltavano quell'uomo, affascinati dalla sua autorevolezza e capacità affabulatoria.

«Quello che mi sembra interessante è un nome che ho visto sulla dichiarazione che mi avete portato».

«Che nome?»

«Quello del Moro».

«Il Moro?», domandò Mario.

«Un aguzzino, della peggior specie. È stato responsabile di numerose razzie».

«Un poliziotto fascista?»

«Esatto... e purtroppo molto spietato. Si è accanito come pochi altri contro il mio popolo e mi piange il cuore al pensiero che non abbia potuto pagare per i suoi crimini».

«È stato lui ad arrestare i Ferrari?»

«Così risulta dal vostro documento, anche se in effetti è strano. Il Moro era un astro nascente del firmamento fascista, non solo lombardo, e nonostante fosse giovane stava scalando rapidamente i gradini del comando. Che si sia sporcato le mani con un lavoretto del genere mi lascia perplesso».

«Un lavoretto?»

«Perdonatemi, lo so che stiamo parlando di tre omicidi, ma se sapeste quello che ho visto negli ultimi quindici anni, da quando abbiamo iniziato a scavare nel marcio... Il Moro si è reso responsabile di rastrellamenti di entità considerevole. Era ambizioso e per questo motivo ha sempre preferito i grandi numeri. Tre persone, anche se abbienti? Non sembra proprio il suo stile, ecco».

«Capisco», disse Mario, un po' deluso.

Grazia prese in mano la conversazione: «Che fine ha fatto questo Moro?».

Il rabbino scosse la testa e si voltò verso la finestra, dando le spalle ai due ospiti.

«È scomparso nel nulla. Fuggito probabilmente, quando ha capito la piega che stavano prendendo gli eventi. Si è messo in salvo chissà dove. All'estero. Argentina, Stati Uniti, Europa. Tutto è possibile. Abbiamo seguito le sue tracce fino in Svizzera, ma invano».

«Perché il Moro?»

«Era il suo nome in codice, come quelli usati dai partigiani. Serviva per coprire la sua vera identità, per evitare ritorsioni e proteggere la sua famiglia da vendette, ma anche per incutere timore negli avversari».

«E non siete mai riusciti a scoprire come si chiamasse? Il suo vero nome?»

«Purtroppo no. La polizia ha perso tutti gli incartamenti relativi a lui e a molti altri fascisti che hanno collaborato con i nazisti».

«Molto comodo».

«Senza voler pensare per forza male», disse il rabbino, «dobbiamo ricordare quanti documenti sono andati distrutti in quegli anni. I bombardamenti hanno fatto danni ingenti. Incendi prima, poi gli stessi partigiani hanno dovuto agire con rapidità. E la fretta, si sa, non è mai una buona consigliera. Ciò non toglie che sia stata fatta anche della pulizia interna, per evitare problemi. Non si dimentichi che molti poliziotti sono rimasti al loro posto anche dopo la guerra, le istituzioni con la caduta del Fascismo sono cambiate, ma in molti uffici solo di nome».

«Come possiamo saperne di più su quest'uomo?»

«Ho una sua fotografia, aspettate un momento, ve la posso mostrare».

Con una chiave che portava al collo, l'uomo aprì un grande classificatore di metallo e cercò a lungo, prima di estrarre una cartellina gonfia di documenti.

«Eccolo, questo è il Moro».

Non appena osservarono il volto in bianco e nero di quel ragazzo cresciuto troppo in fretta, Grazia e Mario ebbero la sensazione di averlo già visto da qualche parte.

Ma dove?

67

«Sì, è lui».

Elisa Torriani trattenne il fiato, evidentemente scossa.

«Ne è sicura?».

Mario riprese la fotografia che il rabbino gli aveva prestato. Stavolta si era presentato da solo dall'ex vicina dei Ferrari.

«È lui», disse la donna. «Ho visto quel volto dallo spioncino soltanto per un momento, ma è stato sufficiente a imprimerlo nella mia memoria per sempre».

«Mi spiace doverle far ricordare qualcosa di spiacevole», si scusò De Luca.

«Se servirà a fare giustizia…».

«Lo spero proprio. I Ferrari non meritavano di fare quella fine».

«Erano brava gente», confermò la Torriani, «lo ripeteva sempre anche il mio povero padre, che erano brava gente».

«La persona che ha diretto l'arresto, la persona della fotografia», chiese Mario, «l'aveva mai vista prima?». Il déjà-vu scatenato da quel ritratto tormentava il geometra napoletano, che voleva capirne l'origine.

Elisa Torriani scosse la testa. «No, direi di no. Non mi sembra un viso conosciuto. Pensa che abitasse nel quartiere?».

De Luca si morse un labbro. Lui e Grazia ne avevano parlato a lungo, dopo il colloquio con il rabbino.

«Secondo me sì», disse infine. «Vede, quest'uomo stava facendo carriera nella polizia. Perché avrebbe dovuto sporcarsi le mani per un lavoro d'ordinaria amministrazione?».

Elisa Torriani si strinse nelle spalle.

«Forse conosceva le vittime», spiegò Mario. «Magari i Ferrari si erano fatti dei nemici».

«Se mio padre fosse ancora vivo potrebbe essere più preciso, ma a me non sembra. Erano persone amate dai vicini. Lui lavorava fino a tardi, lei usciva poco e il piccolo Pietro...». Elisa Torriani scoppiò in lacrime nell'esatto momento in cui aveva pronunciato quel nome. «Cosa poteva mai aver fatto di male un bambino di quell'età?».

Mario trasse di tasca un fazzoletto di stoffa e lo porse alla donna. Lei lo accettò, si tamponò gli angoli degli occhi, ma rimase in silenzio, il petto scosso dai singhiozzi.

«Le dice niente il nome il Moro?».

La signora Torriani si alzò di scatto, sparì per un momento nel corridoio. Quando tornò porse al suo ospite un bicchiere di vino bianco e un grande raccoglitore ad anelli.

«L'ultima pagina», disse.

Il geometra aprì lo schedario e lo sfogliò fino a raggiungere l'ultimo foglio. Un necrologio, quello relativo al padre, pubblicato da un giornale socialista.

«È un periodico che veniva pubblicato qui nel quartiere dagli attivisti della zona. Stacchi il ritaglio e giri la pagina».

Mario obbedì e ciò che lesse lo colpì.

“Ancora irreperibile il carnefice della periferia”.

«Lo legga pure a voce alta».

«La sciagurata leggenda del Moro non sembra voler volgere al termine. Il criminale di guerra fascista senza nome che viveva a Baggio, responsabile della morte di tanti compagni durante gli ultimi terribili anni del conflitto bellico, è scappato senza lasciare traccia, come tanti altri codardi del suo stesso stampo. La casa in cui viveva con la sua famiglia prima di darsi alla fuga rimane derelitta, un tragico monumento alla viltà del Fascismo, il cui vero volto è ben rappresentato da questi uomini, un tempo feroci aguzzini e oggi pavidi fuggiaschi. Il nostro partito ha avanzato una mozione per chiedere l’abbattimento della piccola casa, che si trova vicino alla cava Cabassi, in un luogo dove i senzatetto e i vagabondi trovano rifugio, rendendo pericolosa una zona ormai in stato d’abbandono, in cui le scavatrici non lavorano più da tempo per estrarre sabbia e ghiaia».

«L’uomo della fotografia…».

«Sì», confermò Mario. «È il Moro».

Elisa Torriani tirò su con il naso. «Tutti avevano paura di quel nome nel quartiere, durante la guerra. Nessuno però lo aveva mai visto in faccia ed era rimasto vivo per raccontarlo».

Mario lesse la data. Risaliva a dieci anni prima.

«Come mai ha conservato questo ritaglio?»

«Per l’annuncio funebre di mio padre. La casualità ha voluto che quell’articolo abbia destato la mia curiosità e oggi la mia memoria forse è tornata utile. Che bizzarro che è il destino a volte».

«Conosce questo posto?»

«Quella casa?», domandò la Torriani. «Sì, è vicino alle

cave, ci andavamo a giocare da bambini, anche se era pericoloso e mia madre ce l'aveva vietato».

«Mi saprebbe indicare come arrivarci?».

Di nuovo la donna si alzò e sparì nel corridoio. Mario udì rumore di cassetti aperti e subito richiusi, quindi i passi della signora che ne annunciarono il ritorno nel salotto.

Porse al geometra una mappa stradale e dopo aver osservato con una lente d'ingrandimento una zona a ovest della città, puntò il dito.

«Esattamente qui».

Mario sorrise. Ora avrebbe potuto mettere a frutto il suo talento per il disegno tecnico.

«Avrebbe carta e penna da prestarmi?».

68

Grazia aveva preso qualche giorno di ferie e invece di andare al mare o in montagna a riposare, come pensavano i suoi colleghi, si stava dedicando ad aiutare Mario nella sua indagine. Mentre lui era in cantiere a portare avanti i progetti di demolizione per l'ingegner Locati, lei aveva letto gli articoli di giornale relativi all'anno 1942 che l'archivio del «Corriere della Sera» conservava in via Solferino sotto forma di microfiche.

«Ho chiamato Ciro», le aveva detto Mario dal bar la sera prima, durante la telefonata della buonanotte che era diventata ormai un loro rito quotidiano nei giorni in cui non riuscivano a vedersi. «Mi ha promesso di fare qualche domanda per scoprire la vera identità del Moro».

«Sui giornali dell'epoca non ho trovato nulla. Silenzio assoluto».

Grazia aveva fatto sfilare decine di fotografie, sperando in un encomio o in un riconoscimento pubblico, magari corredato da una foto la cui didascalia potesse svelare qualche dettaglio sull'identità dell'uomo che stavano cercando; purtroppo, senza successo.

«Sono andata indietro fino al 1940».

«Io forse ho scoperto dove abitava».

«Dettami l'indirizzo, così vado a controllare».

«No», disse il geometra, «ho sentito dire che è una zona malfamata. Potrebbe essere pericoloso».

«So difendermi», rispose lei, «e poi non ci credo che Milano è pericolosa». Ripensò alla vicenda dei Ferrari, prima di aggiungere: «Non oggigiorno, almeno».

«Non mi fido a mandarti lì da sola. Ci andremo insieme domani sera, è un posto abbandonato».

«E cosa posso fare nel frattempo?»

«Il fotografo che ha scattato la foto alla famiglia di Maria Teresa Copernico», disse Mario. «Ce lo stavamo dimenticando».

Si erano ripromessi di andare a verificare di persona se lo studio fosse ancora in attività, ma non erano riusciti a trovare il tempo di farlo. Lui era bloccato al cantiere e alla fine del suo turno di lavoro il negozio sarebbe stato già chiuso.

«Devo giusto rinnovare la carta d'identità», disse lei. «Ne approfitterò per farmi fare delle fototessere nuove».

«Mi sembra un'ottima idea».

L'uomo in camice bianco che accolse Grazia nel locale sfoderò un sorriso affabile che mise subito a proprio agio la giovane.

«Cosa posso fare per lei?»

«Dei ritratti per i documenti».

«Si accomodi nel retro, preparo la pellicola e sono subito da lei».

Grazia si accomodò su uno sgabello. Alle sue spalle, un pesante drappo nero era illuminato da un faretto simile a quelli del teatro. La ragazza trasse un piccolo specchio dalla borsa e cominciò a sistemarsi i capelli.

«Sta benissimo, non si deve preoccupare», disse il fotografo.

Sottobraccio portava un banco ottico di grandi dimensioni, fatto di legno, con un soffietto al centro. Aprì il treppiedi e lo sistemò nella giusta posizione, quindi caricò il dorso della macchina e chiese alla sua cliente di girare il busto verso sinistra, tenendo la testa dritta in direzione dell'obiettivo.

«Al mio tre mi mostri di essere felice», disse, ma poi scattò prima.

Grazia ne fu sorpresa.

«Lo faccio sempre», confessò il fotografo, «per cogliere un'espressione più naturale, quando il sorriso fiorisce sulle labbra della gente».

«Spero che sia venuta bene».

«Controllo subito, mi attenda qui». L'uomo sparì dietro una porticina, che conduceva probabilmente alla camera oscura.

La giovane rimase seduta e si guardò attorno. Una seconda camera da studio, marchiata Lu-Pa, era appoggiata su una colonna di legno che serviva a sorreggerla; alcune macchine fotografiche di dimensioni più contenute erano invece allineate in un armadietto ad ante chiuso a chiave. Grazia ne avrebbe voluta una, ma erano così care che non poteva permettersela. Si alzò e ammirò il contenuto della vetrinetta, quasi si trovasse in un museo.

«Quella è una Ikoflex 1B», disse il fotografo, che si era avvicinato alle sue spalle.

Aprì l'anta e le porse la macchina. Grazia si limitò ad ammirarne la perfezione meccanica, senza trovare il coraggio di toccarla.

«Me la sono fatta spedire dalle officine della Zeiss di Kiel, nel Nord della Germania».

Il titolare dello studio ripose la macchina al suo posto e si voltò verso la giovane.

«S'interessa di fotografia?»

«Non per davvero», rispose lei. «Mio padre ha comprato da poco una Nikkormat, ma a me non è consentito usarla».

«Non credo che quelle diavolerie giapponesi avranno un futuro. La vera fotografia si fa con una biottica. In ogni caso io preferisco le tedesche. Sono più solide. Come le automobili, non ti lasciano mai a piedi».

Entrambi risero della battuta.

«Come sono venute le foto?»

«Bene», rispose il fotografo. «Le stampo e può passare a ritirarle tra mezz'ora. Mi lasci soltanto un recapito per la ricevuta».

Grazia scrisse il proprio indirizzo e il numero di telefono.

«Le posso fare una domanda?»

«Certamente», disse l'uomo, indicando poi lo studio con la mano, «come vede non c'è nessuna coda di clienti in attesa».

La giovane frugò nella borsa, fino a trovare il ritratto della famiglia Sacchi.

«Qui dietro c'è il suo timbro. Ha scattato lei questa foto?».

L'uomo inforcò un paio d'occhiali ed esaminò la stampa a lungo e con attenzione prima di rispondere.

«Sì, credo proprio di sì. Ai tempi lavoravo con mio padre, ma mi sembra di ricordare di aver fatto io lo scatto».

«Ne è sicuro?»

«Diciamo al novanta per cento. Riconosco la mia mano. La macchina dovrebbe essere la stessa che ho adoperato per lei, da atelier, della ditta Lamperti & Garbagnati, un gioiello, se lo si sa usare. Oggi invece c'è chi cerca scorciatoie, ma a me importa soltanto la qualità». Il fotografo sfilò gli occhiali e restituì l'immagine a Grazia. «Come mai le interessa?»

«Sto cercando di rintracciare la famiglia. Lavoro per un notaio e si tratta di un'eredità…».

«Poteva dirmelo subito, non c'era bisogno di farsi fare i ritratti».

«Quelli mi servono davvero, quindi ne ho approfittato».

«Forse conservo ancora nel mio archivio la ricevuta, mi lasci controllare».

Quando l'uomo tornò al bancone, portava con sé un foglietto di carta gialla.

«È fortunata, l'ho trovata subito».

Grazia era stupefatta. «Come ha fatto a reperirla così in fretta? È una fotografia del 1935».

«Guardi qui», disse l'uomo, indicando un numero scritto a mano sotto il timbro. «Questo è il nostro codice per archiviare le fatture, un sistema che ha inventato mio padre. In questo modo siamo sicuri di non perdere nulla».

«Fenomenale», commentò Grazia, impressionata. «Dovrei spedirle qui il mio capo, perché impari a fare lo stesso».

Il fotografo rise.

«Cosa vuole sapere?»

«Conosco il nome del capofamiglia, Francesco Sacchi. Se ci fosse un indirizzo…».

«È proprio il suo giorno fortunato. Ho quanto le serve».

Il titolare prese un foglietto di carta e vi trascrisse la via. «È a un quarto d'ora a piedi da qui», spiegò.

«Conosco un po' la zona», disse lei.

«Le sconsiglio però di andarci da sola», concluse il fotografo, mentre accompagnava Grazia alla porta del suo studio.

«Terrò da conto il suo suggerimento, grazie».

Uscita dal negozio, la giovane si guardò attorno, per recuperare l'orientamento.

Aveva mezz'ora da ingannare: era giorno e il sole splendeva alto in cielo.

"Se mi affretto, posso essere alla casa dei Sacchi prima che faccia buio e non ci saranno rischi".

Grazia non poteva ancora saperlo, ma purtroppo si sbagliava di grosso.

69

La casupola in cui, stando a quanto aveva scoperto, vivevano i Sacchi prima di trasferirsi nell'appartamento delle ossa era in stato di totale abbandono.

"Che ribrezzo".

Non era tanto lo stato attuale di trascuratezza a far inorridire Grazia, quanto l'idea che ai tempi in cui la baracca era abitata le sue condizioni non dovessero essere state molto migliori.

Prima di provare a entrare, la giovane percorse l'intero perimetro e cercò di immaginarsi come dovesse essere vivere lì, in mezzo alla campagna, con il rumore incessante del traffico di via delle Forze Armate poco distante e il puzzo penetrante di letame proveniente dalle cascine sparse nei paraggi.

"Un inferno".

La casa era poco più di una capanna, con un tetto di lamiera che aveva ceduto in più punti. Gli infissi in legno erano mezzi marci, così come l'intelaiatura che sosteneva il soffitto. Quando Grazia spinse la porta d'ingresso, l'odore di umidità la colpì come uno schiaffo. Negli angoli si erano formate chiazze di muffa, che l'esposizione al vento e alla pioggia avevano alimentato.

"Qui non verrebbe a dormire più nessuno", pensò, abbandonando le cautele.

Un rumore attirò l'attenzione di Grazia, che si muoveva cercando di evitare di calpestare i vetri rotti e i calcinacci sparsi sul pavimento. Qualche animale selvatico, topi o forse scarafaggi, era stato spaventato dalla sua intrusione e si era rifugiato all'esterno, sfruttando una fessura tra le assi della parete di quella che sembrava essere stata una camera da letto.

"Non c'è più niente qui".

La baracca era stata saccheggiata a più riprese. I cassetti delle credenze erano stati svuotati, e le ante degli armadi divelte.

Grazia si stupì che dopo quattro lustri di totale abbandono la baracca fosse ancora in piedi. Fino a che il quartiere, che stava crescendo a vista d'occhio, non avesse inglobato anche quella parte di Baggio, era probabile che nessuno se ne sarebbe occupato.

"Non immaginano nemmeno che esista".

La perlustrazione proseguì in quella che doveva essere la sala principale. Non c'era una cucina, soltanto una stufa con un fornello in ghisa completamente inutilizzabile, coperto di muffa e di uno strato di polvere nera così incrostato che nessuno avrebbe potuto rimuoverlo. Un quadro alle pareti era l'unico superstite dello scempio che aveva coinvolto quelle quattro mura.

"Una foto".

Facendo attenzione a non tagliarsi con i frammenti della cornice, Grazia la estrasse e la osservò. Era la stessa fotografia che Mario aveva trovato in casa della Copernico, stampata però in un formato più grande. Nonostante le macchie marroni dovute all'acqua colata sulle pareti, i volti erano meglio riconoscibili.

Il padre e la madre sorridevano in camera.

Chissà se il fotografo aveva usato anche con loro il trucco di contare fino a tre, ma di scattare al due.

I due figli, fratello e sorella, erano due bei bambini.

Il volto di lui, un adolescente dal volto paffuto e dall'espressione triste, non le disse niente, fu quello di lei però a colpirla.

Lo aveva già visto e sapeva dove.

Doveva dirlo subito a Mario: quella scoperta poteva costituire una svolta importante nelle loro ricerche.

"Tu vieni con me", si disse Grazia e infilò l'immagine nella borsa.

Fece per voltarsi e andarsene, quando udì un rumore improvviso dietro di sé.

Qualcuno aveva chiuso la porta di scatto: con violenza.

«Chi va là?», domandò la ragazza. La sua voce tradì il timore. In quel preciso istante si pentì di essere andata lì da sola, senza avvisare nessuno circa le proprie intenzioni.

Mosse un passo in avanti, ma fu subito costretta a retrocedere.

La porta aveva preso improvvisamente fuoco e le fiamme si stavano propagando lungo le pareti, fino al tetto.

Accerchiata dal calore, Grazia riuscì soltanto a pensare che si era cacciata in quella trappola da sola e che ora non sapeva come sfuggirne.

"Sono spacciata", pensò, poi cominciò a gridare disperata, in cerca d'aiuto.

Nessuno, però, poteva udirla.

70

Nell'arco di pochi istanti il legno aveva preso fuoco come un fiammifero e anche il tetto della baracca era avvolto dalle fiamme. Le lamiere, bruciando, iniziarono a deformarsi, emettendo un rumore assordante che ricordava un canto di morte.

«Aiuto!».

Nonostante Grazia si stesse sgolando, rintanata nell'unico angolo che ancora non era stato raggiunto dall'incendio, non ricevette risposta.

Quel luogo, si maledisse, era troppo isolato.

L'esplosione dei vetri dell'unica finestra ancora intatta le strappò un altro grido.

«Sono qui! Sono dentro! Aiuto!».

La ragazza si guardava attorno e, prima che fosse tardi, afferrò una tenda ancora umida per le piogge degli ultimi giorni. Vi si avvolse, ben conscia che quel riparo non l'avrebbe protetta a lungo.

«Aiuto!», urlò ancora, e quella fu l'ultima possibilità che ebbe di farsi sentire.

Il fumo che invadeva la casupola le entrò in gola e poi nei polmoni, strozzandole le corde vocali, rubandole ogni residua speranza.

Cominciò a tossire e rantolare su un fianco.

Gli spasmi erano così violenti che le scossero il corpo.

Era così che spirava chi finiva asfissiato?

Grazia sperò, in un ultimo istante di lucidità, di poter morire soffocata, prima che le fiamme la raggiungessero e infierissero sul suo corpo, sulla sua pelle, divorando la carne viva.

Il rumore del legno mangiato dal fuoco la spaventò a tal punto che la giovane perse il controllo dei muscoli, delle viscere e della vescica. Riuscì a spostarsi su un fianco per vomitare. Il liquido viscoso che espulse le ferì il palato, come se si trattasse di un groviglio di spine e non dei resti del pranzo.

"Aiuto", mormorò mentalmente Grazia, sempre più agonizzante, gli occhi spalancati così come la bocca in un'espressione di terrore muto. "Aiuto", ripeté nella testa, consapevole di essere prossima a perdere i sensi.

Chiuse gli occhi arrossati a causa del fumo e provò disperatamente a inalare l'aria che non c'era più. La baracca era invasa dal fuoco. Una parete crollò e un lampo di luce le inondò il cervello. Si era formato un varco, ma era irraggiungibile, le fiamme si ergevano tra lei e la salvezza, come un muro.

Grazia pianse lacrime che subito si seccavano per il calore eccessivo.

Il suo pensiero andò alla madre, a suo padre, che non avrebbe rivisto mai più, quindi a Mario, che tanto avrebbe voluto abbracciare.

La nostalgia dei baci e il pensiero del calore del corpo del suo amato la tennero sveglia ancora qualche istante, che divenne interminabile.

Ma alla fine Grazia crollò inerme al suolo e sprofondò in una notte buia priva di stelle.

71

Una serie di lampi, come il flash del fotografo, illuminò la pece in cui era intrappolata.

Voci, volti, occhi. Mani che si protendevano.

Scosse.

Il corpo che non reagiva.

La sensazione di nausea.

Voglia di alzarsi e di mettersi a correre. Sudore sui muscoli, che si solidificava e si trasformava in una resina collosa che bloccava i movimenti e li rendeva sempre meno fluidi.

La forza necessaria per ribellarsi; poi un senso di spossatezza a cui non era possibile opporsi.

La resa.

«Resta giù, non muoverti».

Luce, tenebra: ombra, chiaroscuro.

Grida, stridule e lontane, ma sempre più forti. Un crescendo di urla disperate e selvagge.

I pugni che si strinsero, che colpirono l'aria, fendendo il vento.

Nulla assoluto. Apatia.

Il crollo nervoso fu un boato. Un rumore come di un trapano: costante, fastidioso.

Penombra, buio.

Puntini rossi insinuati sotto le palpebre, come formiche.

Odore di carne in putrefazione.

Le ossa nascoste dietro la parete, i bossoli.

Una fotografia in bianco e nero che diventava cenere.

«Dobbiamo bloccare la colonna».

Un dolore lacerante, dall'inguine fino al cervello.

La sensazione dell'assenza di gravità.

Mormorii lontani. Sussurri vicini.

Un disperato bisogno di bere. Acqua. Acqua fresca.

Nero. Carbone. Il lato più oscuro della luna.

E di nuovo: lampi, sottili, pungenti come spilli. La luce che colpiva, che stordiva, che la fece stramazzare.

«Liberatela dalla coperta, ma piano».

Delle dita, il contatto di pelle fresca. Delle voci, il tentativo di cogliere il significato di frasi sconnesse. Occhi aperti, poi chiusi. Un martello nel cervello. Voglia di spalancare la bocca, ma nessuna connessione attiva tra sinapsi e articolazioni.

Un suono cupo, basso, come un fischio continuo.

Qualcosa di spiacevole contro l'epidermide. Sangue, sudore. Rabbia.

Le palpebre su e giù, come una tapparella impazzita, che non vuole sapere la differenza tra sera e mattino.

Una canzone melodica, una voce in napoletano.

«Mario, sei tu?».

Le rime di Domenico Modugno, volare nel blu dipinto di blu.

Ricordi, sensazioni. Odio, amore, violenza. Paura.

«Sei di nuovo con noi».

«Come stai?»

«Ti ricordi come ti chiami?»

«Lasciatela respirare».

«Maschera dell'ossigeno».

«Polso regolare».
Il risveglio.
«Le pupille sono a posto».
«Bisogna intubare?»
«Aspettiamo di essere al pronto soccorso».
«Hai avvisato la centrale?»
«Che preparino una lettiga e tengano in allerta la sala operatoria».
«Le condizioni sono stabili».
Grazia aprì gli occhi e provò a succhiare l'aria, disperatamente, ma i suoi polmoni erano bloccati. Inspirò e il calore del fuoco le bruciò il cervello. Cercò di capire dove fosse.
«Un attacco di panico».
Medici che si affannavano intorno a lei. Il rumore di un'ambulanza a tutta velocità.
«Ce la fai, sei in buone mani».
Qualcuno le strinse le punte delle dita. Avrebbe voluto rispondere a quel contatto, ma non ci riuscì.
«Non ti arrendere».

72

«Non può parlare, le ustioni sono leggere, ma ha inalato molto fumo. Non deve sforzare le corde vocali».

«Ma… sta bene?»

«Sì, è stata fortunata, siamo intervenuti in tempo».

Mario strinse la mano del dottore che era appena uscito dalla stanza in cui era stata ricoverata Grazia.

«Dottore, le sono debitore».

«Senza di lei sarebbe morta, è suo il merito».

«Io non ho fatto nulla», disse De Luca, ripensando alla baracca in fiamme e al momento in cui aveva udito le prime urla di Grazia. «Posso vederla?»

«Sì, ma non la faccia affaticare, mi raccomando».

Il geometra bussò alla porta della stanza 217 e una voce femminile lo invitò a entrare.

La visione di Grazia, immobile, a letto, gli occhi socchiusi e la maschera dell'ossigeno sulla bocca, lo paralizzò sull'uscio.

«Prego, entri», disse un'infermiera che stava controllando la flebo. «Prenda una sedia e si accomodi. Non si sieda sul letto, per favore».

«Io… sì, grazie», disse Mario, che per la prima volta in vita sua metteva piede in un ospedale. «Come sta?»

«Molto meglio di quel che sembra. Ora è sotto sedativi, ha bisogno di riposare. Un paio di giorni e tornerà come nuova».

«Le rimarranno dei segni?».

L'infermiera sorrise. «No», poi aggiunse, «è una ragazza molto bella e lei deve considerarsi fortunato».

«Lo so», rispose lui, poi lo ripeté a sé stesso: "Lo so".

Mario tornò a osservare Grazia. Immobile, avvolta con cura nelle coperte, sembrava dormire il più sereno dei sonni, quello che a lui mancava ormai da troppo tempo, da quando quella brutta storia era cominciata.

"È stato un miracolo".

Era giunto di fronte alla baracca nei pressi della cascina Caldara proprio quando l'incendio era divampato.

Quello che Mario si chiedeva era come ci fosse arrivata lei. Non le aveva rivelato l'indirizzo scoperto grazie a Elisa Torriani. Lo aveva evitato di proposito. Era rischioso e non voleva mettere in pericolo Grazia.

Per questo motivo, dopo la giornata in cantiere, aveva deciso di fare un primo sopralluogo da solo. Da lontano lo squallore della casupola abbandonata lo aveva portato ad abbassare ogni difesa. Quando si era avvicinato, aveva udito un crepitio. Prima i guizzi delle fiamme, quindi il fumo che usciva dalle pareti in rovina e dalle finestre infrante lo avevano convinto a fermarsi.

Era indietreggiato fino alla strada, aveva fermato un'automobile e aveva gridato che chiamassero i pompieri. L'autista l'aveva ignorato. Così non aveva fatto il conducente del tram 18, che aveva promesso di attivare subito i soccorsi.

Mario era tornato indietro, fino all'uscio, tenendosi a distanza di sicurezza, indeciso se provare a entrare, prima che l'incendio distruggesse ogni eventuale prova residua e bloccasse di nuovo l'indagine in un vicolo cieco.

Soltanto allora aveva udito le urla.

"Grazia?".

Era la sua voce, l'aveva riconosciuta subito.

Accecato dal panico, il geometra era scattato e aveva corso tutt'intorno al perimetro, alla ricerca di un varco da cui poter trarre in salvo la sua amata: ma erano tutti ostruiti dalla barriera di fuoco.

Mario si era accasciato, disperato testimone dell'affievolirsi dei lamenti di Grazia, finché questi non erano divenuti così bassi da perdersi tra i crepitii.

"Devo fare qualcosa!".

Con un gesto istintivo, De Luca aveva afferrato un grosso sasso, per scagliarlo contro una delle poche finestre i cui vetri erano ancora intatti. Al clangore erano seguiti esplosioni e lingue infuocate. Voleva che almeno il fumo potesse trovare un'ulteriore valvola di sfogo verso l'esterno.

«È stata una buona idea», aveva commentato il capo dei pompieri, quando insieme ai suoi uomini aveva domato il fuoco e fatto chiamare un'ambulanza perché Grazia potesse essere soccorsa. «Se si salva, come spero, sarà per merito suo».

Invece il senso di colpa, adesso, mentre studiava la figura immobile davanti a sé, era sempre più grande.

"Non dovevo trascinarti nell'indagine".

Era stato lui a metterla in pericolo. Grazia aveva quasi pagato con la propria vita quella leggerezza da parte sua.

«Non me lo perdonerò mai», sussurrò, mentre prendeva la mano della giovane, facendo attenzione a non toccare l'ago della flebo fissato con dei cerotti sul dorso.

«Cosa non si perdonerà mai?».

La voce alle sue spalle lo sorprese.

«Chi è lei?».

Mario De Luca si voltò e si trovò a fronteggiare un uomo dalla statura imponente e dal cipiglio fiero, al cui fianco figurava una versione invecchiata di Grazia.

«Sono suo padre», disse l'uomo. «Lei?»

«Mario De Luca, geometra. Forse sua figlia le ha accennato qualcosa di me».

«No», disse l'altro, poi chiese conferma con lo sguardo alla moglie, che scosse la testa, «non mi pare».

«Sono un caro amico di sua figlia».

«Mi può spiegare cosa sta succedendo? Come mai Grazia era in quella baracca che ha preso fuoco? I vigili del fuoco mi hanno spiegato le circostanze, ma non riesco a capire».

Il padre di Grazia era molto educato, ma l'accento di Mario, marcato dal suo nervosismo, l'aveva visibilmente indisposto. Il napoletano spiegò a grandi linee l'accaduto, sorvolando sulle ossa ritrovate e sull'indagine che lui e la ragazza conducevano in segreto. Ne risultò una storia zoppicante, piena di lacune e contraddizioni che rese il padre della sua fidanzata ancora più ostile nei suoi confronti.

«Lei non può stare qui», concluse, «non è parte della famiglia. Esca, per favore».

De Luca chinò il capo e offrì la mano all'altro, che la ignorò, quindi uscì dalla stanza.

Lì c'era qualcuno ad attenderlo.

Qualcuno dall'aspetto altrettanto cupo.

73

«Vieni, Mario, che ti devo parlare».

La voce seria e il fatto che per la prima volta da quando l'aveva conosciuto Ciro non lo chiamasse Bagnoli fecero preoccupare De Luca.

«Seguimi».

Il poliziotto andò in una saletta dedicata alla pausa delle infermiere, mostrò il tesserino e chiese se potessero rimanere lì qualche minuto. Le due donne annuirono poco convinte e si chiusero la porta alle spalle, lanciando a Mario un paio di occhiate incuriosite.

«Che succede, Ciro?»

«Nu' casino. In che guaio ti sei messo?»

«Non capisco».

«Ti spiego», disse Ciro, che non era arrabbiato, ma teso come un nervo infiammato. «Qua si stanno muovendo i pezzi grossi per la polvere che state sollevando».

Lo sguardo di De Luca era sinceramente stupito. «Davvero non so di che parli».

«Allora, io ho fatto qualche domanda, come mi hai chiesto tu».

«Sul Moro?»

«E già. Nell'archivio non c'è traccia di lui, nemmeno una scheda con nome e cognome. È strano, però ho pensato che a un fascista in tempo di guerra forse era meglio farlo sparire nel nulla».

La stessa ipotesi che aveva formulato il rabbino quando aveva raccontato dei tentativi falliti di rintracciare il poliziotto responsabile di così tanti rastrellamenti.

«Quindi non hai trovato niente?»

«Aspetta, ora ti dico meglio». Ciro si alzò, andò al fornelletto e, dopo aver riempito la moka, come se fosse a casa sua, preparò un caffè per sé e uno per Mario. «Ne hai bisogno, hai una faccia...».

«Non è niente», disse il geometra, «lo spavento».

«Mo' arriviamo pure a quello che è successo a Grazia. Una cosa alla volta».

I due bevvero in silenzio. Il tepore del caffè diede loro una piccola scossa.

«Allora», riprese il poliziotto, «come ti dicevo, io ho cercato un po', però è strano che non ci sta proprio niente, mi sono detto, e allora ho cominciato a chiedere ai colleghi più anziani. Qualcuno di loro a quei tempi era solo un pivellino e non m'ha saputo dire molto, ma mi hanno indicato un nome, un ex ispettore che a quanto dicono ce l'aveva a morte con questo Moro e per questo motivo era stato trasferito in Sicilia e poi prepensionato con una scusa».

«Vive a Milano?»

«Sì, l'ho chiamato e m'ha detto un po' di cose, ma non voleva parlare al telefono, dice che lo stanno spiando». Ciro portò un dito alla tempia. «Mi è sembrato un poco paranoico, comunque ti ho fissato un appuntamento, così ti racconta lui bene».

«Grazie, sei un vero amico. Come posso ringr...».

«Aspe', aspe'. Calmati nu' momento». L'agente tornò al fornelletto e si servì un secondo caffè. «Il bello viene ora».

Mario attese paziente che l'altro riprendesse a raccontare.

«Nemmeno un'ora che ho parlato con i colleghi e ricevo una telefonata. Non indovini da chi?».

De Luca scosse la testa.

«Il magistrato Mazzoleni, che mi chiede se mi piace l'idea di andare a fare l'archivista ad Aosta».

«Come?»

«Proprio così. Era incazzato nero. Mi ha detto di occuparmi dei miei incarichi e di non impicciarmi di quello che non m'interessa».

In sintesi, rifletté Mario, le stesse parole usate dalla vedova Copernico e dal notaio Rossignoli de Sio.

«Hai pestato i piedi sbagliati, Bagnoli. Dai retta a me, lascia perdere».

Mario De Luca inspirò a lungo, quindi prese il bicchierino di caffè ancora pieno dell'amico e lo svuotò in un sorso.

«Ora ti racconto tutto quello che ho scoperto per filo e per segno, così capisci perché non posso più fermarmi».

Mario raccontò tutti i dettagli, senza omettere nulla.

«Maronn', che casino», fu il commento finale del poliziotto.

«Siamo vicini a capire cosa sia accaduto quella notte del 1942 e dietro ci sono persone potenti, che vogliono fermarci. Ma dopo quello che è successo nella baracca, dopo che Grazia è quasi morta per causa mia...».

«E che colpa tieni tu? Lei è andata lì di sua volontà».

«Sì, ma è lo stesso posto che avevo scoperto io».

«Come ci è arrivata lei?»

«Non lo so, devo aspettare che si svegli per chiederglielo».

«Mario, a maggior ragione devi fare attenzione». Ciro si guardò a lungo le scarpe lucidate, prima di dire: «Io ho parlato con i pompieri. L'incendio non è stato un caso».

«Cosa vuoi dire?»

«Che hanno trovato tracce di benzina. L'hanno appiccato di proposito».

«Intendi che...».

«Eh sì, Bagnoli, l'incendio è di natura dolosa, non ci sono dubbi. Chiunque sia stato, è andato lì perché voleva distruggere le prove e farle andare in fumo».

Mario era impallidito. «Ma quando si è trovato sul posto ha visto che dentro c'era qualcuno... Grazia...».

Ciro annuì. «Non s'è fatto scrupolo. Senti a me, fatti da parte. Chi ha appiccato il fuoco sapeva quello che faceva e voleva chiudervi la bocca. Per sempre».

74

Mario accompagnò Ciro fino all'auto di servizio.

«Ma tu come mai sei venuto fin qui?», chiese De Luca al poliziotto.

«Ho letto il nome di Grazia sulla velina del pronto intervento e mi sono preoccupato».

Per un momento il geometra si chiese se la sua fidanzata avesse avuto ragione, quando gli aveva detto di non fidarsi di nessuno, nemmeno di Ciro. Chi poteva avvisare il magistrato di quello su cui stavano indagando? Mario ne aveva parlato a pochissime persone, ma l'unica che avesse un contatto diretto con il giudice era proprio il poliziotto. Il tono minaccioso della voce, il modo in cui voleva metterlo in guardia, l'insistenza con cui Ciro gli suggeriva di lasciar perdere l'indagine: tutto poteva risultare estremamente sospetto.

«Andiamo, Bagnoli, ti accompagno a casa».

E ora, capito che Mario non si sarebbe tirato indietro, cosa avrebbe potuto fargli?

«Non lo so, forse è meglio se cammino un po'».

«Non stare a pazziare, ti porto in macchina. È tardi, è buio, dove vuoi andartene a piedi?».

Cosa potevano avergli promesso, per convincerlo a passare dalla loro parte? Denaro? Forse. Una promozione, magari il ritorno a Napoli? Più probabile.

Mario rabbrividì, mentre cercava di allontanarsi dall'auto.

«Sei sconvolto, forza, monta a bordo».

Vedendo che si incamminava in direzione opposta, senza salutare, il poliziotto avviò il motore e si affiancò a De Luca.

«Ma che ti prende? Sei uscito di testa? Andiamo a berci una birra, che ne dici?»

«Ora no, Ciro. Scusa, ma voglio stare solo».

«Senti a me, ora è quando ti serve un amico. Andiamo a berci una cosa, chiamo il collega che sa del Moro e andiamo a parlargli insieme, va bene?».

Mario si fermò e fissò il volto serio dell'altro.

Se Ciro lo aveva tradito, non aveva più scampo. Dove avrebbe potuto nascondersi, un napoletano a Milano, senza contatti né amicizie? Tanto valeva stare al gioco e vedere dove lo avrebbe portato quella mano di carte.

Il geometra girò intorno alla macchina e aprì lo sportello del passeggero.

«Va bene, dai. Una birra sola, però. E poi andiamo dal tuo ex collega».

Le medie alla spina divennero tre, accompagnate da un panino e due caffè.

La tensione che aveva reso Mario paranoico si sciolse di fronte all'atteggiamento solare di Ciro, che si riconquistò la fiducia dell'amico in un battibaleno.

L'ex ispettore che li ricevette nonostante la tarda ora, al contrario, era cupo in volto e poco propenso a credere alle buone intenzioni dei due.

«Chi siete?»

«Mi chiamo Francesco Laraia, sono agente scelto, questo è il mio tesserino di servizio».

Il padrone di casa fissò a lungo il documento prima di restituirlo. Soltanto quando Ciro fece il nome della persona che lo aveva indirizzato lì, l'altro sembrò rilassarsi per un momento.

«E quest'altro qua?»

«Geometra Mario De Luca», lo presentò Ciro. «È lui che è sulle tracce del Moro».

«Se volete che vi dica qualcosa, dovete prima convincermi che non siete delle spie della Questura».

Mario abbozzò il suo miglior sorriso, si chiese quanto della propria storia dovesse rivelare e decise di conseguenza che soltanto con la massima sincerità avrebbe potuto conquistarsi la fiducia dell'ex ispettore per ottenere informazioni utili a concludere l'indagine.

«Sarà un racconto lungo», annunciò. «Si metta comodo».

Quando De Luca ebbe terminato di spiegare com'era arrivato sul luogo dell'incendio, le rughe che increspavano i lineamenti del poliziotto sembravano meno marcate dalla preoccupazione.

Quella che gli pose era una domanda che Mario si era sentito rivolgere già fin troppe volte: «Ma tu perché vuoi trovare il Moro?».

Il geometra fissò con decisione l'altro negli occhi e, senza distogliere lo sguardo, disse: «È iniziato quasi come un gioco, come una sfida, poi l'ingiustizia subita da quei tre poveri cristi ha cominciato a non darmi pace, a tormentarmi. Ma ora… dopo quello che è successo a Grazia… be', adesso io devo sapere chi è stato. Deve pagare».

«Molto bene. Se sei deciso ad andare fino in fondo, preparati a sentire una storia peggiore della tua. Cominciata subito dopo la guerra, quando qualcuno a Roma decise che si doveva fare pulizia nei ranghi del corpo e, nello stesso tempo, qualcuno a Milano cominciò a temere che la polvere che si stava sollevando lo avrebbe sporcato».

L'ex ispettore preparò dei bicchieri pieni di whisky per sé e per gli ospiti e li posò sul tavolino di fronte a loro. Lui si accomodò sulla poltrona, Mario e Ciro rimasero sul divano in pelle.

«Questo qualcuno di Milano», riprese a raccontare, «era il capo del Moro e insieme a lui era responsabile di un sacco di schifezze ai danni degli ebrei, ma non solo».

«Erano anni difficili», intervenne Ciro. «La guerra, il Fascismo, le leggi razziali».

«Quello potrei anche capirlo, per quanto non mi piaccia». Il padrone di casa bevve un lungo sorso di liquore, sospirò, quindi fece ruotare la testa per sgranchire i muscoli del collo. «Ma qui parliamo d'altro. Questi due con la politica non avevano niente da spartire. Erano corrotti e volevano semplicemente arricchirsi. Hanno usato il paravento del Fascismo per coprire le loro malefatte».

«Quindi è per questo che hanno fatto sparire tutti gli incartamenti relativi a quell'epoca?»

«Non solo. Hanno cambiato nome e si sono dati alla fuga. Uno, il Moro, è rimasto in esilio, rintanato chissà dove come il ratto di fogna che era, l'altro però è rientrato in Italia dopo qualche anno, quando tutti si erano dimenticati di lui. Ed era ricco da far schifo, con tutto quello che aveva rubato. Non gli ci è voluto molto per tornare a occupare un posto di potere, stavolta in un ministero, e per sistemare i suoi figli. Uno è avvocato, l'altro è diventato a sua volta un pezzo grosso».

Mario e Ciro avrebbero voluto chiedere nome e cognome, ma sapevano di dover aspettare che l'ex ispettore si decidesse a rivelarli.

«Mi sono giocato la carriera per colpa loro. Sul Moro non sono riuscito a sapere molto, ma sull'uomo che lo ha coperto purtroppo sì. Hanno cercato di comprarmi. Mi hanno trasferito, mi hanno minacciato. Poi mi hanno declassato, mi hanno cacciato dal corpo di polizia, con una pensione da fame. Oggi vivo in questo buco perché me lo hanno concesso loro, come se fosse un regalo. Ma io sono stanco di tacere. Se volete ascoltare, vi dico tutto, compresa la nuova identità di quella carogna. Sappiate però che è un intoccabile e che se scopre che siete sulle sue tracce vi renderà la vita impossibile, come fece con me».

«Oppure proverà a eliminarci, come ha cercato di fare con Grazia».

«Esatto», disse l'ex ispettore.

«Il nome», disse Mario. «Voglio sapere quel nome».

Quando lo udì, un brivido freddo gli paralizzò tutti i muscoli.

75

I pompieri si stavano ancora affannando per liberare il luogo dalle macerie e domare gli ultimi focolai dell'incendio. La baracca era implosa su sé stessa, con un boato.

«Indietro tutti!», gridò uno degli uomini in divisa, impugnando la manichetta.

«La struttura cede».

Così fu. La lamiera annerita e deformata dal fuoco si accartocciò come una foglia secca; le assi che formavano le pareti si piegarono, poi si spezzarono; le poche tegole residue si frantumarono al suolo come chicchi di grandine; quel che restava della porta crollò e si disfece, letteralmente, trasformandosi in spessi grumi di massa scura.

«Spostate i rottami», disse il comandante. «Impilateli ai due lati».

I suoi uomini obbedirono.

«Capo, venga qui».

Una voce richiamò l'attenzione del graduato, che colmò in pochi passi la distanza che lo separava dal pompiere che lo aveva chiamato.

«Cosa c'è?»

«Forse mi sbaglio, ma mi sembra che qui sotto ci sia qualcosa».

Il comandante si chinò, rovistò nel cumulo di detriti con l'anfibio, quindi avvertì un altro dei suoi.

«Porta una vanga, dobbiamo fare pulizia qui».

Due pompieri, entrambi molto giovani, accorsero.

«Scavate qui, dove c'è quell'ammasso di macerie».

I due si misero all'opera, ligi al dovere.

«Cos'è quel rigonfiamento?»

«Sembrano vestiti, capo».

«Fate piano, dissotterrateli con cautela».

Il comandante si avvicinò al punto in cui i due stavano scavando, per provare a capire cosa ci fosse là sotto.

«Capo», disse il più giovane dei due. «Un problema».

«Cos'avete trovato? Non perdiamo tempo, devo cominciare a preparare il rapporto».

«Bisogna chiamare la polizia».

Il secondo pompiere completò la frase: «Qui sotto c'è un cadavere».

76

Quando Grazia aprì gli occhi, la prima cosa che vide fu Mario addormentato su una sedia ai piedi del letto.

La giovane fece un primo tentativo di pronunciare il suo nome, ma la maschera che indossava le impediva di esprimersi. Il bruciore alla gola era fortissimo.

Provò a spostare la maschera di gomma, ma era ancora troppo debole. I tubicini delle flebo le bloccavano mani e braccia. Il panico s'impossessò di lei, fino al momento in cui vide, vicino al suo indice destro, il pulsante per chiamare le infermiere. Lo premette immediatamente.

«Tutto bene?».

Mario si era svegliato di soprassalto.

Notò lo sguardo disperato di Grazia e le si avvicinò.

«Non parlare», le disse, «hai respirato molto fumo».

«Acqua», biascicò lei.

«Ci penso io», intervenne un'infermiera, che era accorsa.

Disinserì l'allarme, quindi versò da bere e aiutò Grazia a mandare giù l'acqua a brevi sorsi.

«Piano, altrimenti ti soffochi».

I colpi di tosse che squassarono il petto della ragazza spaventarono Mario, il quale temeva che, al contrario di quanto gli avevano comunicato i dottori, i danni dovuti all'incendio fossero più gravi del previsto.

«Vuoi che telefoni ai tuoi genitori?», chiese l'infermiera.

«No».

Grazia indicò Mario.

«Avvicinati».

De Luca obbedì, mentre teneva la mano della ragazza.

«Vi lascio soli», disse l'infermiera con fare amorevole, «ma mi raccomando, niente sforzi. Quando senti che la gola ti si chiude, devi rimettere la maschera».

«Ci penso io», la rassicurò Mario.

«Sono in corridoio, se aveste bisogno di me».

I due ringraziarono la donna con lo sguardo, quindi attesero che uscisse prima di scambiarsi un rapido bacio.

«Come stai?», chiese lui.

«Non riesco a parlare molto».

«Non sforzarti. Vuoi l'ossigeno?»

«No, aspetta. Devo dirti una cosa». Grazia si fece dare ancora un po' d'acqua, tossì di nuovo, ma stavolta in maniera meno violenta, quindi fissò Mario. «Nella baracca ho scoperto qualcosa d'importante».

«Come sei arrivata fin lì?», la interruppe lui, impaziente. «Ti avevo detto che poteva essere pericoloso, per questo non ti ho voluto dare l'indirizzo».

«Di cosa parli?», domandò Grazia, la voce arrochita dall'infiammazione. «Quella era la casa dove viveva Maria Teresa Copernico con la sua famiglia prima di trasferirsi nell'appartamento delle ossa».

«Non è possibile», disse Mario. «Ne sei sicura?»

«Ho trovato una foto, la stessa che tu hai rinvenuto nell'armadio della vedova. Soltanto più grande. C'erano loro quattro».

«Che foto?»

«Nella mia borsa», disse lei.

Mario scosse la testa. «È andata bruciata nell'incendio».

«Maledizione. Era la stessa foto che ha scattato il fotografo nel 1935. C'erano tutti e quattro, madre, padre e i due figli. Ma qui si vedevano meglio i volti. La ragazza… l'ho riconosciuta».

Mario guardò Grazia con occhi lucidi. Non voleva farla affaticare, ma sentiva che quello che gli stava dicendo era troppo importante. Si passò la lingua sul labbro e attese.

«Era Albertina. La bambinaia dei Ferrari è la figlia di Maria Teresa Copernico».

In quel momento Mario ebbe la certezza che i tre cadaveri appartenessero ai Ferrari. Non era un caso che la bambinaia fosse scomparsa: doveva essere responsabile tanto quanto i genitori di quello che era successo nel 1942, quando i tre ebrei erano stati condannati a morte.

77

Mario raccontò a Grazia di come Elisa Torriani avesse riconosciuto il Moro dalla fotografia del rabbino e che grazie a un ritaglio di giornale era riuscita a identificare la baracca dove viveva il carnefice con la sua famiglia.

«Vuoi dire che...».

«Ti ricordi come Maria Teresa Copernico ha detto che si chiamava suo figlio?».

Grazia era stanca, eppure tenne duro e fece ricorso alle ultime energie per riportare quel nome alla memoria.

«Sì», disse infine e le si illuminò il viso. «Ludovico...».

«...il Moro», le fece eco Mario.

«Come il nobile milanese. Ingegnoso, come abbiamo fatto a non pensarci prima? Ed era suo figlio?»

«Sì. Per questo motivo si è interessato personalmente dei Ferrari, nonostante fossero dei pesci troppo piccoli per uno del suo calibro».

«Tutto torna», sussurrò Grazia.

«E c'è dell'altro».

De Luca le raccontò dell'incontro con l'ex ispettore, di come la sua carriera fosse stata stroncata dall'uomo che proteggeva il Moro.

«Chi è quest'uomo?»

«Lo conosciamo purtroppo».

«Il nome», disse Grazia, i cui occhi si stavano chiudendo. Con un gesto della mano fece capire a Mario che aveva bisogno dell'ossigeno.

Prima, però, pretese un lungo bacio, che diede forza a entrambi. «Il nome», ripeté, mentre si sistemava la mascherina sulla bocca.

«Il nome di allora è ininfluente. Quello che conta», spiegò Mario, «è la nuova identità».

La ragazza lo fissava, lui non sapeva se quell'informazione avrebbe potuto metterla in pericolo. Era già successo una volta e Grazia era quasi morta: come poteva permettersi di correre lo stesso rischio?

La giovane gli strinse la mano.

Meritava di sapere, si disse lui, aveva lottato al suo fianco fino a quel momento; e se erano arrivati a una svolta nelle indagini era anche grazie al suo impegno.

«Devi promettermi che non lo dirai a nessuno. È un uomo pericoloso. Giuramelo».

Grazia annuì. Compose con le labbra le lettere che formavano la parola *chi*.

Fu il turno di Mario di fare sì con la testa.

«Va bene», disse. «L'uomo che era responsabile insieme al Moro di quelle deportazioni è il padre di una persona che abbiamo conosciuto. Dopo la guerra è fuggito all'estero per sottrarsi al processo che lo attendeva. Lì ha cambiato nome e grazie ai suoi contatti ha ottenuto nuovi documenti. È rimasto in esilio il tempo necessario perché la storia e i giudici si dimenticassero di lui, quindi è rientrato. Ad attenderlo c'era una poltrona al ministero. Per un uomo che era stato molto potente e che adesso era tanto ricco fu un gioco da ragazzi recuperare il tempo perduto».

L'ex ispettore aveva spiegato come gran parte delle delazioni che avevano ricevuto quell'uomo e il Moro in tempo di guerra altro non erano che pretesti. I due ordinavano l'uccisione delle loro vittime, che spesso non erano nemmeno ebrei, e s'impossessavano dei beni dei defunti. La politica non c'entrava niente, si disse Mario, mentre raccontava tutto a Grazia: era soltanto una faccenda di denaro.

«Per questo motivo i Ferrari non risultavano negli archivi del rabbino. Perché quasi sicuramente non erano giudei. Il Moro colpiva di solito bersagli più importanti, ma i suoi genitori erano gente povera e lui ha approfittato della situazione per toglierli da quella baracca in cui vivevano come topi».

Un trucco perfezionato, alimentato dall'approvazione delle leggi razziali fasciste, ma rovinato, pochi anni dopo, dall'armistizio.

«Nessuno ha mai scoperto la vera identità del Moro… fino a oggi. Si chiamava Ludovico Sacchi. Chissà dove sarà finito, sotto falso nome».

Mario De Luca si ripromise di condividere quelle informazioni con il rabbino.

«Nessuno ha mai svelato nemmeno il volto del suo mandante. Tranne quando è rientrato in Italia».

Come tutti gli uomini di potere si era fatto dei nemici, che era riuscito a mettere a tacere. Ciò nonostante qualche dettaglio era venuto alla luce.

«Fino a poco fa viveva a Roma. Prima di morire di cancro ha sistemato entrambi i figli. Uno è avvocato, l'altro lavora nella magistratura».

Gli occhi di Grazia si illuminarono.
«Hai indovinato», confermò Mario, stringendole più forte la mano, «il primogenito dell'uomo che fu il capo del Moro è proprio il giudice Mazzoleni».

78

Il giorno dopo, al cantiere, Mario non riusciva a liberarsi da una ragnatela di pensieri che lo perseguitavano.

La nottata precedente lo aveva messo a dura prova e ora stava ancora elaborando tutte le informazioni ricevute.

Mentre pensava a come Maria Teresa Copernico li avesse ingannati per l'ennesima volta, manovrandoli come burattini pur di riuscire a farsi passare per un'innocente vedova, fu travolto da un'ondata di nausea.

"Sapeva tutto", si disse, "ha mandato sua figlia Albertina a lavorare dai Ferrari per ottenere informazioni sulle ricchezze della famiglia, quindi insieme al figlio ha organizzato la loro esecuzione".

Un'orribile congiura in cui la signora non figurava più come benefattrice pentita per gli errori del marito, ma come una spietata aguzzina, complice di Francesco Sacchi, le cui mani erano macchiate di sangue tanto quanto quelle del figlio.

"Non può finire così", si ripromise De Luca.

In quel momento delle grida alle sue spalle lo strapparono ai suoi pensieri.

Calogero Niscemi era scivolato e aveva colpito Ficara a una gamba con il martello pneumatico. Il calabrese si teneva l'osso spezzato in due e non riusciva a contenere il dolore che lo stava uccidendo.

«Un'ambulanza, subito!», gridò Mario, accorrendo.

Calogero piangeva e teneva la testa dell'amico.

«Mi dispiace, minchia, mi spiace».

Ficara era pallido e in stato di shock.

«Andrà tutto bene», li rassicurò il geometra. «Ora viene l'ambulanza. Te la rimettono a posto la gamba, Fica'».

«Posso andare con lui?», chiese Niscemi.

Mario annuì, comprendendo i sensi di colpa che attanagliavano il siciliano: gli stessi che avevano tormentato lui mentre vegliava sul sonno di Grazia, in ospedale.

«Parlo io con l'ingegnere, tu stagli vicino».

Mentre gli infermieri portavano via Ficara su una lettiga, Mario scese e raggiunse l'ufficio.

«Che cazzo è successo ora?»

«Un incidente, dottore», disse Mario, «un manovale è rimasto ferito».

«Come si chiama?», domandò Locati, prendendo il registro delle presenze.

«Ficara. Graziano Ficara».

«Bene», disse l'ingegnere e tracciò una riga sul nome del calabrese. «Domani vai in ospedale e gli dici che è licenziato».

«Ma non è giusto, è una vittima, non ha fatto niente di male!».

«Dobbiamo finire i lavori qui al cantiere, siamo troppo in ritardo. Non mi posso permettere un lavoratore a stipendio che non produce. Mi dispiace, è stato sfortunato».

«Non sono d'accordo, dottore, non posso permetterlo».

«Ascolta, De Luca. Te l'ho già detto molte volte, di non tradire la mia fiducia. Capisco il tuo stato emotivo, ma ora te ne torni a lavorare. Abbiamo un palazzo da demolire».

Mario gonfiò il petto. «No».

«Che cos'è, un'insubordinazione?», sbottò Locati. Schiacciò con rabbia la sigaretta nel posacenere e se ne accese subito un'altra.

«No, signore. Sono le mie dimissioni».

«Non fare lo stupido, se te ne vai ora ti rovini la vita. Ti garantisco che nessuno ti offrirà un altro posto di lavoro a Milano».

«Non posso farci niente, mi dispiace. No... stavolta non ci sto, non è giusto».

Mario De Luca non attese la risposta dell'ingegnere, né gli porse la mano, come suo padre gli aveva insegnato a fare.

Semplicemente girò sui tacchi e se ne andò senza salutare.

79

La rabbia che gli si agitava dentro era tale che Mario quasi non udì il trillo del telefono.

Era arrivato in casa pochi minuti prima, si era tolto le scarpe e si era buttato sul letto, con il cappotto ancora addosso.

Avrebbe voluto recarsi in ospedale a trovare Grazia, ma durante l'orario delle visite gli era impossibile, perché era esclusiva dei genitori della ragazza. Aveva corrotto un'infermiera a colpi di scatole di cioccolatini, purché chiudesse un occhio e gli permettesse di sgattaiolare nella stanza 217 dopo che era stata servita la cena.

Mentre osservava il soffitto bianco, Mario dovette frenare il tremito delle mani ficcandosele in tasca. Era disoccupato. Forse, si disse, faceva in tempo a tornare al cantiere e a chiedere scusa all'ingegner Locati. Magari il suo ex capo lo avrebbe ripreso a lavorare alla demolizione del palazzo di via delle Forze Armate, limitandosi a una multa o a una sanzione disciplinare.

"No", si disse, risoluto. "Non deve andare così".

Fu allora che l'apparecchio in soggiorno cominciò a squillare.

La vedova Rossetti non era in casa, Mario ne fu sollevato. Avrebbe dovuto affrontare anche lei, ma ora proprio non se la sentiva. Verosimilmente avrebbe perso la stanza, ora che non poteva più permettersi di pagare l'affitto mensile. Se fosse stato davvero fortunato avrebbe potuto trovare in fretta un altro lavoro, ma la minaccia di Locati, che aveva promesso di fargli terra bruciata intorno, gli pesava dentro al petto come una maledizione.

«Pronto?»

«Bagnoli, sei tu?»

«Dimmi, Ciro».

«Ascolta, non tengo molto tempo. È accaduta una cosa incredibile».

Mario rimase in ascolto, senza commentare.

«Ehi, ci sei?»

«E che è successo mai?»

«Un altro cadavere. Nella baracca in fiamme. L'hanno trovato i pompieri».

«Ma che mi dici?»

«È o' vero, mi devi credere. Ho letto ora il rapporto. C'è qui quello scellerato del giudice, Mazzoleni… maronn', sta con un diavolo per capello».

«Aspetta, Ciro, non capisco. Riparti da capo e spiegami tutto dal principio, se no mi confondi e basta».

«Allora, i pompieri hanno continuato a spegnere l'incendio e poi, quando la baracca è venuta giù, hanno sgomberato i detriti per mettere la zona in sicurezza. È la prassi, devono farlo».

«Fino a qui ti seguo».

«Rovistando tra le macerie si sono accorti di qualcosa di strano e hanno cominciato a scavare, a spostare le pietre e le assi bruciate. E sotto hanno trovato nientepopodimeno che un morto».

«E che intendi dire, Ciro? Un cadavere? Oppure delle ossa, come nel palazzo mio?»

«Ma che ossa e ossa, quello era proprio un corpo. Morto da poco. Carbonizzato».

«E che c'azzecca il magistrato?»

«Quello si è preso il caso subito, appena ha sentito la notizia. Se n'è andato sul luogo, gli hanno consegnato la fede del cadavere, che si era rovinata, ma non aveva fatto in tempo a sciogliersi, e lui l'ha riconosciuta al primo colpo. C'era l'incisione dentro con il nome della moglie del morto».

«E come ha fatto il magistrato a riconoscerlo?»

«Tieniti forte, Mario», disse Ciro, la voce su di giri. «Quello che ci è rimasto secco è suo fratello, *chill'* che fa l'avvocato».

«Come?»

«E già. Proprio o' frate è».

«Ma come è possibile?».

Ciro respirava forte dal naso, si sentiva la sua agitazione anche attraverso la cornetta. «Ora sta facendo il diavolo a quattro, è proprio nero nero. Io mi sono fatto un'idea e per questo ti ho chiamato».

«Dimmi, Ciro, non mi tenere sulle spine».

«L'avvocato Mazzoleni uno stinco di santo non era. Già sappiamo di chi era figlio. E suo padre conosceva bene il Moro, no?»

«E certo che sì».

«Però mi manca l'ultimo collegamento e forse tu mi puoi aiutare».

Mario trattenne il fiato. «Chi è la madre del Moro, Ciro?»

«Dimmelo tu, Bagnoli».

«Maria Teresa Copernico».

«Mannaggia o' Carmine. Eccolo il collegamento», disse il poliziotto. «Uno più uno fa due».

«Per vendere la casa delle ossa e per aiutare i Brambilla», aggiunse Mario, «la vedova si era servita di un avvocato».

«Evidentemente quando Mazzoleni ha sentito che stavamo facendo domande sul Moro l'ha avvisata e lei ha spedito l'avvocato, il fratello del giudice, a distruggere le prove. È lui che ha bruciato la casa, secondo me».

«Con Grazia dentro».

«Con o senza 'a guagliona, quella potrebbe pure essere stata una casualità».

Mario completò la ricostruzione, che più prendeva forma e più risultava credibile: «Ma gli è andata male, perché Grazia non solo si è salvata, ma è riuscita a trovare la foto che ci ha permesso di ricostruire i legami tra la bambinaia dei Ferrari, sua figlia Albertina, e soprattutto con il maschio, il primogenito». Fece una pausa, prima di dire il nome che gli bruciava la lingua. «Ludovico Sacchi, detto il Moro. L'aguzzino di Baggio».

De Luca allontanò la cornetta dall'orecchio e la tenne a mezz'aria. Si prese del tempo per riflettere su quell'ultima deduzione. «Ciro, lo sai cosa significa?»

«E che deve significare? Che se così è andata, c'è un farabutto di meno al mondo. Pure il padre di Mazzoleni se n'è già andato al Creatore».

«Già, ma i responsabili principali di questa storia sono due e nessuno di loro ha pagato per quello che ha fatto. Hanno ammazzato tre persone, tra cui un bambino, per rubargli tutto e arricchirsi. E non solo i Ferrari, chissà quanti altri, approfittando della guerra».

Stavolta fu Ciro ad aspettare, prima di dire qualcosa.

«Eh, Bagnoli. Ma tu ora che pensi di fare?».

Mario si contemplò per un momento allo specchio,

vestito di tutto punto, con l'abito elegante del defunto marito della signora Rossetti, che indossava per andare a lavorare, e con il cappotto che portava ancora le tracce di polvere del cantiere.

«Io sono stanco marcio di questa storia, Ciro. Credo proprio che sia arrivato il momento di fare giustizia».

80

Lo stabile di via Santa Marta era immerso nella tranquillità che solo un quartiere altolocato poteva offrire ai suoi abitanti, tutti avviluppati nell'idillio del loro benessere e teoricamente privi di preoccupazioni. Nessuno si chiedeva mai come quella gente avesse potuto permettersi un appartamento in una zona dove un metro quadrato in proprietà valeva quanto quattro mesi di stipendio di un modesto impiegato.

Il geometra si era appollaiato all'angolo, lontano dalla luce dei lampioni, in attesa che Maria Teresa Copernico rientrasse dopo aver presenziato all'ennesimo evento di beneficenza organizzato in favore dei più poveri.

"Quanta ipocrisia".

Se si fosse saputo da dove provenivano i soldi grazie ai quali la vedova faceva bella mostra di sé nell'élite milanese, forse qualcuno avrebbe cominciato a storcere il naso e a cambiare opinione riguardo alla *santa dama* dell'aristocrazia cittadina.

"Una *parvenue*, nient'altro che una bieca vecchia ambiziosa".

Nora Rossetti ci aveva visto giusto sin dal principio.

Mario sorrise pensando alla faccia disgustata che avrebbe fatto la sua padrona di casa, quando lui le avrebbe raccontato per filo e per segno quella storiaccia. Le aveva lasciato un biglietto, sul tavolo, con scritto dove era diretto e il numero di telefono di Ciro, da chiamare se non fosse tornato a casa nell'arco di qualche ora.

Cosa avrebbe fatto?

Non lo sapeva nemmeno lui.

In un impeto d'ira il geometra napoletano aveva pensato di portarsi dietro un'arma improvvisata, ma sapeva bene che non sarebbe stato in grado di usarla; non a sangue freddo.

Probabilmente si sarebbe accontentato di sentire la verità dalla bocca della vedova Copernico. Capire il perché di quegli orrori di cui si era macchiata vent'anni prima; poi l'avrebbe abbandonata alla sua meschinità e sarebbe tornato da Grazia, finalmente libero dai propri incubi.

"Eccola".

Maria Teresa Copernico era impeccabile. Carica di sacchetti, avanzava con cautela. La mise da cerimonia la faceva apparire una nobildonna, nonostante altro non fosse che una popolana arricchita.

"Una cafona", come si diceva a Napoli.

Mario uscì dal suo riparo e le andò incontro.

«Mi permette di aiutarla con le borse?».

Nel tono del geometra non v'era traccia di galanteria.

«Posso fare da sola, grazie», rispose la vedova, che non aveva degnato l'interlocutore nemmeno di uno sguardo.

Soltanto quando De Luca disse: «Io però le dovrei parlare», la Copernico lo riconobbe.

«Ancora lei?», sbuffò. «Ci siamo già detti tutto, credo».

«Io penso il contrario». Mario De Luca le porse la copia della fotografia che le aveva sottratto dall'armadio, il ritratto di famiglia del 1935, e disse: «Vorrei che mi raccontasse qualcosa di suo figlio Ludovico… il Moro».

Il volto terreo della vedova fece capire al geometra di aver centrato il bersaglio.

«Cosa… cosa ha detto?»

«Il Moro. L'uomo che ha organizzato l'uccisione dei Ferrari, di cui lei e suo marito avete poi acquistato la casa per pochi spiccioli». L'espressione di Mario era quella risoluta di un uomo deciso ad andare fino in fondo a ogni costo. Aveva alzato il tono di voce, attirando l'attenzione di un passante, che si era girato a guardarli. «Vogliamo davvero continuare a parlarne in strada?»

«No», rispose secca la Copernico. «Mi segua».

Fece strada fino al suo appartamento.

«Si sieda, sono subito da lei».

De Luca si guardò attorno. Era già stato in quel salotto elegante, ma ora per la prima volta provò disgusto a osservarne l'arredo alla moda e le decorazioni costose.

Maria Teresa Copernico si era tolta il soprabito e si sedette di fronte a lui.

Aveva portato un vassoietto con biscotti al burro e due tazze di tè.

«Prego, si serva, signor… mi perdoni, ho dimenticato il suo nome».

«Dubito che se ne sia davvero dimenticata, visto che ha telefonato pochi giorni fa al suo avvocato, Mazzoleni, per chiedergli di fermarci».

«Non ho idea di che cosa stia parlando».

«Siamo stati nella baracca vicino alla cava Cabassi, abbiamo visto la foto della sua famiglia prima che andasse a fuoco». Mario accettò la tazza, sorseggiò l'infuso. «Lo sa che il suo avvocato è perito nel tentativo di distruggere le prove della sua colpevolezza?».

Maria Teresa Copernico accusò il colpo.

«Che cosa vuole da me?»

«Mi dica la verità. La sceneggiata dell'ultima volta è stata una grande interpretazione drammatica, ma vorrei che smettesse di prendermi in giro».

«Lei viene qui a casa mia, mi accusa. Mi mostra dei documenti che conservo in privato e che lei sicuramente mi ha sottratto illegalmente. Si rende conto che potrei denunciarla?»

«Lo faccia e vedremo se ha davvero interesse a rendere pubblica la sua storia. Il modo in cui lei e suo marito vi siete arricchiti, per esempio. Sono convinto che anche la comunità ebraica di Milano troverà curioso il suo rapporto con uno dei principali responsabili dei rastrellamenti razziali in città. Guardi qui», disse Mario e le mostrò il ritratto del Moro, «in questa fotografia che mi ha dato il rabbino si notano le somiglianze del figlio con sua madre. Il colore degli occhi e il naso, direi, ma anche gli angoli della bocca. Non ci avevo fatto caso, fino al momento in cui non ho scoperto che eravate parenti».

«Se è denaro quel che vuole...».

«No. Io voglio solo conoscere la verità».

«Mi sembra che abbia già scoperto tutto quello che c'era da sapere».

«Voglio sentirlo dalla sua voce».

La voce della Copernico si affievolì. «Perché? Sono passati vent'anni. Quel che è stato è stato».

«Sono morte tre persone. Una famiglia, il loro bambino. E non sono gli unici. Il vostro trucco ha funzionato, siete usciti dalla miseria e vi siete arricchiti».

«Erano tempi difficili», disse la vedova, «lei non può capire».

«Bene, le credo. Lo ripete sempre. Non posso capire», ribadì Mario. «Allora mi spieghi lei».

Il geometra posò la tazza di tè e squadrò la sua interlocutrice.

«Senza tralasciare nessun dettaglio».

81

Ci sono molti modi di confessare.

C'è chi nega fino all'ultimo; chi si pente e si ravvede; c'è chi mente con astuzia, pur di salvarsi; e c'è anche chi si chiude nel silenzio più totale.

Maria Teresa Copernico non adottò nessuna di queste strategie.

Quando cominciò a raccontare, espose i fatti con metodica precisione. Soprattutto, lo fece senza mostrare la minima traccia di vergogna.

«Eravamo una famiglia povera e infelice, come tante altre. Vivevamo in periferia, io e mio marito, due persone semplici, nate a Milano, ma impossibilitate ad ambire a qualcosa di più di una baracca per cui dovevamo pagare un affitto spropositato. L'ha vista, sa di cosa parlo. Una casupola fatiscente, senza bagno, senza cucina, senza nessun tipo di comodità. Nel mezzo del nulla. I miei genitori erano morti di fame durante la prima guerra mondiale e mio marito, Francesco, era orfano di padre. Siamo cresciuti a pane e miseria, ma abbiamo tenuto duro e abbiamo avuto due figli. Non volevamo però che i nostri piccoli rimanessero senza futuro. Ci siamo rimboccati le maniche, ma di lavoro non ce n'era. La crisi. Era solo una scusa per farci accettare contratti da fame e condizioni di schiavitù. Siamo stati vittime per tanti anni dei ricatti dei padroni. Mio marito si è spaccato la schiena in fabbrica, respirando il carbone che poi gli avrebbe indebolito e spezzato il cuore. Sono stati gli anni a ingoiare quella maledetta polvere nera, insieme alla trincea sul Piave, che gli hanno fatto incancrenire ogni organo. Era un buon uomo, il mio Francesco, sa? Lei oggi ci vede come mostri, ci giudica. Ma non ha idea di chi siamo, né da dove veniamo. Dal nulla. E guardi oggi cosa abbiamo ottenuto. Abbiamo preso una scorciatoia? Probabile. Ma chi non l'avrebbe fatto al nostro posto? Siamo sinceri, c'è capitata un'occasione di fuggire dalla miseria che ci circondava e l'abbiamo afferrata al volo. Lei parla di ingiustizia, ma non è iniquo anche l'essere nati svantaggiati, senza speranza di poter aspirare a qualcosa di meglio? Secondo me sì. Le prevaricazioni si combattono, anche con la forza, se necessario. Per questo motivo io non mi pento di nulla, né mio marito o i miei figli, ne sono sicura. I miei poveri bambini. Mangiavano bucce di patate e giocavano tra gli scarafaggi e i cumuli di sporcizia. Dovevamo elemosinare qualcosa nelle cascine. Chi non minacciava di spararci con la carabina ci cacciava a insulti. "Sporchi mendicanti", ci chiamavano. E molti di loro non erano nemmeno di qui, erano arrivati dopo la guerra a comprarsi per quattro lire le terre rimaste abbandonate. Si atteggiavano a proprietari terrieri soltanto perché avevano più soldi di noi. Non è ingiustizia anche questa? Be', io dico di sì. E i miei figli sono cresciuti senza poter studiare, perché i denari non c'erano. A malapena riuscivamo a mettere insieme quattro stracci e qualche verdura per la cena. La carne era un lusso. Lavoravamo in due, io pulivo le scale dei palazzi. Lavoravamo duro, ma questa città è troppo cara ed emargina chi non ha le conoscenze giuste. Mio figlio era forte, andava a correre tutti i giorni per mettere a tacere lo stomaco che brontolava. Un bel ragazzo, siamo stati fortunati. Ubbidiente, educato. Non c'era altra soluzione che arruolarlo. E per fortuna era sveglio e si è spostato nella polizia, dove ha fatto carriera. Erano gli anni del Fascismo, i politici dicevano che finalmente saremmo arrivati prima noi che quegli altri, i comunisti, gli zingari e gli ebrei ci stavano rubando tutto. E noi dovevamo soltanto riprenderci quel che era nostro. Nel quartiere c'era questa famiglia. Ci guardavano dall'alto al basso. Ci trattavano come se fossimo spazzatura. Ma volevano sentirsi magnanimi e hanno offerto alla mia Albertina di andare a lavorare da loro, per un salario ridicolo. "Meglio poco che niente", disse mia figlia, anche lei una ragazzina di cui andare orgogliosi, e accettò. Si cambiò il cognome, prese quello di mia madre, Fumagalli, perché così non si veniva a sapere che lavorava e il padrone di casa non ci alzava l'affitto. Una sera a cena ci portò delle bistecche che le avevano regalato i Ferrari, carne che era andata a male ma che noi mangiammo lo stesso, c'era anche il Ludovico. Be', quella sera la nostra bella *tùsa* ci raccontò dei quadri, dei gioielli. "Il bambino di sei anni va a una scuola privata, gli insegnano il latino", disse. Era troppo. Non era giusto e così Ludovico si fece venire l'idea. "Ci prendiamo ogni cosa", propose. Noi non capivamo come avremmo potuto fare. Non eravamo ladri, mio marito prima gli tirò un ceffone, al mio ragazzo, poi gli chiese scusa. "Se sono ebrei possiamo denunciarli e farci dare la ricompensa". Millecinquecento lire per ogni adulto, più qualcosa per il bambino. Mia figlia però disse che quelli erano sì ricchi, ma non erano ebrei. Questo dettaglio non fermò Ludovico, disse che già alcuni colleghi l'avevano fatto. "Se non lo sono, lo diventano". E così organizzammo tutto. Ludovico e mio marito presero i pochi spiccioli che avevamo da parte e li diedero a due colleghi della fabbrica. Ludovico prestò loro le uniformi e le armi, poi ci diede un foglio da firmare. Fecero tutto loro, mio marito e mio figlio. Entrarono in casa e arrestarono i Ferrari. Mia figlia aveva paura, ma li aiutò, poi se ne andò via con loro. I due colleghi di mio marito murarono la parete e nascosero i corpi. Fecero tutto in una notte, furono molto efficienti. Con la ricompensa ci comprammo la casa. Quella e altre operazioni simili erano valse a Ludovico una promozione ed era diventato amico di un commissario, che in cambio di una percentuale lo aiutava. Ci siamo presi soltanto quello che ci spettava, non un centesimo di più».

Mario, che aveva ascoltato quel lungo sfogo in silenzio, domandò: «Che ne è stato di Albertina, di sua figlia?»

«La conoscevano nel palazzo, non poteva più stare lì con noi. Ma ora che avevamo qualcosa da parte l'abbiamo mandata all'estero a lavorare».

«Quindi non è morta nei bombardamenti?»

«L'abbiamo detto a chi ci chiedeva di lei, per giustificare la sua scomparsa».

«Poi è finita la guerra…».

«E pure Ludovico è dovuto scappare. Ha raggiunto Albertina in Germania, dove si è rifatto una vita, lontano dal suo passato».

«Vive ancora lì?»

«Sì», ammise Maria Teresa Copernico, «ma non vi dirò mai né dove, né sotto quale nome. Nemmeno sotto tortura».

«Ha ucciso degli innocenti, dev'essere processato».

«Ha fatto quello che credeva giusto, pur di salvare la sua famiglia dalla miseria. Saremmo tutti morti, senza il suo sacrificio», concluse la vedova. «E ora le ho detto tutto. Cosa vuole fare, denunciarmi?».

Mario sfregò le mani sui pantaloni. Erano sudate. Non sapeva cosa dire.

«Forse è meglio se chiamo il mio commercialista», disse la Copernico, alzandosi. «Sono sicura che potrà farle una buona offerta in cambio del suo silenzio».

«Non si scomodi. Non sono in vendita».

Maria Teresa Copernico non si perse d'animo.

«Mi dica il suo prezzo. Lei è un meridionale, se è venuto a Milano a cercare fortuna, be', ora si può dire che l'ha trovata».

«Io voglio soltanto giustizia».

«E come pensa di ottenerla? Accusandomi? Ha in mano soltanto un pugno di sospetti e nessuna prova. Chi le crederà? Sono passati vent'anni e i miei amici mi proteggeranno. Lei non è nessuno, io sono una persona stimata. Lo sa anche lei. Prenda i soldi e si accontenti. Il mondo è ingiusto, lo sappiamo bene entrambi. Li dia in beneficenza, se serve a lavarle la coscienza».

Mario rifletté a lungo prima di rispondere. Soppesò bene le parole, ricordando il consiglio di Nora Rossetti che già una volta aveva funzionato.

«Non serve mettere in mezzo la polizia».

Maria Teresa Copernico sorrise, prese la borsa e ne trasse il libretto degli assegni.

«Non intendo accettare il suo tentativo di corruzione», le intimò però De Luca, «rimetta pure al suo posto gli assegni».

«E cosa vuole fare?».

Mario si alzò e si diresse verso la porta.

«È probabile che la polizia non mi creda», disse, «ma i giornalisti non si lasceranno sfuggire l'occasione di pubblicare questa storia. Posso provare che il Moro era suo figlio e che vi siete approfittati della delazione ai danni dei Ferrari. Tanto basta per uno scoop da prima pagina».

Maria Teresa Copernico si alzò e si lanciò contro il geometra. Mario, attendendosi quella reazione, si mise al riparo dietro a un tavolino, evitando il vaso che la donna gli aveva scagliato addosso. Mentre lui cercava di raggiungere l'uscio, lei tornò al divano, prese la borsetta e ne estrasse una piccola pistola, che gli puntò contro.

Mario aveva socchiuso la porta ma, la mano ancora sulla maniglia, fu costretto a bloccarsi.

«Non un altro passo», intimò la vedova, «altrimenti sparo».

82

La scarica risuonò in tutto il palazzo.

Mario aveva provato con un balzo disperato a gettarsi fuori, sul pianerottolo, per ripararsi dietro la porta d'ingresso, ma Maria Teresa Copernico era stata più veloce di lui e aveva premuto il grilletto.

Il napoletano cadde a terra gridando e tenendosi la spalla.

Quando si guardò la mano, vide che era zuppa di sangue.

«Rientri in casa, se non vuole fare la fine dei Ferrari».

Mario, nonostante il dolore, si alzò ed eseguì l'ordine della vedova.

«Chiuda la porta», disse lei, ma prima che lui potesse farlo, sentirono una terza voce proveniente dal pianerottolo.

«Polizia. Mettete giù l'arma».

"Ciro", pensò De Luca, senza voltarsi, ma ringraziando il cielo per quell'aiuto insperato.

«Posate la pistola, signora, se non volete farvi male».

«No!», urlò lei. «Se ne vada o vi ammazzo entrambi».

«Bagnoli, stai bene?»

«Signora Copernico», disse Mario, ignorando la domanda di Ciro, «sia ragionevole. È finita, si arrenda».

«Dategli retta», confermò Ciro. «Altrimenti non esiterò a spararvi».

«Andatevene tutti da casa mia. Via, ora!», gridò la donna.

Mosse un passo in avanti, senza abbassare la pistola, e Ciro fece lo stesso.

«Al mio tre lasciate cadere l'arma, signora. Se non lo fate, giuro su Dio che dovrò spararvi».

Mario, in mezzo, si teneva la spalla sanguinante e osservava la scena ammutolito.

«Uno», scandì Ciro.

Maria Teresa Copernico rimase nella posizione in cui era, con la pistola puntata al viso di De Luca.

«Due».

«Se ne vada. Andatevene! Questa è casa mia e ora chiamo il magistrato Mazzoleni e vi faccio passare un guaio! Fuori!».

«È l'ultimo avvertimento», ripeté Ciro. «Non ce ne sarà un altro».

Maria Teresa guardò Mario negli occhi, poi sfidò Ciro con un'occhiata gelida, che non lasciava presagire nulla di buono.

«Va bene», disse infine, un istante prima che il poliziotto potesse pronunciare il fatidico tre, «mi arrendo».

La vedova fece per mollare la presa sull'arma ma poi, con un movimento repentino, alzò di nuovo il braccio.

Lei sparò, Ciro sparò. Solo uno dei due colpi andò a segno.

«Si è… si è…», balbettò Mario, che non riusciva a trovare le forze per muoversi.

«Sì», confermò il poliziotto, mentre raggiungeva il cadavere. «Si è suicidata».

«È morta?».

Ciro si avvicinò al corpo della donna, con il piede allontanò la pistola, quindi si chinò a controllare il battito sul collo.

«Sì. Piuttosto che finire in galera ha preferito togliersi la vita».

«La vergogna», mormorò Mario. «È stata la paura di uno scandalo».

«Questa storia è finita», disse Ciro, sorreggendo l'amico. Gli controllò la ferita. «Nulla di che, solo un graffio. Ora andiamo in ospedale dove ti medicano, va bene?»

«Come… come sei arrivato qui?»

«La tua padrona di casa. Le hai lasciato il mio numero di telefono e un messaggio criptico. Si è insospettita e mi ha telefonato. Mi ha dato lei questo indirizzo. Per fortuna sono arrivato in tempo».

«Grazie, Ciro», disse il geometra, che si pentì di aver dubitato di lui. «Sei un vero amico. Grazie di cuore».

Il poliziotto andò al telefono e chiamò la centrale, chiedendo che mandassero rinforzi.

«Ora ce ne andiamo, Bagnoli, ci penseranno i colleghi qui».

«Aspetta», disse Mario. «Suo figlio, il Moro…».

«Ti ha detto dove si nasconde?»

«No, purtroppo no. Si è portata il segreto nella tomba». Forse era proprio quello il vero motivo dietro il suicidio di Maria Teresa Copernico, pensò Mario: proteggere fino all'ultimo la nuova identità del Moro. «Ma magari c'è qualcosa di utile in casa, una lettera che ci può indicare…».

«Ne dubito», lo interruppe Ciro, «ma ci penseranno i colleghi a cercare qualsiasi indizio. Ora andiamo in ospedale, è vero che è una ferita di striscio, ma se continui a sanguinare così finirai per svenire».

Mario De Luca diede un'ultima occhiata alla scena, al corpo scomposto di Maria Teresa Copernico, ai suoi abiti eleganti, ai mobili d'autore e ai quadri costosi alle pareti. Erano morti i principali responsabili di quella tragedia, chi per morte naturale e chi in modo violento, chi nel suo letto, circondato dai propri cari, e chi da solo, soffrendo. Restava nell'ombra un uomo ormai senza nome che forse non sarebbero mai stati in grado di rintracciare.

«Io volevo soltanto che fosse fatta giustizia», sussurrò Mario, mentre si lasciava alle spalle l'appartamento di via Santa Marta e seguiva Ciro fino all'automobile parcheggiata lì vicino.

«Hai fatto molto e hai vendicato quei poveretti sepolti da vent'anni e dimenticati da tutti».

"Non abbastanza", si disse Mario. Lo ripeté a voce alta: «Non abbastanza».

83

Con la spalla stretta in una fasciatura rigida Mario faceva fatica a muoversi.

Ciro era dovuto tornare a casa di Maria Teresa Copernico, per fare rapporto e spiegare l'accaduto ai suoi superiori.

Il geometra si trovava sulla porta dell'ambulatorio del pronto soccorso, quando una voce familiare lo sorprese.

«Come sta? Appena il suo amico napoletano mi ha chiamato per dirmi che era qui, sono corsa subito».

Nora Rossetti non diede tempo a Mario di spiccicare parola. Gli si parò di fronte e lo abbracciò.

«Mi ha fatto preoccupare».

«Non volevo», disse lui, con un lamento di dolore. «La spalla, mi scusi».

«Ma cos'è successo?», domandò lei.

Lui le spiegò per sommi capi il coinvolgimento della vedova Copernico in quella storia. Quando ebbe terminato il resoconto, la sua padrona di casa sollevò un sopracciglio.

«Lo sapevo che quella là non era una santa», commentò.

Nora Rossetti si lasciò contagiare dalla risata di Mario.

«Chiamo un tassì e andiamo a casa».

«Ho perso il lavoro», disse lui, di getto, togliendosi un peso di dosso.

La vedova Rossetti rimase impietrita da quella confessione.

«Ci penseremo con calma, non si preoccupi. Ora deve mettersi a letto e riposare. Ho cucinato le patate con le verze per cena, l'aiuteranno a guarire».

Mario fissò la padrona di casa e, nonostante il momento d'intimità, non trovò il coraggio di dirle che le verze proprio non gli piacevano.

«Tra poco viene a prendermi mio fratello. Ma vorrei andare a trovare Grazia, prima. Vuole venire anche lei?».

La Rossetti scosse la testa. «Sono passata stamattina. Sta molto meglio, credo che domani la dimetteranno». Sfiorò con una carezza la guancia di Mario e gli disse, con fare materno: «L'aspetto a casa, me la saluti lei».

Mario fece una deviazione, prima di andare alla stanza 217. Chiese alla reception informazioni e quando scoprì che il piano era lo stesso, si recò dove gli era stato indicato.

La porta era socchiusa, ma lui bussò lo stesso.

Dentro, Graziano Ficara e Calogero Niscemi gli fecero grandi feste, non appena lo videro.

«Ciao, capo, che ci fate qui?».

Niscemi rimproverò il suo amico: «Il *lei*, Fica', a Milano non si dà del voi! E nemmeno "ciao" si dice».

«Facciamo che ci diamo tutti del tu, va bene?», propose il geometra.

I due manovali annuirono.

«Ho saputo del tuo licenziamento», disse Niscemi a De Luca. «Una carognata».

«Sono io che me ne sono andato. Sono stanco di lavorare per gente senza scrupoli».

«Eh, capo», disse Ficara, «a chi lo dici».

«E la tua gamba? Come va?»

«Fa ancora male, ma me l'hanno messa a posto».

«Dicono i dottori che forse zoppicherà un poco, ma che potrà riprendere a lavorare come manovale», aggiunse Niscemi.

«Vuoi che parli con l'ingegnere? Magari se gli chiedo scusa ti rimette a busta paga».

«No, grazie», disse Ficara, «anch'io sono stanco di essere sfruttato».

«E cosa farai?»

«Ce ne andiamo in Germania», disse Calogero, entusiasta. «C'è un programma di lavoro. Cercano operai specializzati e pagano tutte le spese. A Monaco di Baviera, niente meno».

«Siete sicuri? Avete fatto tanto per arrivare a Milano...».

«Questa è una città ingrata, dove c'è futuro soltanto per chi è ricco. Per gli stranieri, come noi, solo un tozzo di pane e sissignore tutto il tempo. Emigranti siamo... e allora emigriamo per davvero!».

«Mandatemi una cartolina», si raccomandò Mario, quindi baciò entrambi sulle guance e promise di tornare a trovare Ficara in ospedale.

Grazia lo accolse con un abbraccio che gli mozzò il fiato.

«Come stai, amore mio?»

«Io sto bene».

«Ciro mi ha raccontato tutto. È passato mentre ti mettevano i punti. Ti fa male?»

«No, non è niente, solo un graffio».

«Sei stato imprudente ad andare lì da solo. Potevi morire».

Mario si sedette sul bordo del letto, ignorando l'occhiataccia dell'infermiera di turno. «E invece alla fine chi è rimasta uccisa è stata Maria Teresa Copernico».

«Se l'è cercata», sancì Grazia.

Forse sì, pensò Mario, o magari nemmeno un mostro come lei meritava quella fine, una donna povera distrutta dalla frustrazione e dalla rabbia che aveva covato dentro per tanti anni, come un tumore.

«Non sapremo mai dove si nasconde il Moro».

«Non crucciarti», lo consolò la ragazza. «Noi abbiamo fatto tutto il possibile e almeno abbiamo risolto il mistero della morte della famiglia Ferrari».

Era sufficiente?

Mario non fece in tempo a darsi una risposta, perché la voce di suo fratello Renato interruppe quel flusso di coscienza.

«Sei qui allora», esordì, entrando nella stanza senza nemmeno bussare. Quando vide Grazia, le sorrise e si presentò. «È lei?».

Mario, visibilmente soddisfatto, annuì.

«Grazia, lui è mio fratello. Renato, lei è...». De Luca inspirò a fondo, quindi si voltò verso di lei, s'inginocchiò e le prese la mano. «La mia futura moglie?».

La giovane milanese diventò color porpora, ma ancor prima di dire qualcosa, tirò a sé Mario e lo baciò a lungo.

«Sì», gli disse.

Epilogo

Milano, sei mesi dopo

La cerimonia al cimitero fu breve, ma intensa; e a celebrarla Mario e Grazia avevano voluto che fosse lo stesso sacerdote che, due settimane prima, li aveva uniti in matrimonio. Erano presenti soltanto loro due.

«Volete aggiungere qualche parola?», domandò il prete quando ebbe terminato.

«No», rispose De Luca, «ma vorremmo rimanere ancora un po' qui».

Il sacerdote strinse loro le mani, li benedisse e li lasciò ai piedi della nuova lapide che, con i soldi della liquidazione di Mario, avevano fatto scolpire in memoria della famiglia Ferrari per sostituire quella anonima voluta da Maria Teresa Copernico.

«Non è rimasto nessuno per ricordarli», disse Grazia, mentre sfiorava con un dito il blocco di marmo, al centro del quale avevano fatto incastonare una delle foto di famiglia che avevano trovato nella valigia di pelle.

«Ci siamo noi. E se dovesse saltare fuori qualche parente, ora saprà dove trovarli».

I due s'inginocchiarono e pregarono in silenzio per qualche minuto.

«Ora dobbiamo andare, se non vogliamo perdere il treno», disse lui.

«Hai già preparato tutte le valigie?»

«Sì, amore mio. Napoli ci aspetta».

Quella che avrebbe dovuto essere la loro luna di miele alla fine si era trasformata, inaspettatamente, in una nuova opportunità.

Donna Memela aveva sorpreso tutti con quella notizia, in chiesa, poco prima della cerimonia che avrebbe unito Mario e Grazia in matrimonio.

«Ti hanno preso! Puoi rientrare».

«Di cosa parlate, mamma?», aveva domandato lui.

«Il concorso all'Italsider, sei in graduatoria. Torna a casa tua, che ti offrono un contratto».

E così De Luca aveva salutato la vedova Rossetti e aveva raccolto le poche cose che possedeva. Era orgoglioso di aver ottenuto il benestare dei genitori di Grazia, all'inizio diffidenti all'idea di perdere la figlia, ma poi rassegnati al suo volere.

«Se a Napoli c'è bel tempo, vorrà dire che verremo a trovarvi».

«E si mangia d'un bene», aveva aggiunto Grazia, ridendo.

Chiamarono un taxi e si fecero portare prima a casa di lei, dove raccolsero i suoi bagagli, e poi alla Stazione centrale.

«Renato ci aspetta lì?»

«Sì», confermò Mario. Il fratello sarebbe partito con loro per far conoscere il suo primogenito alla famiglia d'origine e farlo battezzare a Napoli.

«Come lo hanno chiamato?».

De Luca sorrise. «Hanno accettato il nostro suggerimento».

«Pietro», commentò Grazia, «che bel nome».

«Ciro invece l'ha presa male», disse lui, «non gli hanno dato le ferie e deve rimanere a lavorare».

«Forse ha preso troppo sul serio il suo ruolo di testimone», lo prese in giro lei, «se vuole accompagnarci anche nel viaggio di nozze».

«Aspettate», disse Mario al tassista. Più si avvicinava la partenza e più andava perdendo per strada il *lei* milanese in favore del *voi* napoletano. «Dobbiamo fare una deviazione».

Si fermarono a casa della vedova Rossetti, dove la donna li baciò e li abbracciò, quindi fece scivolare una busta nella tasca di Mario, che provò a opporsi.

«Un piccolo pensiero», disse Nora Rossetti. «Poi mi manderete una foto di Napoli».

«Ci verrà a trovare, ce lo prometta», propose Grazia.

«Non so, alla mia età, un viaggio così lungo», si difese la signora, ma poi cedette. «Verrò al prossimo Natale a portarvi un panettone».

Poco prima dell'addio, Mario chiese, nervoso: «È riuscita a trovarlo?»

«Sì», disse lei. «È nella sua camera».

Mario e Grazia andarono a vedere.

Il gatto nero che tanto aveva spaventato il geometra dormiva tranquillo nella sua gabbietta.

«Tu vieni con noi», disse Mario. «Ci porterai fortuna».

Düsseldorf, quello stesso anno

L'uomo ripose il quotidiano e sospirò.

Ricevere il «Corriere della Sera», seppure con grande ritardo, era uno dei tanti privilegi che poteva concedersi.

Tra le notizie di cronaca locale aveva trovato ciò che stava cercando.

«Il suicidio di Maria Teresa Copernico, vedova conosciuta e amata da tutti per la sua generosità, ha lasciato di stucco il mondo della borghesia milanese», aveva letto a voce alta poco prima. Il resto dell'articolo lo aveva imparato a memoria, in silenzio.

«Brutte notizie?», chiese in tedesco la donna alle sue spalle, vedendo l'espressione corrucciata di lui.

«Prima o poi doveva succedere».

L'uomo si alzò e andò verso il camino scoppiettante. S'inginocchiò e lanciò la copia del giornale tra le fiamme. Rimase in quella posizione scomoda finché anche l'ultimo frammento di carta non fu bruciato.

Poi si tirò su, si diresse al mobile bar e si versò una generosa dose di whisky.

"Alla memoria", sospirò, quindi sollevò il bicchiere, imitando il gesto di un brindisi immaginario. Bevve tutto d'un sorso.

«Non è un po' presto per bere, *Schatzi*?»

«Lasciami in pace un momento, va bene?», fu la risposta sgarbata di lui.

La donna si alzò e, indignata, si ritirò in camera da letto, sbattendo la porta.

L'uomo prese l'agendina telefonica e, una volta che si fu messo in contatto con il centralino, comunicò all'operatrice di voler effettuare una telefonata internazionale. Dettò il numero di telefono, un numero di Milano, e attese in linea.

«Chi parla?»

«Mazzoleni? Sono io».

«Ludovico? Sei davvero tu? Dopo tutti questi anni?»

«Ho scoperto soltanto ora quel che è successo a mia madre. Perché nessuno mi ha avvisato prima?»

«Nessuno aveva il tuo contatto. Tua madre si è sempre ostinata a non volerci dire dove ti trovassi. Dove sei?».

"Lo ha fatto per proteggermi", si disse lui. "Sapeva che non avrei potuto fidarmi di nessuno".

«Cos'è successo esattamente?», domandò. Il suo italiano era corrotto dall'accento tedesco.

Il magistrato Mazzoleni, che aveva letto e fatto sparire il rapporto ufficiale, sostituendolo con una versione edulcorata in cui non risultava nessun accenno al Moro, ai Ferrari e al coinvolgimento in quella brutta storia di suo padre, mise al corrente l'uomo che una volta si chiamava Ludovico Sacchi circa l'accaduto.

«Dovevi impedirlo», disse il figlio di Maria Teresa Copernico. La sua voce era un misto di rabbia e dolore.

Mazzoleni azzardò una difesa d'ufficio. «Ci ho provato... in tutti i modi, credimi. Ma dimmi, dov'è che sei?»

«Non hai fatto abbastanza», fu l'unica risposta che ricevette il magistrato.

Ludovico sbatté la cornetta contro il telefono così tante volte da mandarla in frantumi.

«*Scheiße!*».

Sentendo quel fracasso, la donna, sua moglie, uscì a vedere cosa stesse succedendo.

«Cos'hai fatto, *Schatzi*? Stai bene?».

Lui fu tentato di colpirla, ma si trattenne. Strinse i pugni e senza dire nulla andò in camera da letto, dove prese una valigia e cominciò a riempirla.

«Devi partire?», chiese lei.

«Sì», le rispose Ludovico. «C'è da risolvere un problema».

«Lavoro?»

«Esatto», fece lui, per zittire la donna. «Una cosa urgente».

«Ma non vuoi che venga con te?»

«No», disse lui. «Tu resta qui e occupati dei bambini».

«Ma... lasciami almeno un recapito, un indirizzo», disse lei, quando vide che l'uomo s'infilava il cappotto e, con la valigia in mano, stava andando via.

«Ti chiamo appena arrivo, non preoccuparti».

Ludovico diede un rapido bacio alla moglie, che rimase sulla porta a osservarlo, mentre si allontanava verso la loro automobile, una BMW nuova fiammante. Prima che il marito potesse avviare il motore, la donna corse fino a raggiungerlo.

La sua voce era preoccupata. «Dimmi almeno dove vai».

Lui le rivolse a malapena uno sguardo gelido.

«È una questione importante», disse. «Devo tornare in Italia».

Ringraziamenti

Yolanda Del Sol, per l'idea.

Mio padre Mario, per i suoi ricordi.

Alessandra Penna, per aver creduto nel progetto.

Francesco Ferracin, per i continui scambi d'idee.

Carmelo Pecora, per la consulenza relativa alle tecniche d'indagine della Polizia scientifica negli anni Sessanta.

Andrea Ivaldi, per le preziose delucidazioni in ambito fotografico.

Gianvittorio Randaccio e Stefano Locati, per l'aiuto su alcune fonti biblio-cinematografiche.

Antonella Pappalardo, per essersi presa cura del romanzo in fase di revisione.

Indice

MATTEO DI GIULIO

L'ENIGMA DELLE TRE PERGAMENE

Volume di 384 pagine, euro 12,90

Genova, 1502. Dal giorno in cui è stato ferito da un sicario che aveva il compito di ucciderlo, Martino Durante giace su un letto privo di sensi. Veglia su di lui Sofia, una mercenaria conosciuta a Milano che più volte lo ha tradito, ma che ora non si allontana mai dal suo capezzale. L'uomo che voleva la morte di Durante è Goffredo Landriani, un nobile milanese senza scrupoli, che in passato è stato ostacolato più volte da Martino.
Savona, 1508. Grazie a due documenti misteriosi di cui è entrato in possesso, Landriani è intenzionato a ricattare Massimiliano i d'Asburgo, minacciando di scatenare una strage e massacrare migliaia di innocenti. Per portare a termine il suo piano, deve però trovare la terza pergamena e risolvere l'enigma che è nascosto tra le sue righe. Ma Durante non ha dimenticato i torti subiti dal nemico e, anche a costo di mettere a rischio la propria vita, è pronto a fare qualunque cosa per fermare il diabolico piano di Landriani.

NEWTON COMPTON EDITORI